KB273676

좋은 **사람** 자랑전

좋은 사람 자랑전

© 박조건형, 2025

1판 1쇄 펴낸날 2025년 9월 18일

지은이 박조건형
총괄 이정욱 | **출판팀** 이지선·이정아·이지수 | **디자인** 마타
펴낸이 이은영 | **펴낸곳** 도트북
등록 2020년 7월 9일(제25100-2020-000043호)
주소 서울시 노원구 동일로242길 87 2F
전화 02-933-8050
팩스 02-933-8052
전자우편 reddot2019@naver.com
블로그 blog.naver.com/reddot2019
인스타그램 @dot_book_
ISBN 979-11-93191-15-6 03810

좋은 사람 자랑전

박조건형 드로잉 에세이

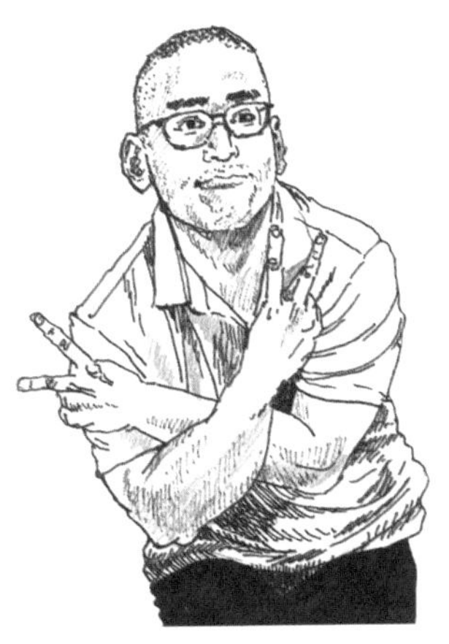

도트북

짝지와 함께 네 권의 책을 낸 적이 있지만, 그때는 우울증 탓에 짝지의 주도로 겨우 작업을 이어갈 수 있었습니다. 이번 책은 온전히 제 힘으로 완성한 책이기에, 제게는 더없이 소중한 작업물입니다. 대단한 이야기를 담은 책은 아니지만, 제 일상과 그 안에서 만난 소중한 사람들의 이야기를 담았습니다. 사람을 그리는 일을 좋아하고, 사람들의 이야기에 늘 마음이 가다 보니 자연스럽게 이런 기획의 책을 만들게 되었습니다.

2023년에는 양산과 부산에서 『좋은 사람 자랑전』이라는 이름으로 전시를 열었습니다. 짝지가 워낙 작명 센스가 좋아 제 전시에 꼭 어울리는 제목을 지어주었고, 그 이름을 가제로 삼아 작업을 이어가다 결국 책의 제목이 되었습니다.

제가 만난 사람들은 평범하면서도 특별한 존재들입니다. 누구에게나 좋아하는 사람이 있고, 자신에게 애정과 호감을 건네는 이들이 있을 겁니다. 하지만 그들의 존재는 결코 당연한 것이 아니지요. 오랜 시간 우울증 속에 살아온 저를 그들이 왜 좋아해 주었는지는 여전히 잘 모르겠습니다. 다만 짝지를 비롯해 그들이 곁에 있었기에 힘든 일상에서도 살아낼 힘을 얻을 수 있었습니다. 그래서 더욱 고맙고, 더 애정 어린 시선으로 바라보게 됩니다. 좋은 관계를 오래 이어가다 보면 자연스레 그들의 이야기를 알게 되고, 그들 또한 각자의 희로애락을 지니고 있음을 깨닫게 됩니다. 힘든 순간에는 조용히 곁을 지켜주고 싶고, 좋은 일이 생기면 함께 기뻐하고 싶습니다. 삶을 살아가는 데 꼭 많은 친구가 필요한 것은 아닙니다. 나를 길게 설명하지 않아도 편견 없이 대화하고 소통할 수 있는 몇몇 친구만 있어도 충분합니다.

이 책을 읽는 여러분 곁에도 분명 좋은 사람들이 있을 것입니다. 그러나 그들의 존재가 너무 익숙해 잘 느껴지지 않을 때도 있습니다. 이 책을 읽으며 한 번쯤 주변을 돌아보셨으면 합니다. 눈에 들어오는 이들이 있다면 가끔은 고맙다고 말하고, 좋아한다고 표현해 보시길 바랍니다. 살아가는 데는 그 어떤 것보다 곁에서 함께 걸어주는 사람이 소중합니다. 그리고 그 관계가 보이기 시작한다면, 이번에는 자기 자신에게도 애정을 가지고 들여다보셨으면 합니다. 못난 모습도 있고, 숨기고 싶은 모습도 있지만 그것 또한 나의 일부입니다. 마음에 들지 않더라도 토닥토닥 다독이며 안아줄 수 있기를 바랍니다.

여러분 모두 자기만의 역사와 이야기를 가지고 있습니다. 완벽하지 않아도 괜찮습니다. 중요한 건 그 삶이 계속 이어지고 있다는 사실입니다. 때로는 흔들리고 무너져도, 그 과정이 곧 당신의 빛이 됩니다. 이 책이 잠시 걸음을 멈추고, 곁에 있는 사람들과 자신을 다정히 돌아보는 시간이 되기를 바랍니다.

차 례

1장. 좋은 사람 자랑전

자기 이야기를 쓰는 힘 / 10

지워지는 나를 지키는 일 / 13

다음 소희가 나오지 않기 위하여 / 15

느슨한 연결망, 삶의 동료들 / 18

부산 퀴어문화 플랫폼 / 23

현장 노동자들과 관계 맺기 / 26

성실함보다 큰 재능은 또 없다 / 28

오랜 친구와 그녀의 아이들 / 31

지게차 일잘러가 되기까지 / 36

발달장애 작가를 품는 마을 / 38

가슴 아픈 역사를 품은 주정공장수용소
4.3 역사관 / 42

라디오 듣는 재미 / 44

극복이 아닌 장애와 함께 / 47

토요일 출근, 동료들과의 협업 / 50

그림 열등감 / 52

현장 좁은 틈새에 둥지를 튼 친구들 / 55

어반스케치 페스타에서 만난 인연 / 57

부부의 집에 초대 받다 / 59

수채화 스승님 / 62

넷플릭스 영화 〈37초〉 / 65

어른 김장하 / 67

비건 빵집 겸 책방 '자크르' / 70

경주에 있는 페미니즘 책방 '너른벽' / 73

영화 전문 책방 '북미' / 77

즐겨 보는 여행 유튜브 '나강' / 81

오랜 인연의 단골 카페 '소소서원' / 85

생활체육인 동료 / 88

인문학 카페 36.5 / 91

즐겁게 운동하는 진정한 스포츠맨 / 95

당신의 글쓰기를 응원합니다 / 99

13년 역사를 가진 부산 '마크커피' / 103

글 쓰는 반찬 가게 여자 / 107

나의 좋은 우울증 친구 / 110

난치병과 함께하는 삶 / 114

교육 현장에서 절실히 필요한 성평등 교육 / 119

올해 가장 기억나는 세 사람 / 126

2장. 나의 그림일기

단골 '원유로' 카페 / 132

'유퀴즈'에 출현하고 싶어요 / 136

사람들 관찰하기 / 139

운동과 확장, 멋진 여성들 / 142

인생 영화 / 148

집에서 친구들과 영화보기 / 152

박조건형의 인물 미션 / 157

화정 R&A 현장 풍경 / 160

거실 등 교체 / 162

번아웃이 오기 전에 한 템포 속도 줄이기 / 164

'창비부산' 전시 현장 드로잉 / 167

긴급출동 부르다 / 170

사이코드라마에서 아버지에게
못다한 말을 하다 / 172

우울증이라는 정체성 / 174

나를 직면하고 들여다보기 / 180

고립이 아닌 연결 / 184

함께 걸으며 쌓이는 의리와 사랑 / 190

다음에 가게 될 우리의 여행은 / 195

제주 한라산 등반 / 198

영어 울렁증이 없어졌다 / 200

1인극, 이야기 노래극 주인공 도전! / 205

일상 속의 소소한 이야기 / 210

운동이 내 삶에 깃들다 / 214

관계가 제일 어렵다 / 220

회사 버전, 짝지 버전 전환 스위치 / 229

타이어 펑크 / 232

독서 / 234

경주 어반스케치 페스타 / 237

원가족과 짝지 / 241

나는 화물차 납품 운전 노동자다 / 246

사랑스러운 모습 / 252

좋은 사람 자랑전

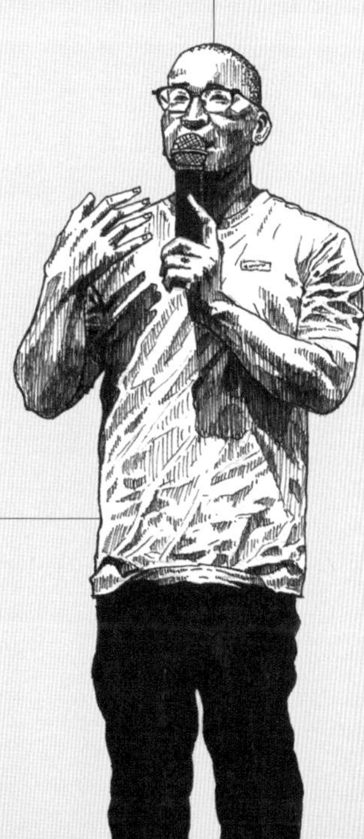

좋은 사람 자랑전

자기 이야기를 쓰는 힘

about 김찬위 학생

30일 동안 매일 드로잉을 함께할 분들을 SNS로 모집했다. 매일 무언가를 꾸준히 한다는 건 결코 쉬운 일이 아니기에, 곁에서 지켜보는 감시자나 동료가 있으면 그 덕분에 억지로라도 하게 되는 법이다. 그때 김용은 님이 신청하면서, 고등학교 1학년 아들 김찬위 군이 화가를 꿈꾸고 있는데 함께 참여해도 되겠냐고 물어왔다. 연령 제한이 없었기에 두 분 모두의 신청을 받았다. 어머니와 아들이 나란히 앉아 그림을 그리는 모습을 떠올리니 절로 흐뭇해졌다.

시간이 흘러 어느 날, SNS에서 자신의 틱장애를 인스타툰으로 그려내는 청소년 작가를 만났다. 틱장애나 뚜렛증후군에 관한 책을 본 적이 거의 없어 인터넷 서점에서 검색까지 해봤지만, 정보 전달을 위한 전문서 외에 국내 당사자가 직접 쓴 에세이는 전혀 없었다. 그래서 그 인스타툰이 무척 반가웠다. 게다가 청소년이 자신의 장애를 솔직하게 드러내는 글이라니. 그 나이에 어떻게 자신의 불편한 부분을 드러내며 사람들에게 틱에 관해 이야기할 수 있는지 궁금하기도 했고, 무엇보다 멋져 보여 응원의 댓글을 남겼다. 그런데 가만히 보니 이름이 '30일 드로잉'을 함께했던 김찬위 학생과 같은 게 아닌가. 혹시 같은 인물일까 싶어 물어보니 맞다고 했다. 오, 이렇게 멋진 친구와 30일 드로잉을 함께했다니!

10년 전만 해도 우울증에 관한 에세이는 거의 없었다. 그러다 저자의 우울증 경험을 담은 독립 출판물 《아무것도 할 수 있는》이 큰 반향을 일으키면서, 그때부터 조금씩 우울증 에세이들이 등장하기 시작했다. 이 책은 우울증의 '완치'가 아닌 '현재진행형의 우울증'을 이야기하고 있었고, 오랜 시간 우울증과 함께 살아온 내게 깊은 위로가 되었다. 우울증이 완치되거나 극복되지 않더라도 우울증이 있는 채로 살아갈 수 있구나, 이 작가님도 자기만의 방식으로 살아갈 방법을 치열하게 찾고 있구나 하는 생각이 들었다. 나는 '극복'이라는 단어가 자칫 아직 우울증과 함께 살아가는 많은 사람을 '노력이 부족한 사람', '치열하지 않은 사람'으로 보이게 만들 수 있다고 생각한다. (그래서 나는 우울증에 관해 '완치'나 '극복'이라는 단어를 쓰지 않는다.)

작가님이 다양한 우울증 이야기를 모아 다음 책을 준비한다는 SNS 글을 보고, 나 역시 나의 우울증 이야기를 글로 적어 보내드렸다. 그 글은 《아무것도 할 수 있는》 번외편, 두 번째 권에 실리게 되었다. 우울증을 겪는 100명의 이야기는 모두 다르다. 증상도, 힘듦의 양상도, 살아가는 방식도 제각각이기에 앞으로도 더 많은, 더 다양한 우울증의 이야기가 세상에 나오길 바란다.

찬위가 앞으로도 틱에 관한 만화를 꾸준히 이어가 언젠가는 자신의 이야기를 한 권의 책으로 엮어낼 수 있기를 바란다. 나 역시 틱에 대해 잘 알지는 못하지만 증상이 심해질 때는 일상생활조차 어려워지고, 또 그 증상이 심해지는 상황도 매번 다르다고 들었다. 그러니 힘들 땐 마음껏 쉬고, 충분히 쉬고 난 뒤 컨디션이 회복되면 그때 다시 천천히 만화를 그리면 좋겠다. 찬위가 지치지 않고 자신의 이야기를 차곡차곡 쌓아가면 좋겠다. 틱에 대해 찬위가 하고 싶은 이야기는 얼마나 많을까. 그리고 우리는 그 이야기들을 통해 또 얼마나 많이 배우게 될까.

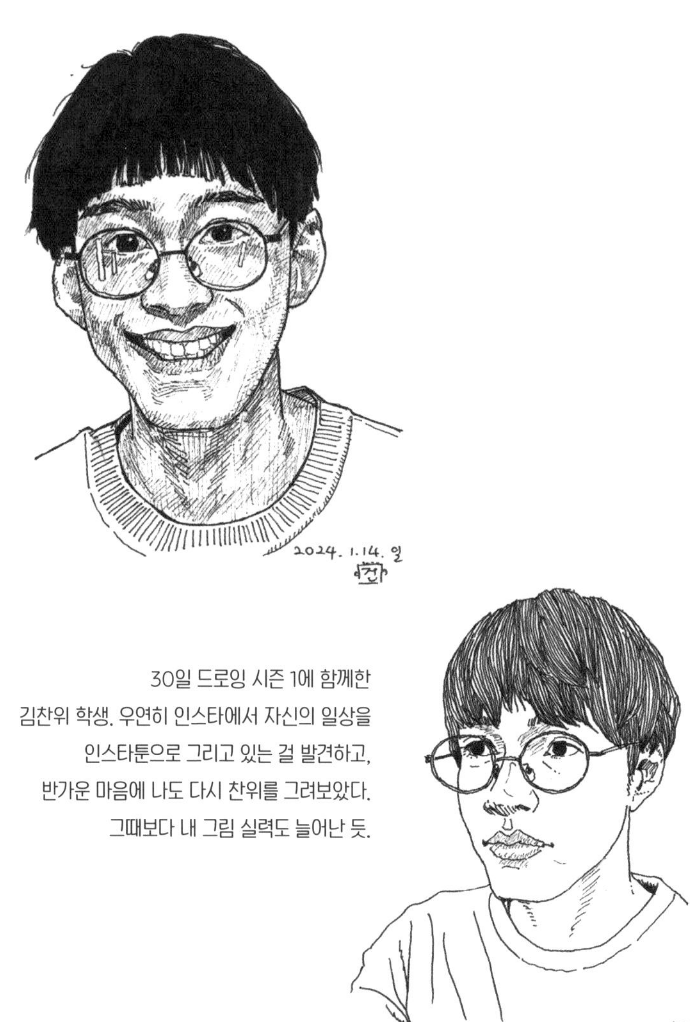

30일 드로잉 시즌 1에 함께한
김찬위 학생. 우연히 인스타에서 자신의 일상을
인스타툰으로 그리고 있는 걸 발견하고,
반가운 마음에 나도 다시 찬위를 그려보았다.
그때보다 내 그림 실력도 늘어난 듯.

지워지는 나를 지키는 일

《지워지는 나를 지키는 일》은 '예민하고 아픈 사람의 퇴사와 일 - 실험 기록'이라는 부제를 단 연옥 작가님의 첫 독립 출판 책이다. 팟캐스트 '에세이클럽'은 페미니즘을 기반으로 해서 여성의 글쓰기와 삶을 다루는 방송인데, 내가 정말 좋아하는 프로그램이다. 방송에 출연하신 작가님들의 책은 거의 모두 구입해 읽었을 정도로 '믿고 듣는 팟캐스트'라고 할 수 있다. 업로드는 비정기적이지만, 새 에피소드가 올라오면 바로 찾아 듣는다.

연옥 작가님도 이 방송을 통해 처음 알게 되었는데, 그녀가 쓴 책이 궁금해 입고된 책방을 찾아 구매하여 읽었다. 작가님은 이 책에서 자신을 '만성적 정신질환과 함께 굴러가는 창작자'라고 밝혔다. 가정폭력으로 인한 우울증과 경계성 성격장애로 로스쿨을 자퇴했고, 그즈음 자살 시도도 여러 차례 있었다. 어렵게 들어간 회사도 1년 반을 겨우 버티다 결국 퇴사했고, '일단은 살아야 한다'라고 다짐하며 다시 길을 찾았다. 지금은 조직 밖에서 창작자로 몇 년째 스스로 실험하며 살아가고 있다. 현재는 프니님과 함께 '걸어서 조직 밖으로'라는 팟캐스트도 진행하고 있다.

그녀가 쓴 글들이 나는 좋았다. 개인 상담을 받은 경험이 있어서일까, 자신의 아픔을 담담하게 들여다보는 그 방식이 마음 깊이 다가왔다. 우울증으로 힘든 시간을 보낼 때, 나는 삶을 살아가는 능력에 있어서 얼마나 서툰 사람이었던가. 그래서 작가님의 실험과 생존 방식을 찾아가는 과정이 남 일처럼 느껴지지 않았다. 과거의 나에게 보내는 응원의 마음으로 작가님을 응원하고 싶었고, 블로그에 올라오는 글마다 빠짐없이 긴 댓글을 달곤 했다.

한동안 조용히 지내시던 작가님은 최근 다시 글을 올리기 시작하셨다. 장롱면허를 탈출해 운전 연수를 받는 중이라는데, 매 수업마다 공포와 코미디가 넘치는 에피소드들로 가득한 글이었다. 나 역시 크게 공감하며 다섯 편의 연수기를 '큭큭큭' 웃으며 읽었다. 뵌 지 오래되어 "운전해서 양산까지 놀러 오세요."라고 말했더니, 아직은 자신이 없다 하신다. 내가 서울에 살았다면 훨씬 자주 뵐 수 있었을 텐데 아쉬운 마음이 든다.

흔들리면서도 분명하게, 창작자로서 또 생활인으로서 살아가는 그 모습을 나는 늘 애정 어린 눈으로 지켜보고 있다. 작가님이 보고 싶다. 그리고 곧 만나게 될, 작가님의 세 번째 독립 출판 책도 무척 기대된다.

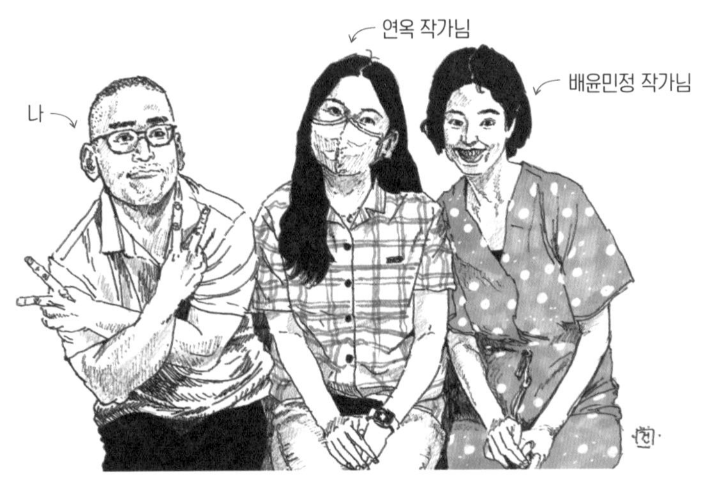

다음 소희가 나오지 않기 위하여

about 김시은 배우

노동자의 날을 맞아 부산 영화의 전당에서 정주리 감독님의 〈다음 소희〉를 관람했다. 공고·상고 출신 학생들이 '현장 실습생'이라는 이름 아래 어떤 처우를 받고 있는지를 적나라하게 보여주는 작품이라 직시하는 것 자체가 매우 힘들었다.

영화는 소희의 죽음을 기점으로 두 부분으로 나뉜다. 담임은 소희에게 대기업 콜센터 자리를 연결해 준다. '해지 방어팀'은 고객이 해지를 하지 못하도록 계속 전화를 거는 부서다. 그곳 상담사들은 분노한 고객들에게서 모욕적인 말을 반복해 들어야 한다. 사회 초년생이 이런 방식으로 일을 배워야 한다는 사실에 너무 분노했고, 보면서 눈물이 났다.

회사는 줄 생각도 없는 인센티브를 내세워 야근을 강요한다. 소희는 그 말을 믿고 성실히 근무하지만, 회사는 '사회 초년생'이라는 이유로 갖가지 핑계를 대며 결국 지급하지 않는다. 내부고발자는 자살하고, 대기업은 이를 은폐하기에만 급급하다. 경찰조차 사건을 제대로 조사하지 않고 덮어버린다. 결국 소희는 죽음을 선택한다. 내부고발자에 대한 수사가 제대로 이루어졌더라면, 소희의 죽음은 막을 수 있지 않았을까.

너무 부당한 처우에 회사를 그만두고 싶어진 소희는 담임에게 자신의 상황을 털어놓지만, 돌아오는 말은 사회생활이 원래 그러니 힘들어도 버티라는 말뿐이다. 힘들면 일단 살아남기 위해서라도 잠시 쉬라고 말해야 하지 않았을까. 소희는 담임에게 "내가 거기서 무슨 일을 하는지 알아요?"라고 슬픈 표정으로 묻는다. 하지만 담임은 자신의 학생들이 어떤 열악한 환경에서 일하는지 알지도 못했고, 알려고도 하지 않았다. 취업률이라는 숫자를 위해 무조건 취업시키려 할 뿐이었다.

학교는 학생들이 어떤 직장에 가게 되는지 제대로 파악하고, 가능한 한 나은 환경과 연결해 주어야 한다. 그러나 현실은 그렇지 않았다. 장학사조차 취업률이 낮으면 지원금을 덜 받는다며 학생들을 도구처럼 여겼다. 학생들의 존엄은 그 어디에도 설 자리가 없었다.

배두나가 연기한 유진 형사는 소희의 주변 인물들을 한 사람씩 찾아간다. 부모는 생계에 바빠 딸을 제대로 살필 여유가 없었고, 소희가 춤추는 것을 얼마나 좋아했는지도 알지 못했다. "소희가 춤을 정말 좋아했다."라는 유진의 말을 듣고서야 부모는 오열한다. 유진은 소희의 친구와 선배들을 만나 소희의 죽음은 너희의 잘못이 아니라 이 사회의 책임이라고, 그러니 더 이상 자신을 탓하며 괴로워하지 말라고 말한다. 소희와 친했던 선배 태준에게는 힘든 일이 생기면 이제 자신에게 이야기하라고 다정하게 말한다. 그 말을 들은 태준은 고맙다고 말하며 눈물을 흘린다. 나를 포함한 많은 관객이 그 장면에서 함께 울었다.

사회에 먼저 나와 살아가는 어른들이, 사회 초년생들에게 유진 같은 존재가 되어 주어야 하는 게 아닐까. 그런데 현실 사회에서는 MZ세대라는 이름으로 젊은 세대를 하나로 묶어버리고, "요즘 애들이 문제다."라며 쉽게 힐난한다. 그러나 그들의 모습은 절대 단일하지 않다. 소통과 관계

맺기에 게으른 우리 기성세대가 그들을 제대로 이해하기 위해 노력하지 않는 것은 아닌지 돌아보게 된다.

다음 소희가 더 이상 나오지 않으려면 우리는 무엇을 해야 할까. 청년들이 삶보다 죽음을 택하는 상황 앞에서 이렇게 방관만 해도 괜찮은 걸까. 이 시대를 먼저 살아온 어른으로서, 내가 할 수 있는 일은 무엇인지 깊이 생각해 보게 된다.

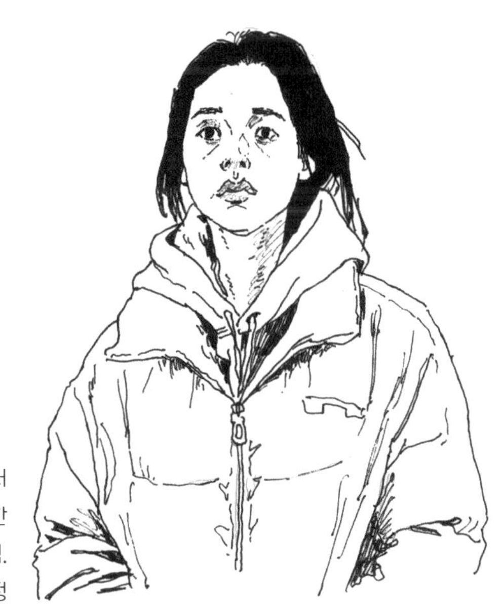

영화 〈다음 소희〉에서
소희 역을 연기한
배우 김시은 님.
그녀의 마지막 허망한 표정

2023. 5.13

느슨한 연결망, 삶의 동료들

about 이설혜 씨

설혜 씨를 알게 된 건 문학 독서 모임 '곳간'에서였다. 먼저 곳간이 어떤 모임인지부터 소개해야겠다. 100회를 훌쩍 넘겼으니, 벌써 10년 넘게 대성 쌤이 꾸준히 이끌어온 독서 모임이다.

이 독서 모임이 다른 모임과 다른 점은 우선 시간이 길다는 것이다. 보통 서너 시간이 걸린다. 이유는 책 이야기에 들어가기 전에 '사귐의 시간'을 먼저 갖기 때문이다. 모임지기 대성 쌤은 모임 시작 한두 시간 전에 '사귐'을 주제로 한 글을 정성스럽게 써 단톡방에 올린다. 주제가 책과 연관될 때도 있고, 전혀 관련이 없을 때도 있다. 모임에서는 한 사람이 이 주제에 관해 이야기하면, 대성 쌤이나 참여자들이 그 이야기에서 궁금한 점을 묻거나 각자의 경험을 덧붙인다. 그러다 보면 한 사람당 15~20분은 훌쩍 지나가고, 참여 인원이 10명 미만이라 해도 사귐의 시간만으로 2시간이 금세 지나가 버린다. 어떤 날은 책 이야기는 거의 하지 못한 채, 사귐의 시간만으로 3시간을 보내기도 한다.

마지막에는 '한 문장 쓰기'가 있다. 대성 쌤이 나눠준 카드에 각자 마음에 남은 한 문장을 적고, 돌아가며 낭독한 뒤 선택한 이유를 간단히 나누며 모임을 마무리한다.

이런 방식의 독서 모임은 처음이었다. 이 느린 진행이 좋았다. 상대의 이야기를 천천히 경청하게 된다. 책을 읽는 것도 결국 우리 삶을 풍요롭게 하기 위해서라고 생각하는데, 그런 삶을 나누는 대화들이 참 좋았다.

대성 쌤은 문학평론가 출신이라 소설가인 짝지가 유일하게 문학에 대해 깊이 이야기를 나눌 수 있는 동료였다. 그래서 짝지는 초반부터 지금까지 꾸준히 참여해 온 고정 멤버다. 이후 대성 쌤이 출판사도 운영하게 되면서 짝지의 단편소설을 다른 작가들의 글과 함께 엮어 소설집으로 출간했고, 최근에는 짝지의 몸에 관한 이야기를 담은 책 《혼란기쁨》도 출간하게 되었다. 글을 쓰는 사람에게 출판의 기회는 그만큼 중요하고 절실한데, 대성 쌤이 짝지의 글을 이렇게 물성 있는 책으로 만들어 주신 것이 참 감사하다.

나는 곳간 초창기에는 열심히 참여했지만, 한동안은 우울증으로 나가지 못하고 있었다. 짝지가 늘 이 모임에 나가다 보니, 나도 다시 조금씩 함께 나가게 되었다. 우울증이 깊어지면 무기력해지고 위축되어 스스로를 고립시키게 된다. 평소와 달리 말도 거의 하지 못한다. 그런데 이 모임은 아무 말도 하지 않아도 괜찮은 분위기였다. 그래서 '여기라도 나가 보자'라는 마음으로 간신히 참석할 수 있었다.

이 모임에서는 이야기 차례가 돌아왔을 때 짧게만 나누고 바로 다음

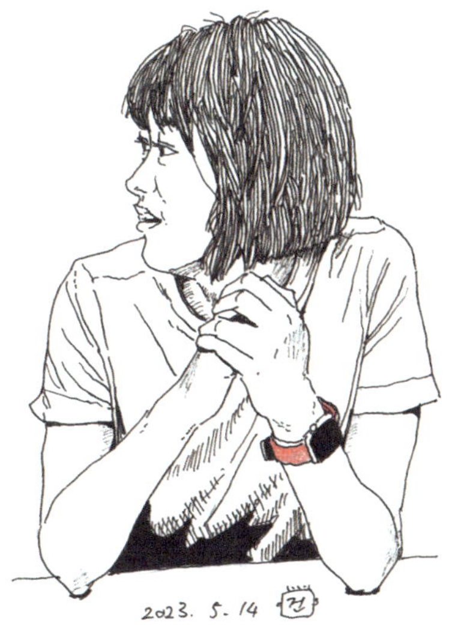

함께 나이 들어가며 종종 만나는 친구 설혜 씨

사람에게 넘겨도, 누구 하나 이상하게 여기지 않았다. 그래서 곳간 친구들은 내게 안식처 같은 존재다.

어느 날 모임을 마치고 이야기를 나누던 중, 누군가가 부산에 있는 '윤산'에 가자고 제안했다. 우리는 즉석에서 '고고윤산'이라는 단톡방까지 만들었다. 그런데 막상 등산 모임 당일, 정작 윤산에 가자고 했던 사람은 나타나지 않았고, 윤산의 정확한 위치조차 모르는 우리는 끝내 정상에 오르지 못했다. 하지만 그 덕분에 '고고윤산'이 만들어졌으니, 이미 목적은 달성한 셈이었다.

독서 모임 외에도 사람들과 일상을 함께 나누는 걸 좋아하는 나는 '고고윤산'을 통해 다양한 활동을 이어갔다. 시간이 맞는 친구끼리 모여 영화를 보러 가고, 미술관에 가기도 했으며, 서로의 집에 초대받아 각자 챙겨온 음식을 나누며 즐거운 식사를 함께했다. 함께 등산을 가기도 하고, 트래킹을 하기도 했으며, 또 다른 모임에 참여하기도 했다.

한 친구와 우리 부부를 제외하면 모두 비혼(?) 상태라 이 모임은 어느새 '대안 가족' 같은 분위기가 되었다. 연말마다 누구네 집에서 송년회를 열었고, 마지막에는 쪼르르 나란히 서서 단체 사진을 찍었다. (지금까지 세 번의 송년회를 했다.) 매년 찍은 그 사진들을 다시 들여다보면 마치 오래된 가족사진처럼 느껴진다.

고고윤산 친구인 설혜 씨. 40대 싱글 여성이고 결혼을 꼭 하지 않겠다는 건 아니지만, 그렇다고 누군가를 만나 연애할 마음도 없는 듯하다. 반려묘 이요와 함께 소박하게, 그러나 단단하게 잘 살아가고 있다. 그녀는 한때 2년 정도 수영을 했고, 지금은 토요일마다 PT를 받으며 주중에는 아파트 헬스장에서 꾸준히 운동하고 있다. 그 성실한 모습에 영향을 받

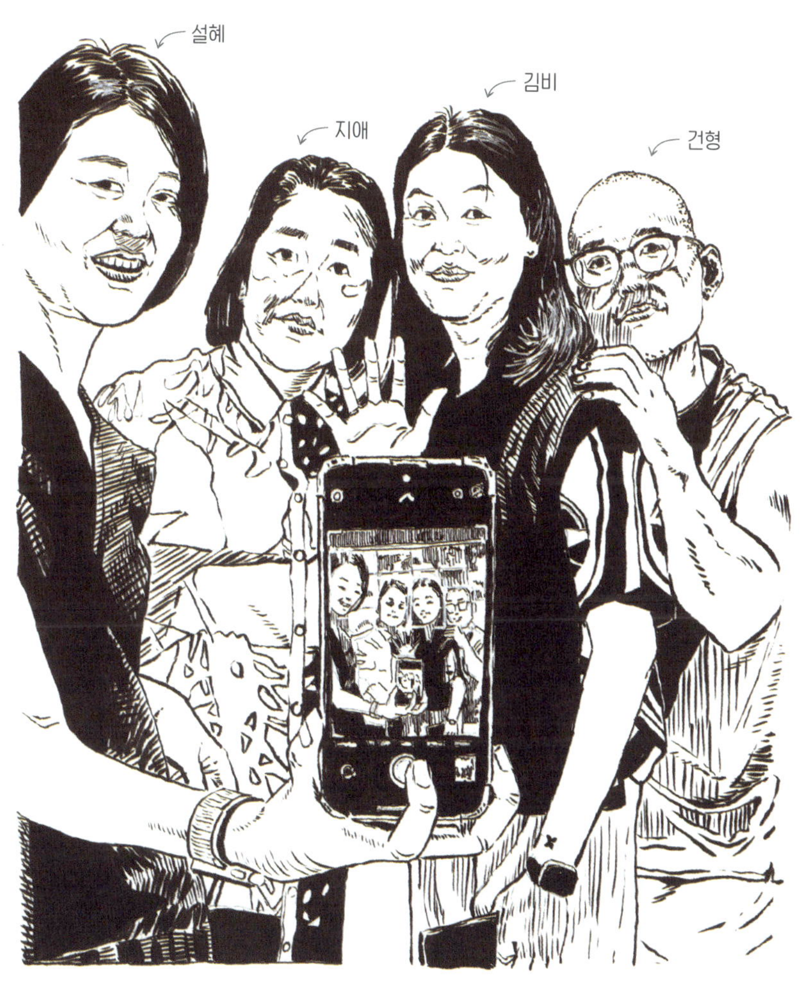

핸드폰 안의 우리. 부산문화회관 『에릭 요한슨』 전. 친구들과 같이 관람 2023. 7. 30.

아 나도 다시 헬스를 시작하게 되었다. 설혜 씨의 성실함이 참 멋져 보였다고 할까.

설혜 씨의 영향으로 나는 꾸준히 운동하는 사람이 되었다. 요즘 설혜 씨는 암벽등반을 즐겁게 하고 있다. 음식을 만드는 걸 좋아하셔서 고고윤산 모임이 있을 때마다 직접 만든 음식을 수줍게 내어놓기도 한다. 조용하지만 단단하고 다정한, 멋진 친구 설혜 씨. 고고윤산 친구들 만만세!

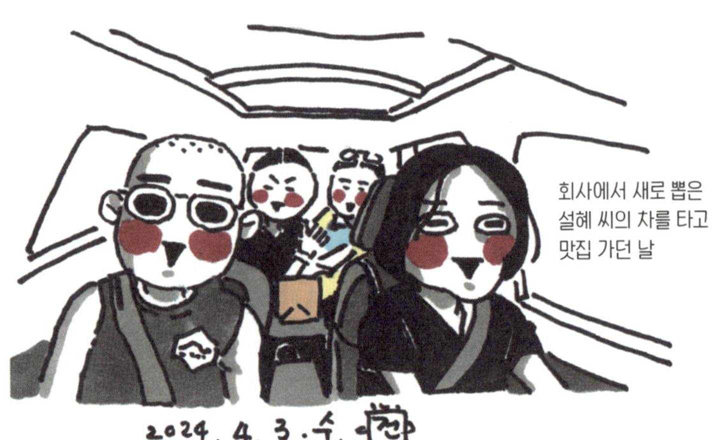

회사에서 새로 뽑은
설혜 씨의 차를 타고
맛집 가던 날

부산 퀴어문화 플랫폼

about 홍예당

부산 전포동에는 퀴어문화 플랫폼 '홍예당'이 있다. 보통 성소수자 단체들은 인권 단체의 형태를 많이 띠지만, 홍예당은 의도적으로 인권 단체라는 틀을 취하지 않고 문화 플랫폼의 형식을 선택한 퀴어 커뮤니티 공간이다. 작은 규모의 사무실이지만, 퀴어·페미니즘 서점으로도 운영되며 다양한 흥미로운 모임들이 열리곤 한다.

나는 이성애자이지만, '앨라이(Ally)'다. '앨라이'란 퀴어의 존재와 삶을 지지하고 연대하는 사람을 뜻한다. 홍예당에서 열리는 독서 모임에 몇 번 참여하면서 쥐웃 님과 쥐야다 님을 알게 되었다. 두 분은 모두 레즈비언 부치다. (부치와 펨을 단순히 남성성과 여성성으로 설명하는 것이 적절하진 않다고 생각하지만, 일반적으로 남성적인 레즈비언을 '부치', 여성적인 레즈비언을 '펨'이라 부른다.) 어느 날 두 분이 대화를 나누다 농담처럼 "팟캐스트 한번 해볼까?"라고 했는데, 정말로 시작해 버린 것이다.

홍예당에서 두 분을 몇 번 뵌 적이 있었는데, 워낙 입담이 좋아서 '같이 방송하면 정말 재미있겠다'라는 생각을 했었다. 그리고 팟캐스트가 시작되자마자 나는 매주 챙겨 들었고, '시골쥐퀴엇쥐' 인스타그램에도 "잘 들었다."라는 댓글을 빠짐없이 남기곤 했다.

방송 녹음을 부산대 근처에서 하신다기에(내가 사는 양산과 가까웠다!) 언젠가 나도 출연해 보고 싶다는 마음이 생겼다. 그래서 쥐웃 님께 조심스레 "우울증에 관한 이야기로 같이 방송해 보고 싶어요." 하고 말씀드렸는데, 감사하게도 흔쾌히 수락해 주셨다. 그렇게 해서 나는 11화 '우울과 사는 이야기' 편에 출연하게 되었다. 두 분의 능숙한 진행 덕분에 녹음 시간은 즐겁게, 금세 지나갔다. 혹시 두 분의 얼굴이 의도치 않게 커밍아웃될까 우려되어 방송에 나온 내 모습만 그림으로 남겼다. 방송은 66화까지는 매주 꾸준히 업데이트되었고, 지금은 간헐적으로 올라오고 있다. 현재 공개된 회차는 69화까지다.

자신의 정체성을 숨기거나, 이성애 중심의 사회에서 온전히 이해받지 못하는 퀴어들이라 늘 우울할 것이라 짐작하기 쉽다. 하지만 실제로 그들은 즐겁고 유쾌하게 살아간다. 함께 돌봄 공부 모임을 하고, 퀴어 소재의 영화나 드라마, 예능을 보며 이야기를 나눈다. 추석과 설날 같은 명절에는 홍예당에 모여 보드게임을 하고, 음식을 나누며 술잔을 기울인다. 그들은 서로에게 또 다른 가족이 된다. 퀴어 스탠드업 코미디 스터디를 꾸려 연습하다 실제 공연을 열었고, 나아가 서울 무대에까지 진출하기도 했다. 한 번은 성소수자 부모 모임에도 참여한 적이 있다. 자녀의 퀴어 정체성을 이해하고자 공부하며, 자신의 보수성을 깨고 확장해 나가는 부모님들의 모습이 참 멋지게 다가왔다. 그 이야기를 담은 다큐멘터리 〈너에게 가는 길〉은 정말 훌륭한 작품이었다.

또 한 번은 50대 게이와 60대 게이 커플과 함께 식사하며 이야기를 나눈 적도 있었다. 그들이 함께한 오랜 세월과 서로에 대한 깊은 신뢰가

고스란히 전해져서 마음이 따뜻해졌다. 최근에는 발리로 여행을 떠나 결혼식을 올리고 돌아왔다고 한다.

　퀴어들이 살아가는 방식은, 사실 이성애자인 우리가 살아가는 모습과 다를 게 없다. 그저 내가 '안전한 사람'으로 느껴지지 않았기 때문에 나에게 말하지 않았을 뿐이다. 내가 사는 도시와 마을, 그 주변 곳곳에도 그들은 분명히 존재한다. 짝지는 홍예당에서 글쓰기 수업, 단편소설 쓰기 수업을 진행했고, 지금은 1년 과정의 장편소설 쓰기 수업을 진행 중이다. 현재는 '퀴어문화협동조합'을 만들어 조합비를 받고 있지만, 다른 많은 단체와 마찬가지로 재정은 넉넉하지 않을 것이다. 그래도 퀴어들이 모이고 서로에게 닿을 수 있는 구심점 역할을 해주는 공간이기에, 홍예당이 오래오래 지속되기를 바란다.

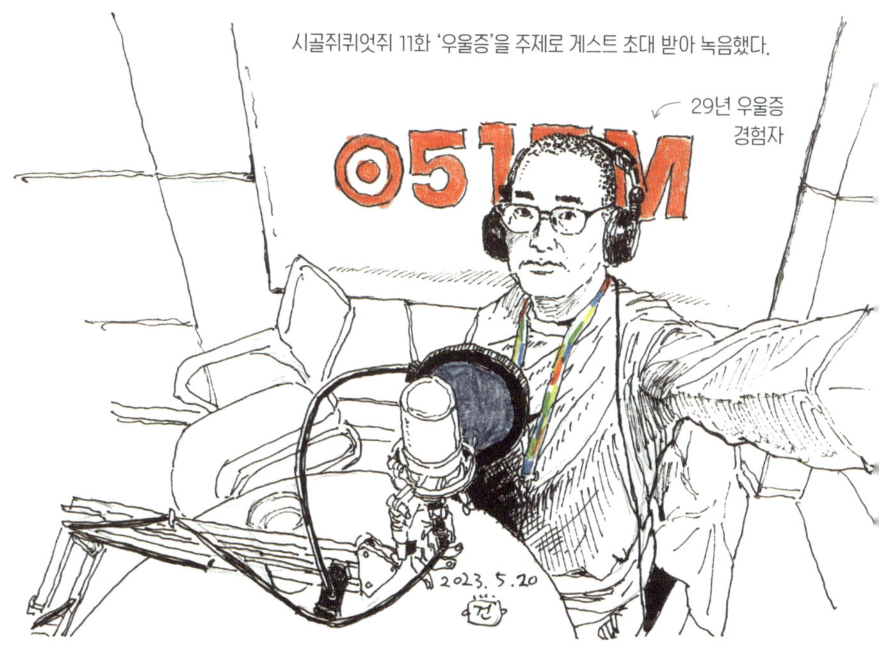

현장 노동자들과 관계 맺기

about 지게차 기사님들

나는 거래처에 가면 현장 노동자들과 친하게 지내려고 무척 애쓴다. 조금 친해지면 직책이나 이름을 묻고, 이후엔 직책으로 불러드린다. 늘 큰 목소리로 인사하고, 거래처를 나설 때도 일하고 있는 현장 직원들을 한 사람씩 찾아가 꾸벅 인사한 뒤 자리를 뜬다. 현장에서 싹싹하게 인사하고 일을 잘하다 보니, 나를 신뢰하고 믿는 거래처 직원들이 많다.

현장 직원들과 친해지면 여러모로 좋다. 일단 거래처가 아무리 바빠도 우리 편의를 먼저 봐준다. 하고 있던 일이 있어도 시간을 잠시 내어 우리 일부터 처리해 주려 한다. 자연스럽게 우리 회사에 대한 인지도가 올라가고, 그런 이야기는 사장님 귀에도 들어가게 된다. 나 역시 같은 육체노동자이기에, 노동자로서의 동질감으로 말 한마디 더 건네려고 한다. 양산 거래처 과

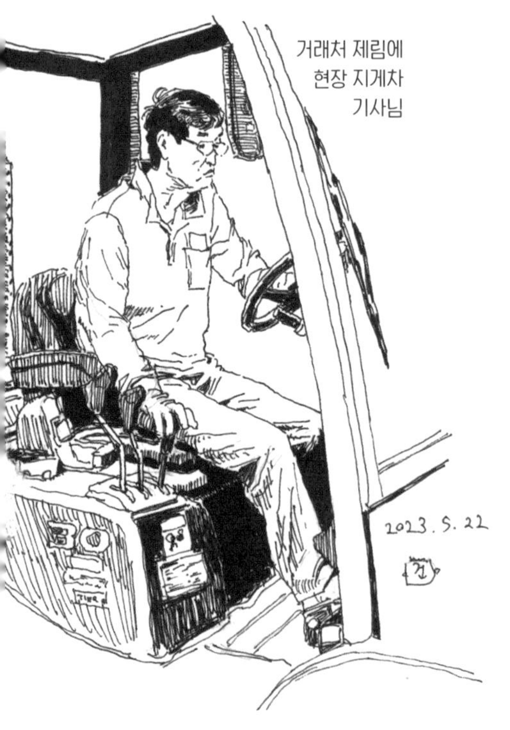

장님이 허리를 다쳤을 때는 갈 때마다 허리가 괜찮으시냐고 안부를 물었다. 부산 거래처에 갔을 때는 먼저 작업하고 있는 화물차의 선적 작업을 도와드렸다. 믹스커피 한잔하고 가면 미안할 것 같다고 하시길래 "사무실 가서 커피 타 오시면, 그동안 제가 물건 내려드릴게요."라고 말했다. 그분은 내가 도와줘서 커피까지 마실 수 있어 좋고, 나는 그분이 빨리 차를 빼줘서 내 일을 빨리 시작할 수 있으니, 서로 윈윈이었다.

무더운 여름에는 호감 가는 거래처 직원분들께 회사 밖 카페에서 아이스 아메리카노를 사다 드리기도 했다. 커피값이라고 해봐야 2,000원짜리 석 잔에 6,000원. 6,000원으로 타인의 호감을 얻는, 나만의 노하우다. 거래처 현장 노동자들과 친하게 되니 바쁠 때는 내가 지게차로 우리 차 짐을 싣는다.

그림 속 지게차를 모는 기사님은 양산 통도사 근처 거래처의 반장님이다. 이 현장에는 지게차 기사님이 두 분 계시는데, 한 분은 늘 무뚝뚝하고 뚱한 표정을 짓고, 다른 한 분(그림 속 반장님)은 성격이 다소 까칠했다. 그래도 매번 갈 때마다 싹싹하게 인사하고, 가끔은 팔짱을 끼며 애교도 부리고, 또 일도 빠릿빠릿하게 하다 보니 부딪히는 일이 점점 줄었다. 이제는 이런저런 농담도 나누는 사이가 되었다.

물론 아무리 싹싹하게 행동해도 여전히 대답 한마디 없이 늘 뚱한 직원도 있다. 그럴 땐 해볼 만큼 해본 뒤에는 나 역시 더는 감정노동을 하지 않고, 그 사람처럼 건조하게 대응한다. 나도 뚱한 표정으로, 필요한 말만 딱딱 건넨다.

거래처 현장에서 감정노동을 적극적으로 감내하고, 그들과 신뢰 관계를 형성하는 것 역시 '일 잘하는 사람'이 되는 하나의 방법이다.

성실함보다 큰 재능은 또 없다

about 올리브 쌤

올리브 쌤(정임 쌤)을 처음 만난 건 5년 전으로 거슬러 올라간다. 내가 '일상 드로잉 작가'로 살아보겠다고 4년간 실험하던 시기였다. (그 4년간의 실험은 경제적으로는 실패였다. 지금은 화물차를 운전하며, 글을 쓰고 그림을 그리는 삶을 이어가고 있다.) 그 시절 올리브 쌤은 약 6개월간 내 드로잉 수업을 들으셨다. 그 후 나는 우울증으로 힘든 시간을 보냈고, 코로나 시기에는 지리멸렬한 나날을 보내고 있었다. 그런데 올리브 쌤은 그 시간에도 성실하게 매일 그림을 그리고 계셨다. 전국적으로 이름난 어반스케치 작가들의 수업을 온·오프라인으로 찾아 듣고, 지금도 수채화로 유명한 작가님의 온라인 수업을 꾸준히 이어가고 계신다.

나는 우울증으로 인해 2년 가까이 그림과 담을 쌓고 지냈다. 지금처럼 다시 그림을 그리고 있으리라곤 상상조차 못 했다. 그 시간 동안 나는 인스타그램으로 올라오는 올리브 쌤의 그림을 묵묵히 지켜보고 있었다.

그러던 어느 날, 문득 그분의 그림이 확연히 달라졌다는 걸 느꼈다. "예전의 그 그림이 아닌데?" 하는 놀라움. 처음 그분의 그림을 알고 있기에, 그 변화는 더욱 크게 다가왔다. '성실함보다 큰 재능은 없다'라는 말이 딱 맞는 분이다. 물론 '잘해야지', '열심히 해야지' 같은 의무감으로 매일 그림을 그린 것은 아닐 것이다. 오히려 삶 속에서 자연스레 이어진 성실함이 그분의 그림을 오늘의 자리까지 이끌어온 것이라고 생각한다.

'재미'는 사람을 움직이게 하는 가장 큰 원동력이다. 요즘 내가 벌이고 있는 모든 '딴짓'의 동력도 결국 재미다. 재미가 있으면 계속하게 되고, 신이 나서 하게 된다. 누가 시키지 않아도, 절로 손이 가게 된다.

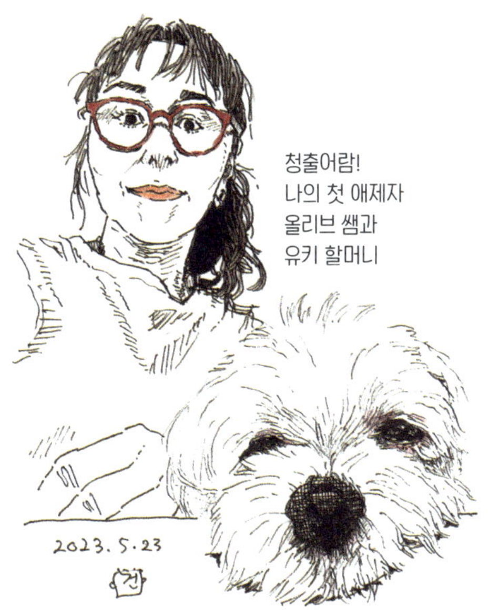

올리브 쌤은 나의 멋진 애제자다. 이제는 '애제자'를 넘어, 훌륭한 그림 동료이기도 하다. 요즘 나는 쌤에게 "이제는 드로잉 수업을 해보셔도 충분한 실력"이라며 조금씩 권유하고 있다.

그림 속에 등장하는 유키는 올리브 쌤과 오랜 시간을 함께한 반려견이다. 얼마 전 유키가 하늘나라로 떠나면서 쌤은 큰 슬픔을 겪으셨다. 그러다 최근, 마음을 조금 정리하신 듯 짝지와 함께 식사하자며 연락을 주셨다. 6월에 전시회를 연다는 반가운 소식도 함께 전해주셨다. 예전에 올리브 쌤과 전시를 함께 기획한 적이 있었는데, 갑작스러운 사정으로 쌤이 빠지게 되어 결국 내가 단독 전시를 하게 된 경험도 떠올랐다.

그날 쌤은 유키의 마지막 사진을 보여주며 조심스럽게 그때의 이야기를 들려주셨다. 쌤에게 오랫동안 행복과 기쁨을 주었던 유키를 꼭 그리고 싶어, 나는 사진을 보내달라고 부탁드렸다.

　나는 한 생명의 죽음을 그리며, 그가 올리브 쌤 가족들과 함께했던 시간을 조용히 상상해 보았다. 지금 올리브 쌤 곁에는 또 다른 생명이 함께하고 있다. 쌤은 몇 년 동안 길고양이들에게 밥을 챙겨 주셨는데, 어느 날 처음 보는 고양이가 나타났다고 했다. 그 고양이는 마치 개냥이처럼 다가와 코를 들이밀며 친근하게 굴었다고 한다. 그러다 한동안 보이지 않던 그 고양이가 다시 나타났는데, 몸은 심하게 다친 상태였다. 병원에 데려가니 수의사는 영역 싸움에서 다친 것 같다고 말했다.

　유키를 떠나보내며 다시는 동물을 키우지 않겠다고 마음먹었던 올리브 쌤. 하지만 치료가 끝나자 그 고양이는 고마움을 표현하듯 다시 쌤에게 다가왔다. 쌤은 처음에는 임시 보호만 하려 했지만, 결국 마음을 열고 그 고양이를 가족으로 받아들이게 되었다. 쌤에게 자꾸 코를 콩콩 부딪치던 모습 때문에 '코코'라는 이름을 붙였다고 한다. 우리 부부는 "유키가 하늘나라에서 코코를 보낸 거 같아요." 하며 진심으로 축하 인사를 전했다. 쌤에게 유키를 대신할 새 식구가 생겨 우리도 기뻤다.

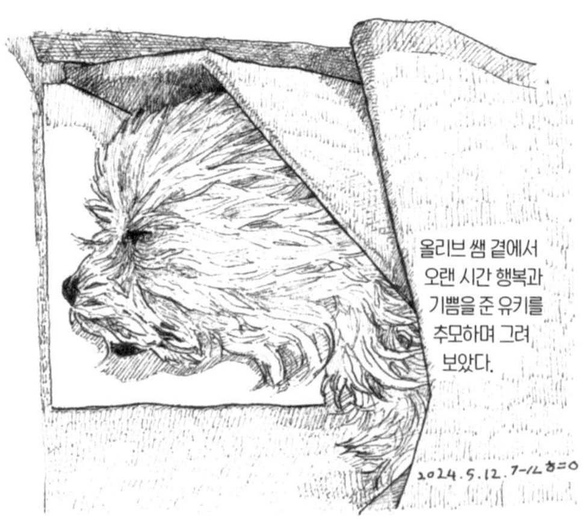

오랜 친구와 그녀의 아이들

about 장소라 가족

중학교 때부터 우울증이 있었고, 대학교도 그로 인해 중퇴해서 초중고, 대학 친구들이 없다. 그나마 30대 초반부터 부산의 여러 문화 공간들을 다니며, 모임을 통해 사람들을 한 명씩 만나왔다. 어린 시절부터 우울증이 있었기 때문에 누군가를 만나면 초반에 내 우울증 이야기를 꺼낸다. 내 삶을 설명하려면 우울증 없이는 설명되지 않기 때문이다. 눈물도 많아서, 우울증으로 무기력하고 힘들었던 시절을 이야기할 때면 자주 눈물을 보이곤 했다.

장소라는 그 시절 만난 17년지기, 제일 오래된 친구이다. 독서 모임과 영화 모임이 있는 부산의 문화 공간에서 처음 만났다. 소라는 나를 첫 만남에서부터 눈물을 흘리는 남자로 기억한다고 했다. 울보 남자가 아니라, 그냥 마음이 순수한 사람으로 좋게 봐주었다.

여러 모임, 여러 공간에서 우리는 자주 만났다. 그러다가 콘테소라가 밀양 송전탑 투쟁 할머니들을 도우러 가자고 했고, 우리는 함께 밀양에 내려가 컨테이너 건물에 벽화를 그렸다. 같이 그림을 그리던 사람 중에 수도권에서 내려온 백선 씨가 있었다. 소라가 백선 씨에게 관심이 있는 것 같아서, 나는 적극적으로 만나보라고 권했다.

밀양에서 돌아온 뒤에도, 백선 씨와의 관계에 대해 물으면 소라는 늘 내게 상세히 이야기해 주었다. 나는 두 사람의 만남을 계속 응원했고, 결국 그들은 결혼까지 하게 되었다. 나는 친구가 많지 않고, 결혼식을 올릴 계획도 없었기에 지금껏 누구의 결혼식에도 가지 않았다. 하지만 소라의 결혼식만큼은 친구들과 함께 찾아가 진심으로 축하해 주었다. 나도, 소라도 마음속에 늘 큰 불안을 품고 살아가는 사람들이었고, 그녀가 결혼까지 하게 될 거라곤 생각해 본 적이 없었기에 그 소식이 더욱 기뻤다.

그리곤 첫째 하진이가 태어났다. 하진이가 태어날 무렵, 나는 우울증이 심각한 상태여서 SNS 활동도 아예 하지 않고 두문불출하고 있었다. 친구들이 걱정되어 전화를 걸어왔지만, 나는 받지 않았고 조용히 침묵으로 일관했다. 그럼에도 가장 친한 친구였던 소라는 계속 연락을 했고, 난 계속 침묵할 수 없어 결국 전화를 받았다. 소라는 딴말 없이 "그냥 집에 와. 하진이도 보고, 밥도 먹고 가."라고 말했다.

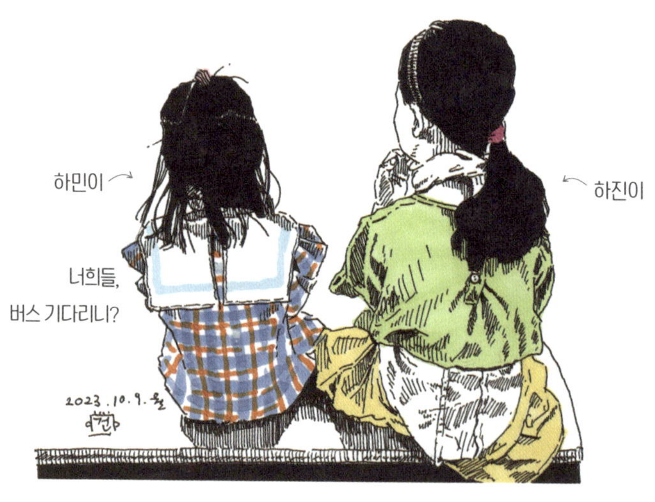

아무 의욕도 없고, 하고 싶은 것도, 누군가를 만나고 싶은 마음도 없었지만, 난 소라의 집을 찾아갔다. 그녀는 표정도 없고 말수도 줄어든 나를 아무렇지 않게 맞아주었다.

하진이가 갓난아기였을 때부터 나는 자주 그 아이를 보았다. 내가 키운 건 아니지만, 하진이가 자라는 과정을 쭉 지켜봐 온 느낌이다. 목에 힘이 없어 조심조심 받쳐 안아야 했던 갓난아기 하진이. 내가 품에 안아보기도 했고, 기저귀를 벗기고 똥 묻은 엉덩이를 씻겨주기도 했다. 내 핏줄에 대한 궁금증은 전혀 없지만, 하나의 생명이 조금씩 자라나는 모습을 마주하는 일은 참으로 경이로운 경험이었다.

그 이후로 나는 하진이 그림을 백 장도 넘게 그렸다. SNS에 올린 하진이 그림을 보고 동네 사람이 아는 척을 했다는 이야기도, 소라를 통해 전해 들었다. 그 후 두 살 터울로 하민이가 태어났다. 하민이가 태어났을 때는 우울증이 하진이 때만큼 깊지 않았기에, 오히려 그때보다 자주 놀러 가지는 않았다. 그러다 보니 자연스레 하민이보다는 하진이에게 더 애정이 가는 것이 사실이다. 가끔은 하민이보다 하진이가 우리 부부를 더 좋아하는 것 같다는 생각이 들 때도 있다. 소라에게 안부 삼아 전화하면 전화기 너머에서 "빡빡삼촌, 언제 와?" 하는 하진이의 목소리가 들려왔다. 나는 빡빡머리 때문에 '빡빡삼촌', 짝지는 키가 나보다 2cm 더 크다는 이유로 '거인이모'라고 불렸다.

소라는 대안학교에서 7년 정도 근무했고, 백선 씨도 공동육아 어린이집에서 돌봄 교사로 오랫동안 일했다. 소라네가 살았던 부산 화명동은 공동육아로 출발해 규모가 커진 공동체 마을로도 잘 알려져 있다. 그래서인지 아이들을 대하는 태도에 두 사람의 교육 철학이 자연스럽게 묻어났다. 엄할 때는 분명하게 "안 돼!"라고 말하고, 혼낸 뒤에는 슬프고 섭섭했을 아이의 마음을 꼭 안아주며 토닥이는 부모들이었다. 어릴 적, 양쪽 부모 모두에게서 제대로 된 사랑이나 돌봄을 충분히 받아본 적 없는 나로서는 '저런 부모 밑에서 자랐더라면 지금의 나는 어떤 사람이었을까' 하는 생각이 들곤 했다.

나의 가장 오래된 친구가 순천으로 이사를 갔다. 그곳에서 아이들은 자연과 더불어 더 자기답게, 즐겁게 자라고 있는 듯했다. 광주 아시아문화전당에 가는 길에 잠시 들러 아이들을 보고 왔고, 너무 짧게 함께한 시간이 아쉬워 따로 시간을 내어 1박 2일로 소라네에 다녀오기도 했다.

아이들과 함께 순천만을 거닐었고, 밤에는 천문대에 가서 별을 함께 보았다. 비싼 망원경으로 본 달은 너무나도 선명해서 아이들보다 오히려 우리 어른들이 더 좋아했다.

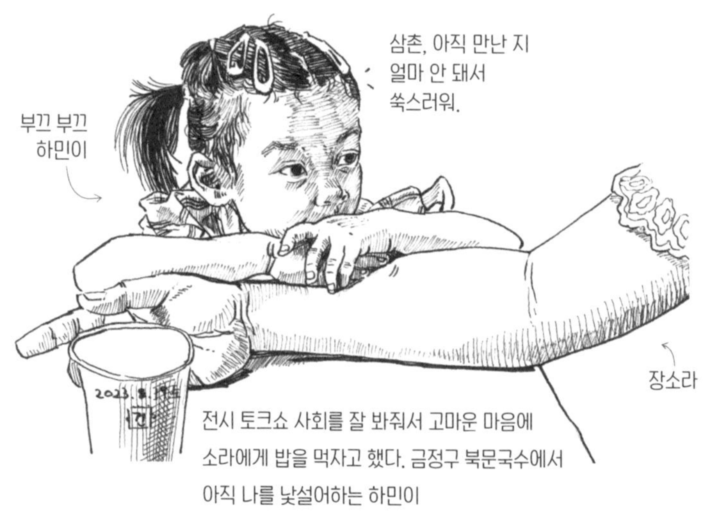

시간이 흘러 하진이는 아이티를 벗었고, 하민이는 언니와 함께 잘 자라고 있다. 백선 씨는 아이들을 키우며 겪은 일과 고민을 인스타그램에 꾸준히 기록해 왔다. 얼마 전엔 하진이가 처음으로 혼자 두발자전거를 타는 영상을 올렸는데, 하진이보다 아빠가 더 감동해 울먹이는 모습이 담겨 있었다. 그 영상을 보며 '킥킥' 웃었다. 충분히 눈물이 나올 만큼 감동적인 순간이었으리라.

우리 부부는 아이가 없지만, 소라네 덕분에 아이들이 자라나는 모습을 곁에서 지켜보고 함께 시간을 보내는 즐거움을 선물처럼 받아왔다. 아이들이 앞으로 어떻게 자라날지 그 성장의 방향이 기대되고, 또 문득문득 궁금해진다.

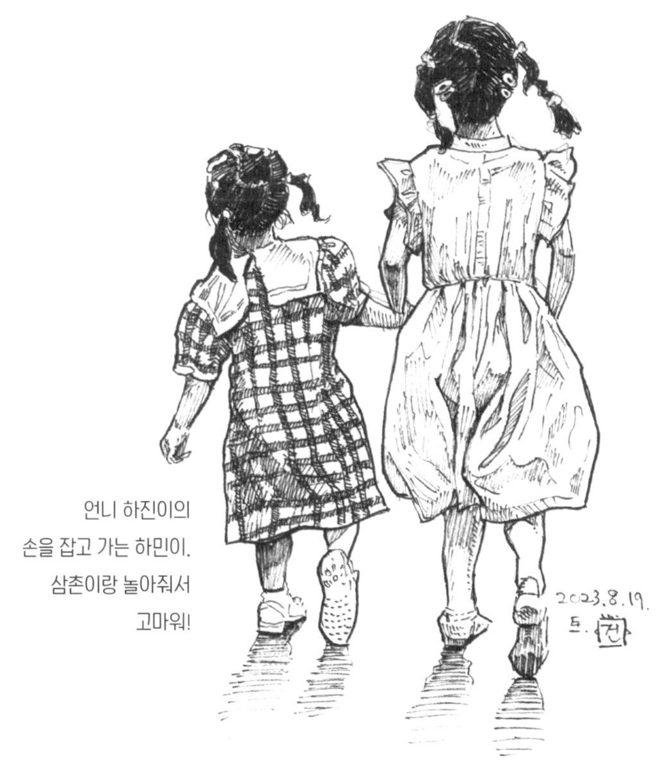

언니 하진이의
손을 잡고 가는 하민이.
삼촌이랑 놀아줘서
고마워!

지게차 일잘러가 되기까지

about 빡조 주임(바로 나)

우리 회사는 유해화학물질을 취급하기 때문에 지게차로 드럼을 집어 옮기는 일이 많다. 우리가 아는 뾰족한 지게차 발에 집게발을 꽂아서 드럼을 집는 방식이다. 오늘은 세 곳의 지게차 집게발을 비교해 보려 한다.

드럼을 집기 가장 쉬운 곳은 양산에 있는 '인송'이라는 거래처다. 겉으로만 봐도 값비싼 집게발이라는 걸 알 수 있다. 잘 만들어진 집게발은 드럼을 살짝 밀며 위로 올리기만 해도 자연스럽게 잡히고, 내려놓을 때도 집게발을 떼기만 하면 된다. 원칙적으로는 인송 현장 직원이 우리 차에 물건을 실어야 하지만, 나는 직원들과 안면도 트고 친해져서 일이 바쁠 때면 직접 지게차를 몰아 드럼을 싣곤 한다. 큰 장난감을 다루는 듯 재미가

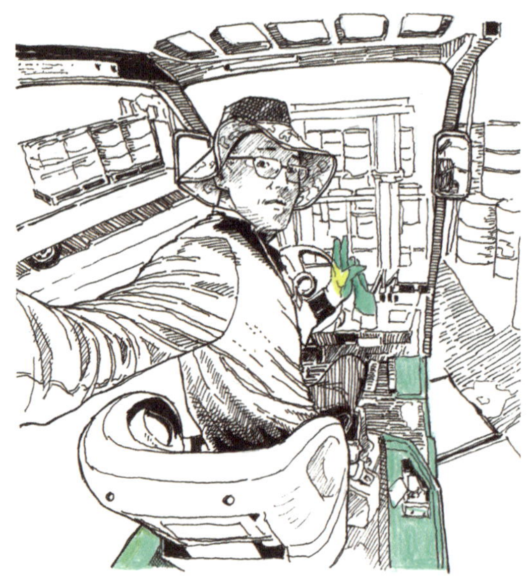

회사에서 지게차를 모는 빡조 주임 2023. 5. 25. 친

있고, 드럼이나 팔레트를 옮길 때마다 잠시 즐거움을 느낀다. 물론 실수나 안전사고가 없도록 늘 주위를 살피는 건 기본이다.

두 번째는 양산 상동 거래처의 집게발이다. 여기는 드럼을 집는 건 수월하지만, 내려놓을 때 잘 놓이지 않는 게 단점이다. 게다가 이곳 소장님 성격이 불같아서, 입사 초기 지게차 운전이 미숙하던 시절에는 조금만 느려도 큰소리를 치곤 했다. 지금은 내가 지게차를 능숙하게 다루게 되어 별말이 없다.

마지막은 우리 회사 지게차 집게발이다. 처음에는 드럼을 잡을 때도, 놓을 때도 감을 잡기 어려웠다. 하지만 인송과 상동 거래처 집게발을 단계적으로 경험하며 익숙해지다 보니, 이제는 우리 회사 지게차도 자연스럽게 다룰 수 있게 되었다. 예전에는 R이나 H가 주로 지게차를 몰았지만, 지금은 내가 그들만큼 능숙하게 다룬다. 특히 H가 퇴사한 뒤로는 납품을 마치고 현장에 돌아오면 대부분 내가 직접 지게차로 짐을 내리고 싣는다.

최근에는 기존 집게발이 잦은 고장으로 교체되면서, 인송에서 쓰던 것과 같은 제품을 새로 들였다. 덕분에 예전보다 드럼을 내리고 싣는 일이 훨씬 수월해졌다. 현장 기사 중에서 내가 지게차를 제일 잘 다루는 편이지만, 그건 특별한 능력이 있어서가 아니다. 단지 오랜 시간 반복해서 몰다 보니 내 나름의 방법을 찾고 익숙해진 것뿐이다.

그래서 A나 B가 지게차를 몰고 있으면, 속도가 느리더라도 나는 아무말 없이 그냥 두고 본다. 많이 몰아보면 그들도 언젠가는 나처럼 속도도 붙고 능숙해진다는 걸 알기 때문이다.

발달장애 작가를 품는 마을

about 장은혁 작가님

최근에 e북으로 류승연 작가님의 《아들이 사는 세계》를 읽고 있다. 전작은 《사양합니다, 동네 바보형이라는 말》인데, 제목에서 짐작할 수 있듯 발달장애 자녀와 함께 살아가는 이야기를 다룬다. 발달장애인은 어릴 때는 그나마 어딘가 소속되어 무언가를 배우고 사회성을 기를 수 있는 공간이 있지만, 성인이 된 후에는 그들을 맞이해주는 공간이 거의 없다.

양산에는 해발 530m의 낮은 산, 오봉산이 있다. 그 산 아래에는 '오봉살롱'이라는 카페가 자리하고 있다. 이 공간은 '비컴프렌즈'라는 사회적기업이 운영하는 마을 커뮤니티 공간이다.

비컴프렌즈의 김지영 대표님에게도 발달장애 자녀가 있다. 처음에는 발달장애 자녀를 둔 부모들이 함께 공부 모임을 시작했는데, 그 모임은 단순한 '공부'에서 그치지 않았다. 책을 읽고 강의를 들으며 지식을 쌓는 데서 멈추지 않고, "발달장애 자녀들과 함께 살아가는 마을을 위해 우리는 무엇을 할 수 있을까?"라는 질문으로 이어졌다. 2018년 3월, 뜻을 모은 다섯 명의 엄마가 함께 '비컴프렌즈'를 설립했다. 이름 그대로 '친구가 되어 준다'라는 의미를 담은 단체였다.

비컴프렌즈는 꿀벌을 지키는 도시 양봉 활동으로 출발했다. 꿀벌을 돌보며 얻은 꿀로 다양한 제품을 만들고, 그것을 판매해 발달장애 청년들의 일자리를 창출했다. 단순한 경제 활동이 아니라 지역 주민들이 제품을 구매하고 청년들의 활동을 응원하면서 마을 공동체의 의미도 조금씩 확장되었다.

이곳에는 두 채의 주택이 있다. 하나는 김지영 대표님의 집이고, 또 하나는 '오봉스테이'라는 이름의 숙소로 비컴프렌즈를 찾는 손님들을 위한 공간이다. 오봉살롱 맞은편에는 '호호가'라는 건물이 자리하고 있는데, 이곳은 '뭐든학교 사회적협동조합'의 공간으로, 장애와 비장애의 구분 없이 모든 다양성을 포용하는 마을학교다. 비컴프렌즈를 함께 만든 엄마들이 통합교육을 위해 세운 이 학교에서는 현재 미술, 제빵, 연극, 바느질 등 마을의 아이들과 어른들을 위한 다양한 프로그램이 운영되고 있다.

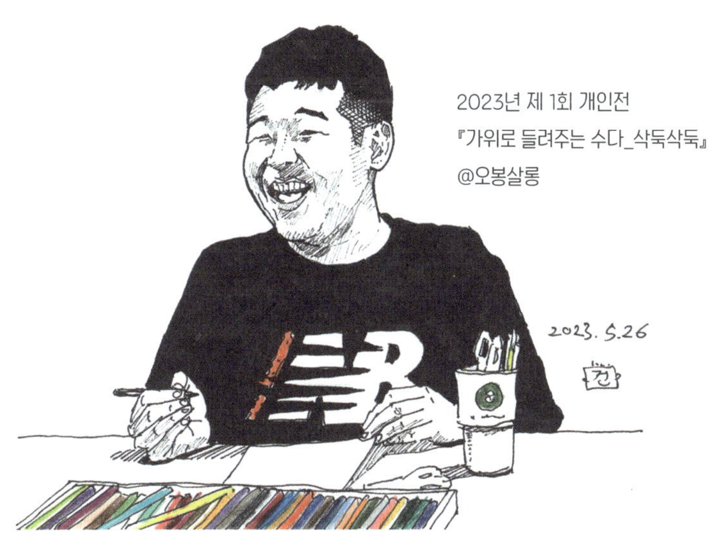

2023년 제 1회 개인전
『가위로 들려주는 수다_삭둑삭둑』
@오봉살롱

오봉살롱 카페에서는 마을 주민들의 전시가 자주 열린다. 2023년 봄에는 자폐성 장애가 있는 중학교 1학년 장은혁 작가의 작품이 한 달 동안 전시되었다.

전시장 한쪽에는 작가님의 원화가 트리에 걸려 있었고, 다른 벽면에는 일부 작품을 크게 프린팅해 판매용으로 전시해 두었다. 작가님에게 영감을 준 애니메이션 영상은 모니터에서 반복 재생되고 있었고, 카페 입구 벽에는 포토존이 마련되어 있었다. 관람 동선을 따라갈 수 있도록 카페 바닥에는 화살표 스티커까지 붙어 있었다.

나는 장은혁 작가님을 잘 몰라 김지영 대표님께 설명을 부탁드렸다. 작가님은 그림을 그린 뒤, 그 그림을 가위로 삭둑삭둑 잘라낸다고 했다. 뭐든학교 그림일기 대회에서 대상을 받은 것을 계기로 이후 여러 미술대회에 참가하게 되었다고 한다.

새벽에 일찍 눈이 떠지면, 작가님은 조용한 방에서 그림을 그리고 신이 나서 가위질을 한다고 했다. 나 역시 전날 일찍 잠들면 새벽에 깨어 라디오를 틀어놓고 드로잉을 할 때가 있다. 그래서일까. 고요한 새벽, 작가님이 집중해 사각사각 가위를 움직이는 모습이 눈앞에 선하게 그려졌다. 언어 표현이 서툴렀던 작가님은 그림을 시작한 뒤로 기분이 한결 차분해지고, 자신감도 더해졌다고 대표님은 들려주셨다.

장은혁 작가님을 보니, tvN 드라마 〈우리들의 블루스〉에서 영희 역을 맡았던 배우이자 작가 정은혜 님이 떠올랐다. 정은혜 작가님도 그림에 흥미가 있다는 사실을 우연히 발견하기 전까지는, 자신이 다른 사람들과 다르다는 점 때문에 많이 우울하고 무기력했다고 한다. 우리가 직장에 다니며 월급을 받고 사회 속에서 소속감을 느끼듯, 발달장애인에게도 그런 소속감을 줄 수 있는 '자신만의 일', '머무를 자리'가 필요하다.

정은혜 작가님은 지금 다른 발달장애 작가들과 낮에 작업실로 출근해 그림을 그리고 있다. 발달장애인에게 진정으로 필요한 복지는 그들을 응원하고 사랑하는 사람들이 함께 살아가는 '마을'이라는 생각이 든다. 그들이 성인이 된 후에도 함께 살아가기 위해 무엇이 필요할지를, 더 많은 사람이 책을 읽고 함께 고민하며 이야기 나누었으면 좋겠다.

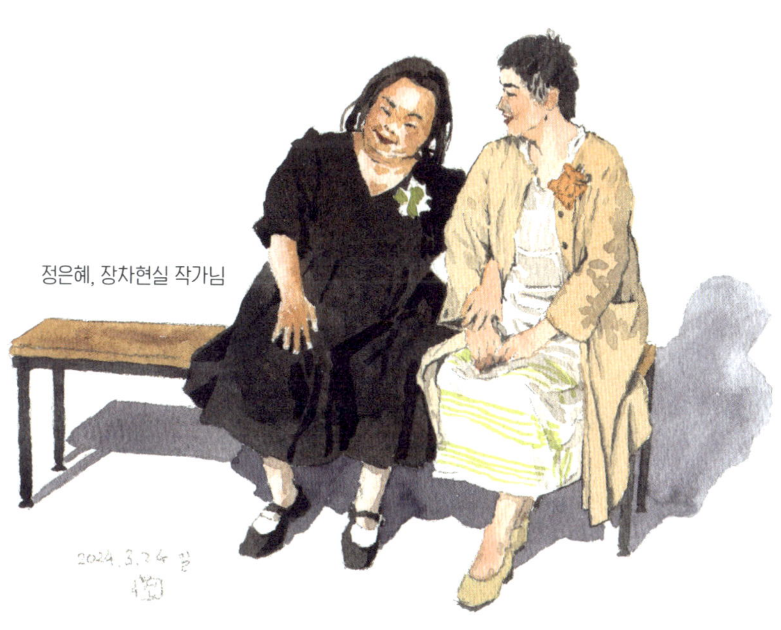

정은혜, 장차현실 작가님

가슴 아픈 역사를 품은
주정공장수용소 4.3 역사관

about 김유신 해설사

장모님 댁이 제주도라 1년에 한 번 정도는 인사차 내려가곤 한다. 이번에도 원래는 3박 4일 여행을 계획했지만, 기상 악화로 결국 1박 2일 일정이 되어버렸다. 내가 비행기를 타고 가기 전에, 짝지는 먼저 차를 가지고 제주도로 들어가 있었다.

짧은 시간을 보내고 다시 돌아오는 길. 제주항 연안여객선 터미널에 차를 싣고 매표를 마친 뒤, 간단히 요기하러 맞은편 롯데리아로 향하는 길이었다. 그때 눈에 띈 한 건물. 바로 '제주도 주정공장수용소 4·3 역사관'이었다. 시간이 조금 남아 들어가 보았는데, 마침 계시던 선생님께서 해설을 들으시겠냐고 물으셨다. 우리는 흔쾌히 그렇다고 대답했다.

김유신 해설사님은 전문적인 지식으로 4.3을 입체적으로 설명해 주셨다. 배를 타기 전에 잠시 들렸다고 하니 원래 한 시간 정도 설명하는 내용을 30분 동안 압축하여 설명해 주셔서 더 감사했다. "제주에 학살터가 아닌 곳이 없어요."라는 해설사님의 말씀이 가슴 아프게 들렸다. 역사관에 와서 글을 읽고 사진만 보는 것보다 충분히 4.3을 이해할 수 있는 좋은 시간이었다. 짝지가 언제나처럼 동영상을 찍었고 나중에 편집해서 올려도 되겠냐고 물으니, 그럴 줄 알았으면 립스틱이라도 제대로 바르고 올

걸 하고 농담하시면서 전화번호를 알려주셨다. (나중에 동영상 편집하고 올리면 자신도 보고 싶다고 하셨다.) 나도 해설하시는 모습을 그림으로 그려서 문자로 보내드렸더니 너무 좋아하셨다.

다시 찾아가, 다른 해설사님이든 김유신 해설사님이든 제주 4·3 이야기를 충분히 들어보고 싶다. 선생님들 또한 4·3과 관련된 공부를 계속 이어가며 해설을 업그레이드하시기에, 매번의 이야기가 다르다고 한다. 우리가 기억하고 배우며 이어가야 할, 아프지만 귀중한 역사다.

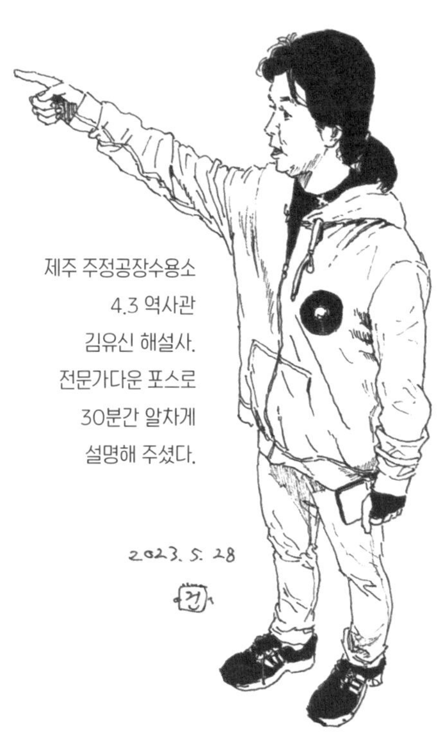

라디오 듣는 재미

about 라디오 DJ님들

화물 납품 운전을 할 때면 그때그때 라디오 채널 주파수가 잡히는 대로 방송을 듣는다. 이동 경로에 따라 신호가 끊기면 다른 주파수를 찾아 마구잡이로 돌려가며 들었다. 그래도 자주 찾게 되는 프로그램들이 있다. CBS FM 음악채널 방송들과(여기 방송은 거의 다 좋아한다.) MBC FM4U 채널의 몇몇 프로그램들이다. 좀 더 적극적인 청취자가 되어야겠다는 생각에 MBC 라디오의 '미니(MINI)' 앱을 깔고, CBS의 '레인보우' 앱도 설치했다. 이제는 주파수를 굳이 돌리지 않아도, 어디서든 시간대에 맞춰 휴대폰으로 라디오를 들을 수 있다.

오전 9시부터 11시까지 방송되는 '오늘 아침 정지영입니다', 11시부터 12시까지 하는 '신지혜의 영화음악'은 나의 최애 라디오 프로그램이다. 그림을 그리며 검색하다 알게 되었는데, '신지혜의 영화음악'은 단독 DJ로 25년 넘게 진행된 장수 프로그램이었다. 신지혜 아나운서님의 중저음 목소리는 묘한 신뢰감을 주고, 선곡된 음악들은 마치 영화를 보던 그 시절로 나를 데려간다.

요즘은 라디오에 문자도 자주 보낸다. 소개되지 않을 때가 대부분이지만, 가끔 번호 뒷자리가 언급되며 신청곡이 나올 때면 묘한 짜릿함이 있다. 커피 쿠폰을 받거나 사은품이 택배로 오기도 한다. 대구 원음방송(불교방송) 진행자와 통화를 한 적도 있고, '두 시의 데이트'에서 재재와 7분

30초 동안 통화하며 노래를 부른 적도 있다.

'서른 번 보내면 한 번은 나온다'라는 마음으로 문자 보내는 일을 일상처럼 하고 있다. 아는 노래가 나오면 크게 따라 부르고, 댄스곡이 나오면 몸을 둠칫둠칫 움직인다. 직장에서 빌런들 때문에 스트레스를 받은 날에는 큰 소리로 노래를 부르고 몸을 흔들다 보면 어느 정도는 해소된다. 혼자 운전하는 시간이 많은 지금의 근무 조건은 내게 잘 맞는 편인데, 여기에 라디오까지 더해지니 회사 생활이 훨씬 즐거워졌다.

(현재는 '신지혜의 영화음악'은 '최강희의 영화음악'으로, '오늘 아침 정지영입니다'는 '오늘 아침 윤상입니다'로, '두 시의 데이트' 진행자는 재재에서 안영미로 바뀌었다.)

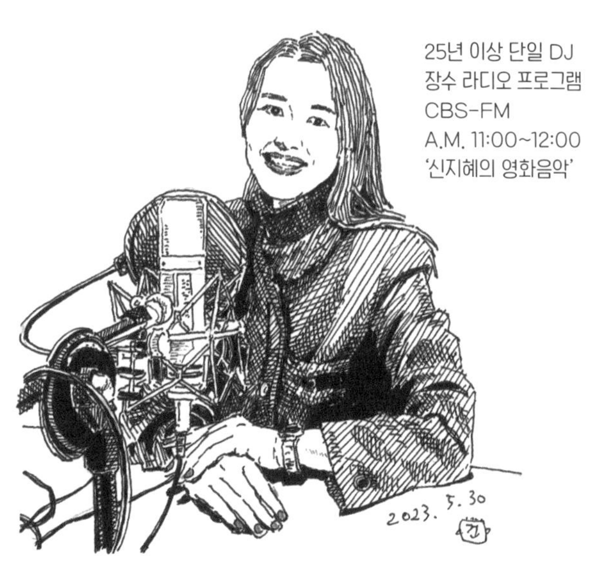

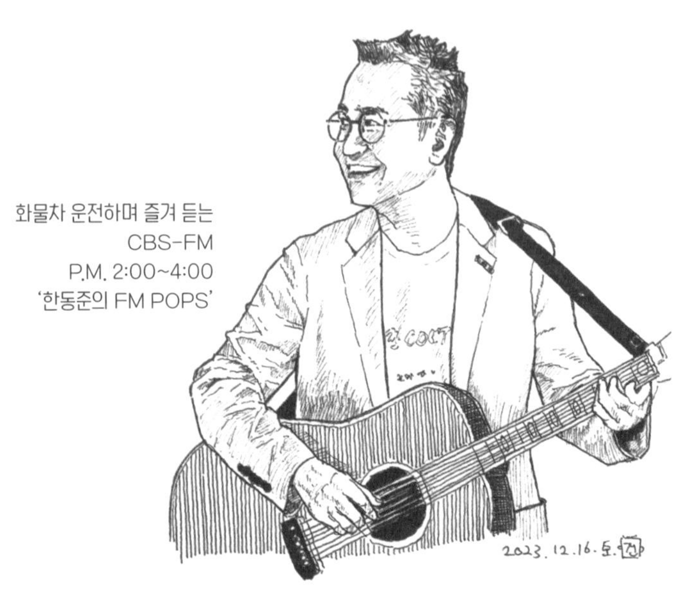

화물차 운전하며 즐겨 듣는
CBS-FM
P.M. 2:00~4:00
'한동준의 FM POPS'

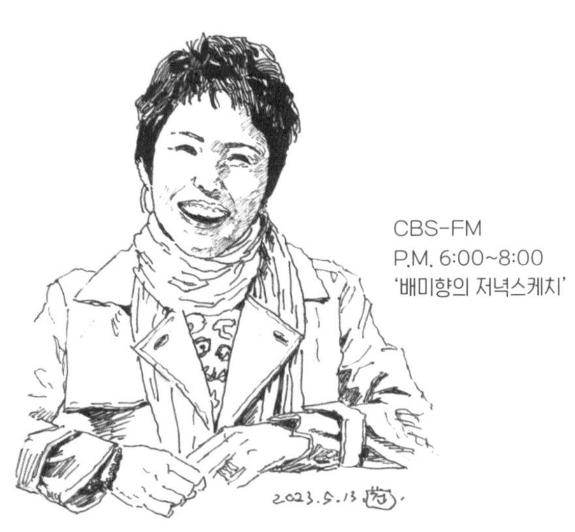

CBS-FM
P.M. 6:00~8:00
'배미향의 저녁스케치'

극복이 아닌 장애와 함께

about 운동하는 장애인들

카페에서 수화로 대화하는 분들을 보았다. 영화나 TV가 아닌 일상에서 수화하는 모습을 본 건 처음이라 호기심에 한참을 바라보았다. 그러다가 '아차' 하는 마음에 서둘러 시선을 돌렸다. 만약 내가 길을 걸을 때마다 사람들이 나를 쳐다본다면 어떤 기분일까? 내가 키오스크에서 음식을 주문하는 모습을 사람들이 구경이라도 하듯 지켜본다면? 분명 불쾌하거나 불편할 것이다.

길에서 우리는 장애인을 쉽게 만나지 못한다. 그래서 무의식적으로 호기심에 시선을 주기도 하겠지만, 그런 노골적인 시선은 당사자에게 분명히 불편함을 준다. 그러니 길에서 장애인을 마주쳤을 때는 호기심으로 쳐다보기보다 아무렇지 않게 행동했으면 좋겠다.

유럽 여행을 다녀온 지인이 말했다. 외국에서는 장애인을 길에서 자주 본다고. 그가 올린 인스타그램 사진에는 거리에서 만난 장애인들의 모습이 담겨 있다. 한국에서는 보기 힘든 장면들이다. 2023년 기준, 우리나라 인구 중 등록장애인의 비율은 5.1%라고 한다. 그렇다면, 도대체 그 많은 사람은 어디에 있는 걸까? 등록하지 못한 장애인까지 포함하면 그 비율은 더 높을 것이다.

전장연(전국장애인차별철폐연대)의 이동권 투쟁에 대해 말이 많았다. 바

뻔 출근 시간에 비장애인들을 '볼모'로 잡고 시위한다고. 하지만 바꿔 생각해 보면, 비장애인들이야말로 장애인을 '볼모'로 일상을 살아가는 건 아닐까? 장애인들의 기본권은 언제나 '나중에'로 미뤄지고, 그 결과 장애인은 오늘도 도시 곳곳의 턱들과 부족한 교통망 사이에서 '집을 나서면 목적지까지 한참'이라는 시간을 견뎌야 한다. 그들에게는, 여전히 세상이 '집 안에만 있으라'고 말하고 있는 건 아닐까.

최근 운동을 생활처럼 이어가다 보니, 헬스를 하는 사람들의 인스타그램을 많이 팔로우하게 되었다. 대부분은 비장애인 선수들의 피드지만, 가끔은 운동하는 장애인의 영상도 추천에 뜬다. 나는 장애를 극복의 대상이 아니라 함께 살아가야 할 현실의 일부라고 생각한다. 주어진 몸으

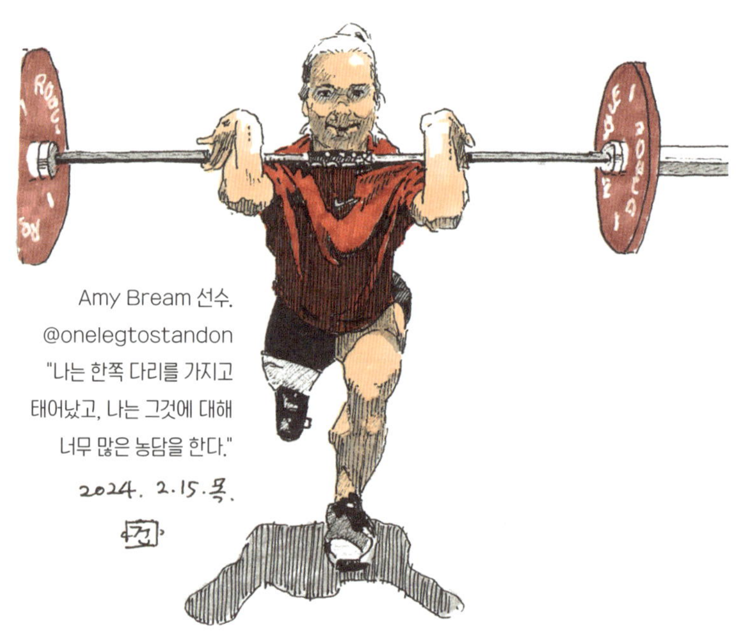

Amy Bream 선수.
@onelegtostandon
"나는 한쪽 다리를 가지고 태어났고, 나는 그것에 대해 너무 많은 농담을 한다."

2024. 2. 15. 목.

로 할 수 있는 운동을 찾아내고, 훈련하며, 즐기는 모습이 참 멋졌다. 그들이 그 장애를 받아들이기까지 얼마나 긴 시간과 마음의 과정을 거쳤을지 상상해 본다. 타고난 장애도 있겠지만, 살아가며 생긴 장애도 있을 것이다. 우리가 장애인의 '존재'에 좀 더 익숙해졌으면 좋겠다. 그들이 우리 곁에서 함께 살아가고 있다는 사실을 자주, 깊이 자각했으면 좋겠다.

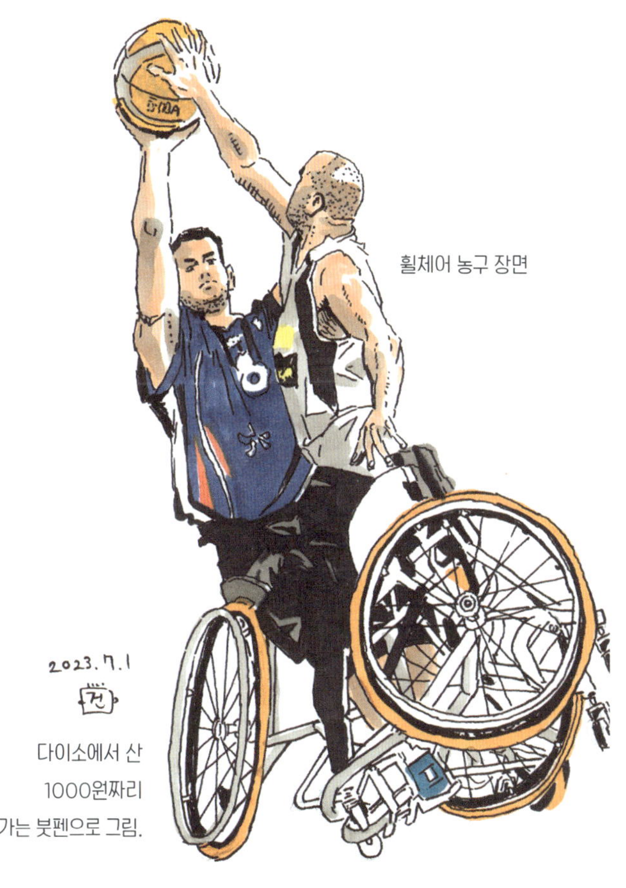

휠체어 농구 장면

2023. 7. 1

다이소에서 산
1000원짜리
가는 붓펜으로 그림.

토요일 출근, 동료들과의 협업

about 회사 동료들

회사 대문의 바닥에 달린 롤러가 빠지면서 문이 바람에 흔들리기 시작했다. 태풍이 오면 큰 문제가 될 수 있기에, 태풍 전에 반드시 수리를 해야 했다. 전문가를 섭외해 대문을 떼고 다시 달기로 했는데, 그 외에도 유실된 시멘트벽을 메우고 탈의실 벽지도 새로 바르는 작업이 남아 있었다.

입사 후 처음으로 토요일 출근을 하게 되었다. 해야 할 일이니 흔쾌히 수락했고, 평소와 똑같이 아침 7시 30분에 출근했다. B는 토요일마다 다니는 대학교 시험 기간이라 불참했고, R을 포함해 네 명이 출근했다. 무더운 날씨에도 손발이 잘 맞아 일은 순조로웠다. A형님이 맛있는 커피도 사주셨다. 중간에 잠깐 쉬는 시간을 제외하고는 점심도 거른 채 일했다. 일을 서둘러 끝내고 함께 밥을 먹기 위해서였다.

점심시간에는 사장님이 수박을 사 와서 썰어 주셨다. 수박은 냉장고에서 바로 꺼낸 듯 시원하고 달았다. 사장님은 우리가 불편해할까 봐 현장 상황만 파악하고 수박을 전달한 뒤 일찍 사라지셨다. 사장님은 나랑 동갑인데, 직원들을 많이 챙기시는 분이라 참 존경하는 분이다.

시멘트 작업은 처음이었지만, A 형님의 진두지휘 덕분에 유실된 벽을 메우는 일도 금세 마쳤다. 벽지 바르는 일도 손발이 척척 맞아 금방 끝났다. 일을 마치고 고메 밀면에 가 스테이크 육전과 만두를 곁들이고, 각자 밀면을 주문해 든든하게 먹었다. 땀을 뻘뻘 흘리며 손발을 맞춰 일하다

보니, 시멘트 바르는 법도, 벽지 바르는 요령도 자연스레 배웠다.

무엇보다 함께 땀 흘리며 얻은 성취감과 작은 동료애가 생겨 뿌듯했다. 태풍이 오더라도 최소한의 대비는 마쳤다는 안도감도 컸다. 단순히 회사 시설을 보수한 하루였지만, 돌아보니 사람들과 마음을 모아 무언가를 완성한 경험이 오래 기억에 남을 토요일이었다.

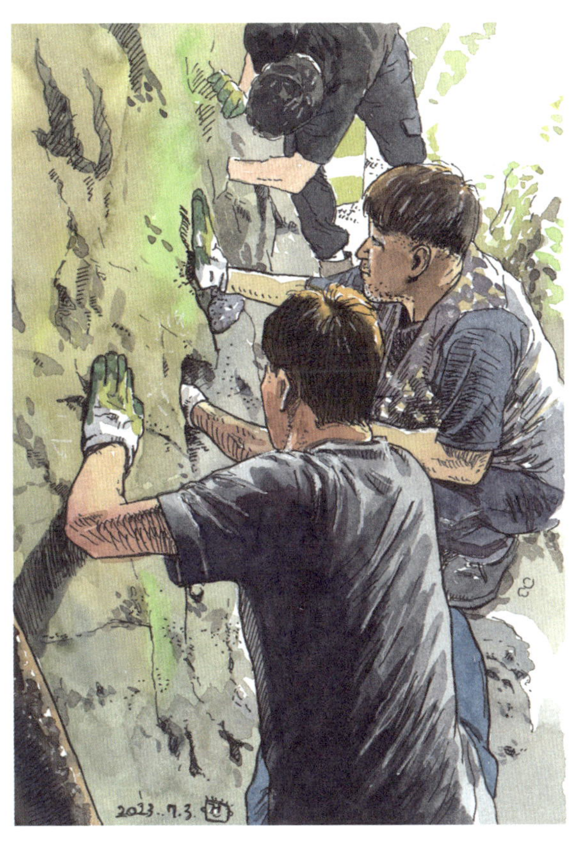

그림 열등감

about 김경아·김진아 자매

인물 펜드로잉을 오래 그려오다 보니 "인물은 참 잘 그리세요!"라는 말을 가끔 듣는다. 그림의 세계는 참 넓어서, SNS에 들어가 보면 그림 잘 그리는 고수들이 정말 넘치고 넘친다. 나는 겨우 인물 펜드로잉 하나만 잘 그리는 사람일 뿐인데, 풍경을 잘 그리는 분, 수채화를 멋지게 다루는 분, 어반스케치를 능숙하게 하는 분, 큰 사이즈의 종이에 꼼꼼하게 채워 그리는 분들까지 보면 그들에 비해 괜히 초라하게 느껴질 때가 있다. 어느 날, 한 어반스케치 작가의 작업 동영상을 봤다. (어반스케치는 현장에서 풍경을 직접 보고 그리는 스타일이다. 나는 주로 인터넷에서 본 멋진 사진을 캡처하거나 일상에서 찍어둔 사진을 아이패드에 띄워 천천히 보고 그리는 편이다.) 그 작가는 큰 종이에 과감하게 쓱쓱쓱 그림을 그려냈고, 그 모습이 멋지기도 했지만 괜히 나를 더 작게 느끼게 했다. 나는 대부분 A5 크기의 작은 종이에 그림을 그리는 편이었으니까.

일단 내 감정을 인정했다. 내가 초라하게 느껴지는구나, 형편없게 느껴지는구나. 그다음은 사실을 객관적으로 바라보려 했다. 그 작가님은 미대 출신 같았고, 미대에서는 큰 캔버스에 그리는 것이 익숙했을 것이다. 그걸 어반스케치에 자연스럽게 적용한 것뿐이다. 나도 미술교육을 제대로 받았더라면 시도해 볼 수 있었을지 모른다. 22살에 공주대 만화학과에 입학하긴 했지만, 우울증으로 휴학과 복학을 반복하다가 결국 졸업하지 못하고 중도에 그만두었다. 전문적으로 미술을 배운 기간은 짧다. 맛만 본 정도다. 그러다 직장을 다니며 우연히 다시 그림을 그리기 시작했고, 지금은 다른 사람들에게 그림 수업도 하고, 짝지와 함께 공저로 네 권의 책을 낸 작가가 되었다. 인물 드로잉만큼은, 나만큼 꾸준히 그리는 작가도 드물지 않은가. 그 작가님은 어반스케치에 특화된 분이고, 나는 인물 작업에 특화된 작가다. 그런데 굳이 큰 캔버스에서 쓱쓱 그리는 동영상을 보고 열등감을 느낄 필요가 있을까. 누구에게나 자기만의 장점이 있는데, 타인의 장점만 부러워하며 열등감에 잠기는 대신, 내 장점을 알아봐 주고 칭찬해 주며 자부심을 가지면 좋지 않을까.

김경아, 김진아 자매는 오래전에 내 그림 수업을 들었던 분들이다. 수업을 들을 당시에도 기본기가 이미 꽤 있었던 분들로 기억한다. 최근에서야 나도 수채화를 조금씩 시도하고 있지만, 그때는 수채화를 해볼 생각조차 못 할 만큼 똥손이었다. 그분들은 수업 이후에도 멋진 수채화 그림들을 SNS에 자주 올리곤 했다.

그걸 보며 내 안에 있던 열등감이 또 불쑥 올라왔다. 한때는 일부러 SNS에서 그림 잘 그리는 사람들의 계정을 언팔로우하기도 했다. 그들의 그림을 보지 않으면 열등감도 생기지 않고, 내 방식대로 꾸준히 드로잉을 해나갈 수 있었기 때문이다. 김진아, 김경아 자매도 그렇게 팔로우를 끊은 적이 있었다. 지금도 나는, 자신의 그림 실력이 부족하다고 느껴져 타인의 멋진 그림을 보면 자괴감이 드는 분들에게 "팔로우를 끊는 것도 방법이다."라고 말하곤 한다.

지금은 나에게 그런 열등감은 없다. 나보다 뛰어난 실력을 갖춘 분들은 분명 있지만, 그들은 그만큼 오랜 시간을 투자해 즐겁게 그려왔기에 그런 실력이 된 것임을 이제는 안다. 내게 없는 부분이 부럽다면 앞으로 그림을 그릴 때 그런 방식을 시도하고 실험해 보면 된다. 누군가 월등히 잘하는 부분이 있다면 그저 팬심으로 좋아하고 부러워하면 된다. 그림이 내 인생의 전부도 아니고, 그저 삶을 즐겁게 만들어주는 하나의 요소이니 조급해할 것도 없다. 그저 오래오래 재미있게 그리면 그만이다. 혹여 과거에 내가 팔로우를 취소했다고 마음이 상했던 분들이 있다면 이 글을 통해 조금이나마 오해가 풀리기를 바란다. 그리고 진심으로 김진아, 김경아 자매의 드로잉 생활을 응원한다.

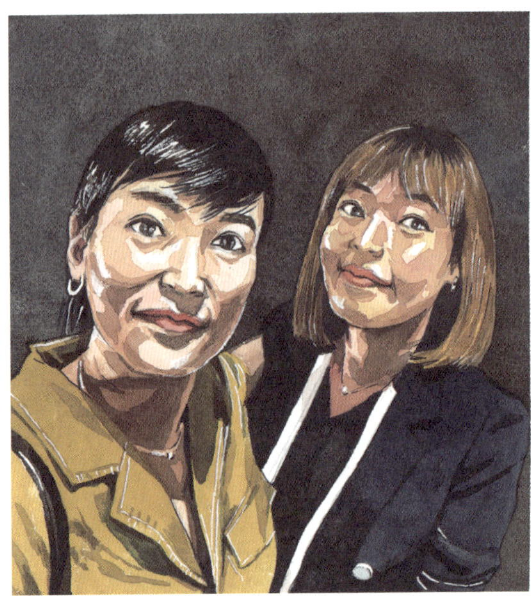

오랜 시간 즐겁게
그림을 그려오신
김진아, 김경아 자매

2023. 7. 5.

현장 좁은 틈새에 둥지를 튼 친구들

about 딱새 가족

어느 날, 회사 현장에서 새소리가 자주 들리기 시작했다. 소리를 따라 그들이 오가는 곳을 살펴보니 빛이 거의 들어오지 않는 구석에 둥지가 있었고, 그 안에 새끼 새들이 있었다. 어미 새는 쉴 틈 없이 벌레를 물어 나르며 새끼들을 돌보고 있었다.

신기한 마음에 사진을 찍어 SNS에 올렸더니, 댓글로 새 이름을 알려주는 분들이 많았다. 외국 드로잉 작가님도 영어로 댓글을 달아주셨다. 딱새라고 알려준 사람이 총 다섯 명이나 되었고, 암수 구분까지 해준 분도 있었다. 외국 드로잉 작가인 Apiwat Muangsanit는 메시지로 "Daurian Redstart(딱새)"라고 알려주었고, "Yes. I'm interested but not expert."라는 말과 함께 조류 도감 사진까지 찾아 보내 주었다. 집단 지성의 따뜻한 힘을 느낀 하루였다.

그 새들을 발견한 지 며칠 지나지 않아, 그들은 떠났다. 둥지를 들여다보니 새끼들도 보이지 않았다. 회사 현장은 딱새들이 머물기에는 적절한 환경이 아니었기에, 떠난 것이 오히려 다행이라는 생각이 들었다.

그리고 정확히 1년이 지난 어느 날, 다시 딱새들이 날아왔다. 어미 새는 같은 장소에 다시 둥지를 틀고 새끼를 품었다. 또다시 부지런히 먹이를 나르고, 새끼들이 어느 정도 자라자 둥지 밖에서 아기 새들을 향해 응원하듯 울었다. "용기를 내봐.", "너 자신을 믿고 날개를 펼쳐봐."라고 말하는 것 같았다.

　1년 전 그 장소를 기억하고 다시 찾아온 새들의 본성이 참 신비롭게 느껴졌다. 아마 내년에도, 또다시 찾아오겠지.

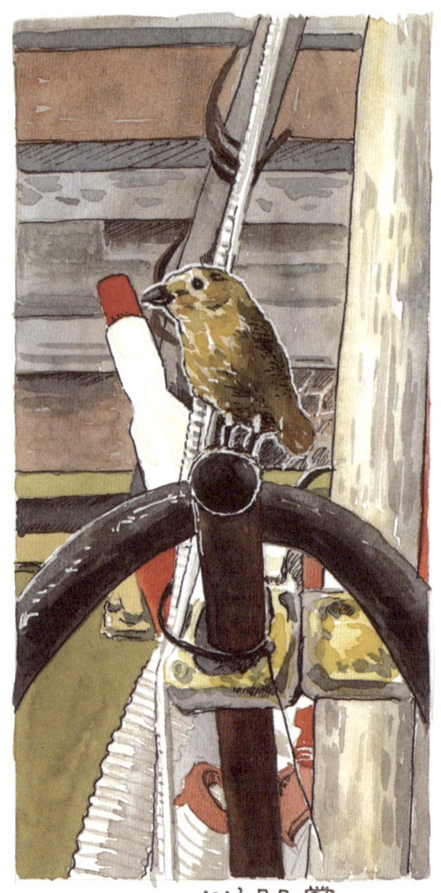

현장 좁은 틈새에
둥지를 튼 딱새

2023. 7. 7.

어반스케치 페스타에서 만난 인연

about 김병휘 작가님

    김병휘 작가님과의 인연은 경주 어반스케치 페스타로 거슬러 올라간다. 내가 부스에 없을 때, 한 남성분이 내 그림에 큰 관심을 보이며 한참 동안 작품을 살펴보다 갔다는 이야기를 짝지에게서 들었다. 얼마 뒤 내 인스타그램에 댓글이 달렸고, 그 계정에 들어가 보니 놀랍게도 뛰어난 인물 드로잉 실력을 갖춘 작가님이 아닌가.

    경주 어반스케치 페스타는 대부분 어반스케치를 주로 하시는 분들이 모이는 자리다. 그런데 그곳에서 유독 인물 그림만 열심히 그려대는 사람이 있었으니, 관심이 가지 않을 수 없었다고 하셨다. 이후 작가님의 인스타를 팔로우하고 메시지를 주고받으며 소통하는 과정에서 몇 가지 사실을 알게 되었다.

    작가님은 양산과 가까운 김해에 사신다. (이렇게 반가울 수가!) 건설 현장에서 레미콘 차 기사로 일하고 계신다. (나와 비슷한 상황이다.) 결혼 후에는 낮에는 일을 하고, 퇴근 후에는 육아에 집중하느라 그림을 자주 그리지 못한다고 했다.

    여러 면에서 호감이 가서 연락처를 주고받고, 문자를 주고받으며 만날 날을 잡았다. 부산 구백제병원에서 어반스케치 번개를 하기로 하고, 그날 뵙기로 했다. 우리는 만나서 그림에 관해 한참 동안 이야기를 나누었고,

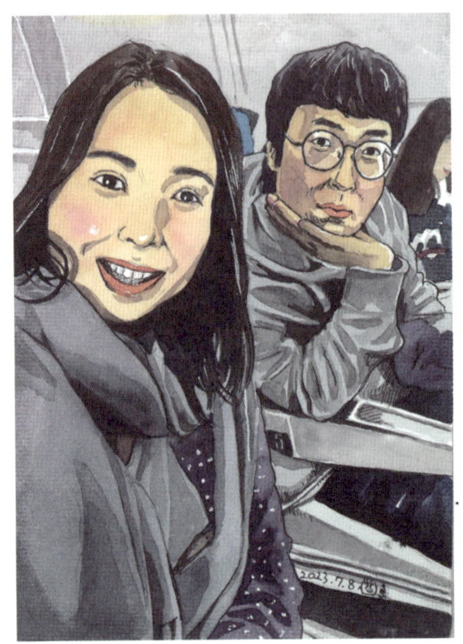

김해에 사시는 김병휘 작가님 부부

서로의 그림을 구경하고, 그림도 함께 그렸다. 내가 써보지 않은 재료가 있으면 어디서 구매할 수 있는지 구매 링크도 알려주셨다. 다양한 소재를 다양한 기법으로 그리시는 분이라 배울 점이 정말 많은 작가님이었다. 내게 좋은 자극제라고 할까. 앞으로 종종 만나 그림과 인생에 대해 수다 떨며 함께 그리는 동료 작가로 알고 지내면 좋겠다는 생각이 들었다.

하지만 인스타에서 작가님의 그림을 자주 볼 수는 없었다. 레미콘 기사 일은 나보다 훨씬 더 많은 시간을 요구하는 일이고, 집에 돌아가면 아직 어린 아기를 돌보느라 온전히 육아에 집중해야 했기 때문이다. 워낙 실력이 뛰어난 분이라 그림을 그리지 못하고 계신다는 사실이 개인적으로 무척 아쉬웠다. 언젠가 아이가 더 자라고 근무 시간이 조금 더 유연해지면, 다시 그림을 시작하실 거라 믿는다.

부부의 집에 초대 받다

about 승용·현은 씨

승용 씨와 현은 씨 부부는 양산 등산 밴드 '올라'를 통해 알게 되었다. 울산 대왕암 트레킹에서 처음 만났는데, 두 분의 인상이 참 좋아서 사진을 보고 그림을 그려드렸다. 2년 가까이 그림을 그리지 않다가 다시 붓을 잡은 지 얼마 되지 않았을 때였다. 나는 호감이 가는 사람들에게는 금세 다가가는 편이다.

그 이후로도 등산 밴드 활동을 하면서 이 부부를 자주 만났고, 내 첫 개인전 전시에도 직접 찾아와 주셨다. 시 쓰기를 좋아하는 현은 씨는 자신의 시집 한 권을 선물해 주기도 했다. 또 내가 진행했던 유료 메일링 서비스(글과 그림을 30일 동안 매일 보내드리는 프로그램)도 시즌 1에 이어 시즌 2까지 승용 씨가 꾸준히 구독해 주셨는데, 초보 작가였던 나를 향한 진심 어린 응원이 전해져 무척 감사했다.

승용 씨 댁에는 고양이 한 마리와 강아지 두 마리가 함께 살고 있다. 어느 날 그 아이들을 그려 달라는 부탁을 받았다. 나는 그림 의뢰를 거의 받지 않는 편이고, 특히 잘 알지 못하는 대상을 그리지 않는다고 말씀드리며 일단은 시간을 달라고 했다. 그러고는 그 아이들을 만나보고 싶다는 핑계로 집에 초대해 달라고 했다. 직접 만나야 그림을 그리고 싶은 마음이 생길 것 같았기 때문이다.

그날, 나중에 식당을 열고 싶다는 꿈을 갖고 있는 현은 씨가 정성껏 준비한 음식을 대접해 주셨다. 고양이 샘은 어딘가 숨어서 모습을 드러내지 않았고, 강아지 망고와 똘이는 처음 보는 우리 부부를 낯설어하지 않고 무릎에 올라와 애교를 부렸다.

(지금은 그 등산 밴드에서 나왔다. 나는 등산 자체를 좋아하는 사람이라기보다는, 좋아하는 사람들과 무언가를 함께하는 것을 좋아하는 사람이다. 등산 마니아도 아니고, 등산 말고도 하고 싶은 일이 많다 보니 점점 참석하지 못했고, 결국 밴드에서 나오게 되었다.)

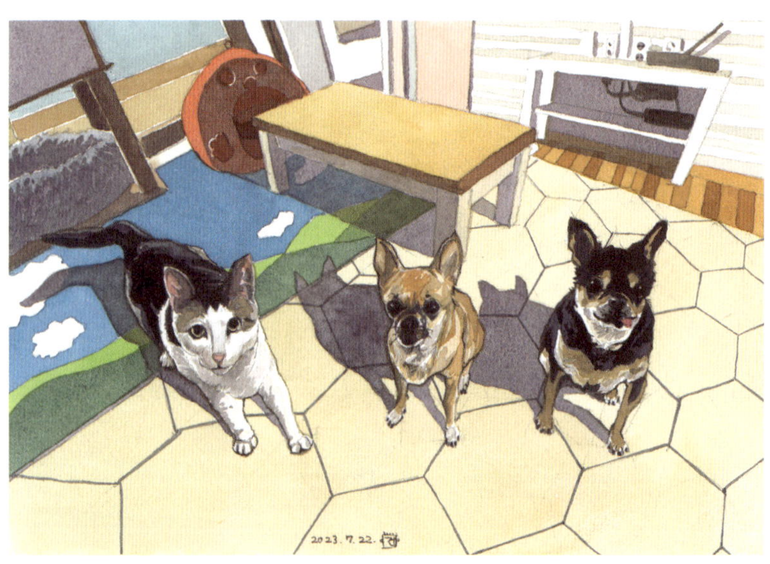

승용 씨, 현은 씨 부부의 집에서

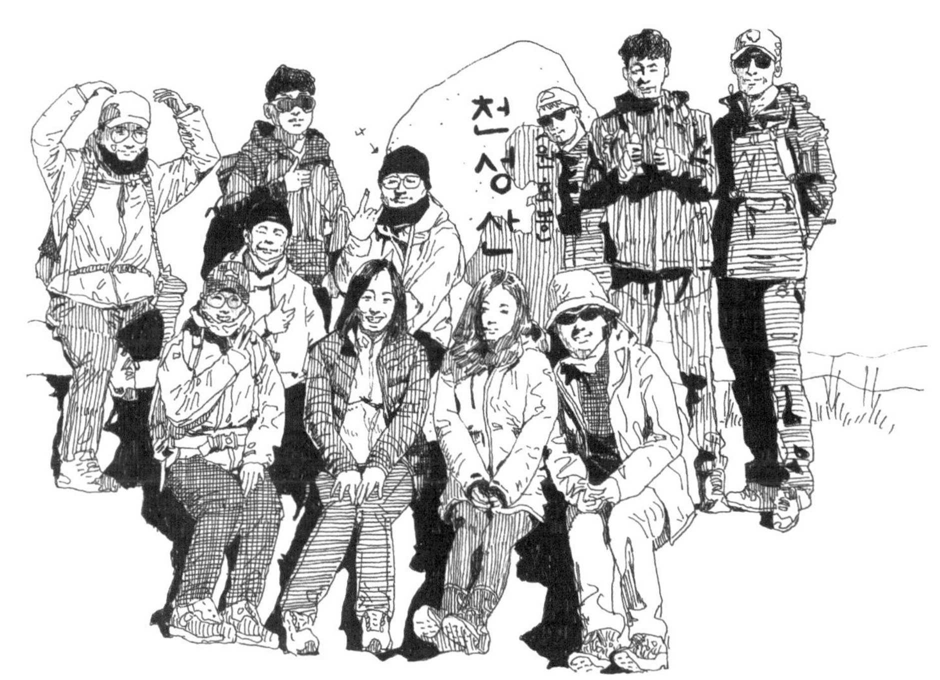

양산 등산 밴드 '올라'에서
두 번째 산행. 천성산

수채화 스승님

about 리모 작가님

나에게 수채화는 오래도록 미지의 영역이었다. 어반스케치를 하시는 분들을 보면 수채화를 금세 익숙하게 다루시던데, 나는 수채화에 재능이 없는 건 아닐까 하는 생각을 자주 했다. 지금이야 다양한 드로잉 수업이 있어 마음만 먹으면 쉽게 배울 수 있지만, 몇 년 전만 해도 지방에서는 내가 원하던 방식의 수채화 수업을 찾기 어려웠다. 문화센터에서 진행하는 강좌에 나가본 적도 있었지만, 큰 화폭에 자연물을 그리는 미술 전공 선생님의 수업은 나에게는 맞지 않는 옷 같아 한두 달 다니다 그만두었다.

리모 작가님은 대기업에서 직장 생활을 하시다가 과감히 전업 작가로 전향해 어반스케치 활동과 다양한 드로잉 수업을 이어오고 계신 분이다. 《혼자, 천천히, 북유럽》, 《네가 다시 제주였으면 좋겠어》, 《오늘 시작하는 어반스케치》 등 여러 권의 책을 출간하기도 했다. 워낙 제주도를 좋아하셔서 서울에 계실 때도 자주 제주를 오가며 그림을 그리셨고, 결국 제주로 이주해 그곳에서 삶과 작업을 이어가고 계신다.

서울에 볼일이 있을 때, 마침 리모 작가님의 수업이 있어 수채화 원데이 클래스를 들은 적이 있다. 내 눈앞에서 충분한 설명과 함께 시연해 주셨는데, 막상 내가 직접 해보면 이상하리만치 잘되지 않았다. 그 순간 내

능력이 저주스럽게 느껴졌다. 작가님이 아무렇지도 않게, 편안하게 드로잉하고 채색하는 모습은 그야말로 마법 같았다. 어린 시절 TV에서 종종 보던 밥 아저씨의 "참 쉽죠?"라는 말이 떠올랐다.

늘 온라인 수채화 수업을 들어보고 싶었지만, 딱 맞는 강좌를 찾기란 쉽지 않았다. 그러던 중 우연히 리모 작가님의 온라인 수업을 보게 되었고, 망설임 없이 신청했다. 오프라인 중심으로 수업하시다가 코로나 시기를 계기로 온라인 강의도 진행하게 되신 듯했다. 나는 '작가가 다른 작가의 수업을 듣는 것'이 혹시 부담되지 않을까 조심스러웠지만, "중급 수업을 반복해서 들어도 괜찮다."라는 말에 용기를 낼 수 있었다.

서울에서 들었던 오프라인 수업처럼 온라인 강의 역시 편안하고 친절한 분위기였다. 수강생들이 충분히 따라올 수 있도록 시간을 넉넉히 주셨고, 실시간으로 참여하지 못해도 녹화 방송을 볼 수 있어 좋았다. 이후 다른 작가님의 수업에도 도전해 보고 싶어 한 학기 쉬었다가 들어봤지만, 오히려 그 경험을 통해 내가 좋아하는 수채화 스타일이 무엇인지 더 분명히 알게 되었다. 나는 회화풍의 화려한 기법보다는 맑고 깔끔하면서 간단해 보이지만 꼼꼼한 드로잉을 더 좋아한다는 것을. 다른 선생님의 경우 색을 다소 탁하게 쓰시는 스타일이었는데, 내 눈에는 조금 지저분하게 느껴졌다. 두 번 정도만 따라 그리고는 수업을 멈췄다(그분의 실력을 폄하려는 건 아니다. 단지 나와 스타일이 맞지 않았을 뿐이다.).

결국 다시 리모 작가님의 수업으로 돌아왔다. 총 세 학기 수업을 들었는데, 처음 두 학기는 열심히 따라 했고, 세 번째 학기 때는 게으름을 피우며 억지로 따라 그리는 일이 많아졌다. 그러다 문득, 다른 작가님의 그림만 따라 그릴 게 아니라 내 그림을 그려야겠다는 생각이 들었고, 그 학기를 마지막으로 수업을 마무리했다. 나는 낮에는 화물차 운전 일을 하고 퇴근 후엔 그림을 그리거나 운동을 하거나 책을 읽는다. 그런 일상에서 일주일에 한 번 수업을 듣는 일도 절대 쉽지 않았다. 무엇보다 이제는 내가 배운 것을 내 방식대로 풀어보고 싶었다.

수업을 들으며 구매했던 리모표 수채화 팔레트는 지금도 잘 쓰고 있다. 작가님이 주로 사용하시는 다니엘 스미스 물감도 색깔별로 갖추어 두고, 떨어지면 새로 짜서 채워 넣는다. 리모 작가님은 나에게 수채화를 '두려움의 대상'에서 '친근한 벗'으로 바꿔주신 소중한 스승님이다.

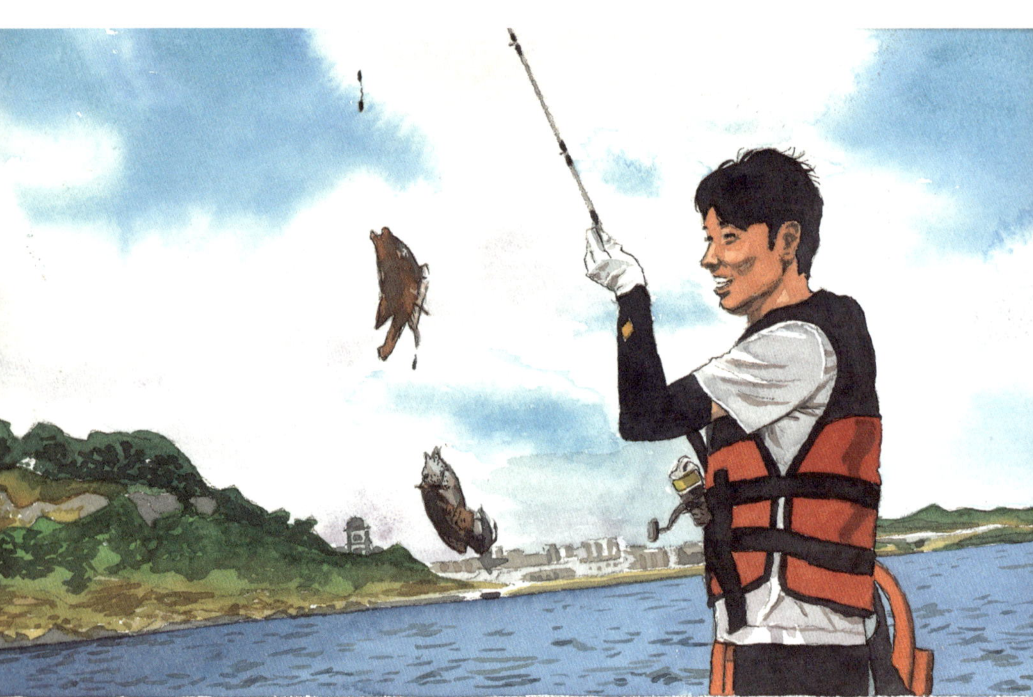

제주도에서 낚시하는 리모 작가님   2023. 7. 27.

넷플릭스 영화 〈37초〉

about 주인공 유마

우연히 넷플릭스에서 보게 된 영화 〈37초〉. 일본 특유의 과장됨도 없고, 뇌병변장애가 있는 청년의 삶을 리얼하게 담은 작품이라 내겐 2023년 최고의 영화였다.

(스포일러 있음.) 유마 역을 맡은 배우도 실제 뇌병변장애가 있는 일반인을 캐스팅해 연기의 밀도가 더 깊었다. 가야마 메이가 연기한 주인공 유마는 뇌병변장애가 있지만, 만화 보조작가로 자기 벌이를 하고 있다. 보조작가라고는 하나 실제 그림과 이야기 구성까지 모두 본인이 하기 때문에, 친구에게 착취당하는 셈이다. 독립하려고 만화 원고를 투고해 보지만 기회는 쉽게 오지 않는다. 출판사 편집장은 그림에 재능이 있다며 성인 만화를 그려보라고 제안한다. 그러나 유마에게는 연애나 섹스의 경험이 없다. 데이팅 앱으로 사람을 만나 보기도 하고, 유흥가에서 남성 접대부를 통해 경험해 보려고도 하지만, 자신의 몸을 제대로 컨트롤할 수 없는 현실은 그에게 또 다른 수치심을 안긴다.

장애인 복지를 선별적으로 시행하는 사회 분위기 속에서, 한국이든 일본이든 장애인의 삶은 여전히 '부모가 책임져야 하는 일'로 간주된다. 엄마의 삶은 오로지 유마에게 집중되어 있어서 독립하려는 유마가 엄마는 섭섭하고 한편으로 걱정스럽다. 하지만 유마는 이미 23세 성인이다.

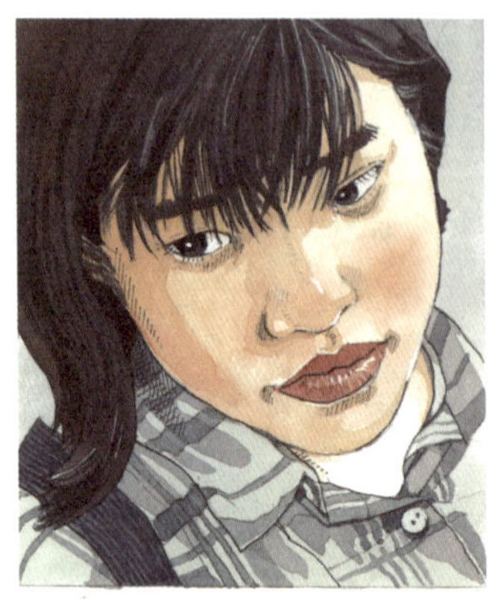

주인공 유마 2023. 8.20

성장하려는 유마를 막고 있는 건 외부의 시선이 아니라 바로 가장 가까운 엄마다.

꼭 장애인 부모에게만 해당하는 이야기는 아닐 것이다. 누구든 자식이 성장하려면 일정한 거리두기와 신뢰가 필요하다. 유마가 세상과 부딪히며 상처를 받을까봐 엄마는 걱정하지만, 그것은 유마의 몫이다. 유마가 감당할 수 있도록 묵묵히 지켜봐 주는 것이 어른의 역할이다. 결국 유마는 자신을 구속하는 엄마에게서 장기 외출을 감행한다.

유마의 주변에는 그를 있는 그대로 봐주는 사람들이 있다. 그 인물들은 유마의 삶에 과도하게 개입하지 않으며, 적절한 거리감을 지키는 선의의 존재들이다. 현실적인 지원과 정서적 지지, 그 이상도 이하도 아니다. 그들의 존재가 약간은 판타지처럼 느껴지면서도, 그렇기에 더욱 다행으로 느껴진다. 장애인의 교통편의를 돕는 젊은 남성이 등장하지만, 영화는 그를 끝까지 러브라인으로 소비하지 않는다. 그는 유마가 아버지를 찾아 떠나는 여정에, 단지 이동을 돕는 친구로만 머문다.

긴 여행 끝에 유마는 다시 엄마에게로 돌아온다. 그러나 이제는 다른 모습이다. 그는 독립적인 삶을 위해 자신만의 속도로, 천천히 세상의 문을 두드린다. 영화는 그 장면에서 조용히 막을 내린다.

어른 김장하

about 김장하 선생님

다큐 〈어른 김장하〉가 좋다는 이야기를 많이 들었다. 경기도에 있는 친구들을 보러 갔는데, 친구 하나가 편히 잠을 자라고 자신의 원룸을 비워 주는 게 아닌가. 낯설어서 그런지 잠이 안 와 TV를 켰더니 넷플릭스에 〈어른 김장하〉가 올라와 있었다. 한밤중에 기대 없이 다큐를 켰다가 펑펑 눈물을 흘리며 봤다. 같이 영화를 보는 사람도 없다 보니 더 대놓고 엉엉 눈물을 흘렸다.

김장하 선생님을 취재한 김주완 기자는 오랫동안 사회 비판적인 기사들을 써왔지만, '이렇게 한다고 세상이 달라질 수 있을까?' 하는 회의감에 사로잡힌 때가 있었다고 한다. 그러다 발상을 바꾸어, 사람들이 잘 알지 못하는 긍정적인 이야기와 인물을 발굴해 세상에 알리는 것이 오히려 세상을 살아갈 만하게 만드는 길이 아닐까 하고 생각하게 되었다.

김장하 선생님은 진주에서는 모르는 사람이 없을 정도로 평생 선한 일을 해오신 분이지만, 정작 본인은 그것을 결코 스스로 알리지 않으셨다. 그래서 인터뷰 초반은 쉽지 않았다고 한다. 한약방을 운영하며 어떻게 그렇게 많은 돈을 벌 수 있었는지도 궁금했지만, 평생을 좋은 일로만 채워온 그의 삶은 마치 이 세상 사람이 아닌 듯 경이롭게 다가왔다. 그에게서 도움을 받은 많은 사람이 김장하 어른처럼 살아갈 수는 없었지만,

자신이 받은 만큼을 누군가에게 돌려주려 애썼다. 최근 윤석열 대통령을 파면한 문형배 헌법재판관 역시 고2 때 김장하 선생님을 만나 대학을 졸업할 때까지 장학금을 받으며 학업을 이어갔다고 한다.

한편으로는 김장하 어른이 도대체 어떤 즐거움으로 평생을 살아오셨을까 궁금했다. 매일 규칙적인 일상을 반복하며 좋은 일만 하는 삶이, 솔직히 말하면 부럽지만은 않았다. 나는 하루하루 재미있고 신나게 살고 싶다. 그러나 그분이 세상의 누군가에게 선한 영향력을 전하고, 그 변화의 모습을 곁에서 지켜볼 수 있었다는 것, 어쩌면 그것이야말로 가장 큰 보람이자 즐거움이 아니었을까 생각해 본다.

나는 29년 동안 우울증을 안고 살아왔지만, 지금은 우울증 없이 안정적으로, 행복하고 재미있게 잘 살아가고 있다. 이것이 결코 나 혼자만의 노력으로 가능했던 결과는 아니다. 내 주변에는 좋은 사람들이 있었고, 그들의 도움과 응원을 받았다. 또 책 속에서 만난 수많은 사람의 이야기가 내 삶을 버티게 해주었다. 77년생인 나는 이제 곧 쉰을 앞두고 있다. 이 나이에 들어서니 단지 나 혼자만 행복하게 사는 것보다, 세상이 조금이라도 더 나아지도록 보탬이 되는 삶, 누군가에게 좋은 어른으로 살아가야겠다는 마음이 커졌다.

청년들에게 삶의 가능성을 충분히 보장해 주는 사회였다면, 지금처럼 불안해하지는 않았을 것이다. 그들은 끊임없이 자기계발을 하고, 휴식조차 스펙이 되어야 한다는 강박 속에 살고 있다. 나는 교육과 직접적인 관련이 있는 일을 하진 않지만, 종종 십 대와 이십 대들을 만나고 싶다는 생각을 한다. 매일 증명하지 않아도 괜찮다고, 누군가의 기준으로 우수한 인간이 아니어도 괜찮다고, 어떤 취약점이 있더라도 존재 자체로 괜찮다고 말해주고 싶다. 좋은 대학, 좋은 직장, 높은 연봉만이 자신을 증명하는 유일한 방법은 아니다. 자기 모습대로 살아갈 방법을 찾으면 되고, 그런 인생도 충분히 의미 있다는 것을 알려주고 싶다.

좋은 어른이란 무엇일까. 말로 설명하기보다 이미 자기 삶으로 실천하며 살아가는 사람, 어떻게 살아야 나다운 삶일지 끊임없이 고민하고, 실험하고, 실천하는 사람, 나의 해방뿐 아니라 타인의 삶과 해방에도 관심을 기울이는 사람이 아닐까. 나는 김장하 어른처럼은 살 수 없겠지만, 나 역시 누군가에게 좋은 어른으로 살아가고 싶다.

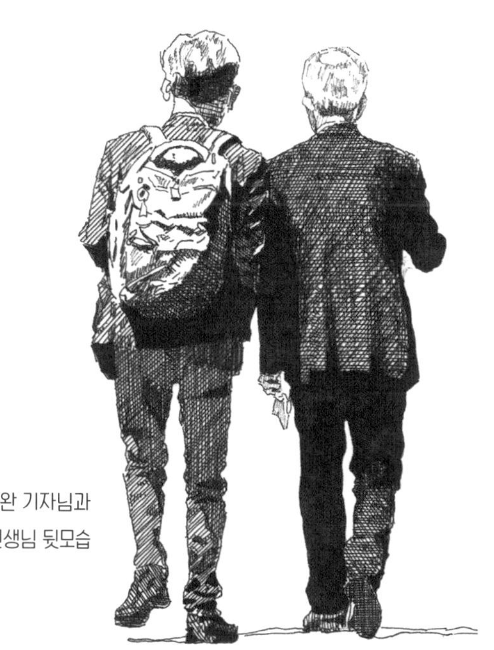

영화에서 김주완 기자님과
김장하 선생님 뒷모습

2024. 3. 4.

비건 빵집 겸 책방 '자크르'

about 라경·진향 공동대표

SNS에서 40, 50대 여성의 삶을 주제로 몇 번의 독서 모임을 한다는 공지를 봤는데, 우리 집에서 가까운 책방을 찾아보니 '자크르'가 있었다. 모임에서 읽을 책을 책방에 주문했는데, 자크르 공동대표 중 한 분이신 진향 쌤이 차를 몰고 우리 집까지 책을 배달해 주시는 게 아닌가. 생전 본 적 없는 내게, 택배도 아니고 대표님이 직접 배달까지 해주셔서 감사하면서도 궁금함이 앞섰다. 독서 모임 전에 그 궁금증을 안고 인사 겸 책방에 놀러 갔다.

라경 대표님은 지금도 한겨레 신문을 구독하시는데, 8년 전 한겨레에서 연재했던 '박조건형의 일상드로잉'을 통해 나를 처음 알게 되었다고 한다. 또 '달려라 오십호'라는 이름으로 연재한 짝지의 글도 관심 있게 읽으셨기에, 우리 부부를 이미 알고 계셨던 셈이다. 아마 그런 인연 때문에 우리에게 호의를 표현해 주신 듯하다. 비건 빵집이기도 한 자크르에서는 빵도 주문해 먹어보고, 책방의 큐레이션도 천천히 살펴보았다. 페미니즘이나 소수자 이슈를 기반으로 한 에세이와 인문학에 관심이 많은 내게는 취향에 꼭 맞는 책들이 많아 몇 권을 구매했다.

독서 모임에서 첫 책으로 읽었던 《에이징 솔로》는 40, 50대 비혼 여성을 대상으로 한 인터뷰를 바탕으로 쓰인 책이다. 꼭 비혼이 아니더라도,

나이가 들어가면서 주변과
어떻게 관계를 맺을지, 아
프거나 몸에 장애가 생기면
어떻게 살아갈지, 나이 들어
감을 어떻게 받아들일지 함
께 고민하게 만드는 책이라
내게는 2023년 최고의 책
이었다.

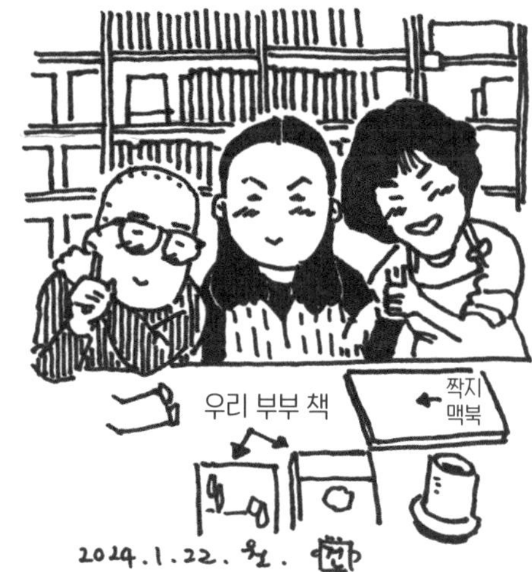

　자크르는 비건 빵이 맛있어 빵집으로도 유명하지만, 동시에 다양한
독서 모임을 운영하는 책방이기도 하다. 대표님이 우리 부부에게 호의를
보여주셔서 혼자 작업하러 가기도 하고, 짝지와 함께 들르기도 했다. 내
가 선정한 책《젠더수업리포트》로 독서 모임을 열기도 했고, 남성 페미
니스트로서의 경험과 페미니즘 이야기를 나누는 사람책 강연도 했으며,
'똥손그림일기' 원데이 클래스와 세 번째 우울증 리사이틀도 이곳에서
진행했다.

　지금은 책방을 찾는 손님들에게 "저는 자크르의 2024년 전속 작가입
니다."라고 농담처럼 말하곤 한다. 그만큼 자크르는 나의 아지트이자 가
장 좋아하는 공간이 되었다. 사람은 혼자 살아갈 수 없는 존재다. 나이가
들수록 소속된 곳은 줄고 관계망도 좁아지지만, 비슷한 관심사와 같은
방향성을 가진 이들과 이야기를 나누고 관계를 쌓아 가는 일은 오히려
더 절실히 필요한 작업임을 느낀다.

　내가 살고 있는 양산에서는 부산도, 경주도, 울산도 모두 1시간 남짓

한 이동권 안에 있다. 덕분에 자크르는 언제든 마음만 먹으면 찾아갈 수 있는 사랑방이 되었다. 남은 하반기에도 이곳에서 또 어떤 일을 해볼 수 있을까, 행복한 고민을 이어간다.

(현재는 진향 대표님이 개인 사정으로 그만두셔서 라경 대표님 혼자 맡아 운영하신다. 공동 대표일 때는 돌아가며 쉬는 날이 있었는데, 지금은 주 5일 모두 출근하셔서 조금 더 피곤하다고 하신다.)

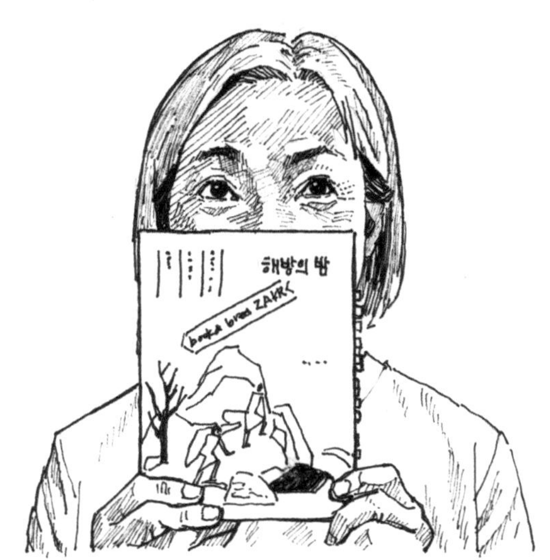

《해방의 밤》을 읽으면 이래 됩니다. 2024. 8.14. 7-16ㅎ=0
자크르 하라경 대표님

경주에 있는 페미니즘 책방 '너른벽'

about 너른벽에서 만난 사람들

구술생애사 강의를 하시고 노년의 삶과 관련된 여러 권의 책을 펴내신 최현숙 작가님의 강의를 5~6년 전에 부산에서 들은 적이 있다. 질의응답 시간에 책 내용과 관련해 민감한 질문을 드렸음에도, 작가님은 자신의 책에 담기지 못한 부분을 솔직히 인정하고 나이 어린 사람들의 이야기를 적극적으로 수용하며 경청하는 모습을 보여주셨다. 그 태도를 보며 '참 멋진 어른이다'라는 생각이 들었다. 그러다 경주에서 최현숙 작가님의 산문집 《두려움은 소문일 뿐이다》 북토크가 열린다는 소식을 듣고 처음으로 '너른벽'을 찾았다. 스스로 페미니스트라고 말하는 사람을 만나기가 하늘의 별 따기인 현실에서, 경주에 페미니즘·퀴어 책방이 있다는 사실이 무척 반가웠다. 구도심 재개발 지역에 있는 작은 책방이었는데, 나중에 알고 보니 책방 바로 앞 골목에는 아직도 성매매 집결지가 존재하고 있었다.

너른벽은 울산의 자크르처럼 내게 사랑방 같은 공간이 되었다. 털털하고 수수한 대표님도 마음에 들었고, 책 큐레이션 역시 내 취향에 꼭 맞았다. 무엇보다 페미니즘이라는 주제를 함께 이야기하고 고민할 수 있는 동료가 생겼다는 사실이 기뻤다. 그 이후로 나는 자연스레 이곳을 자주 찾게 되었다. 한 달에 한 번 부산에서 열던 우울증 자조모임을 서울에서

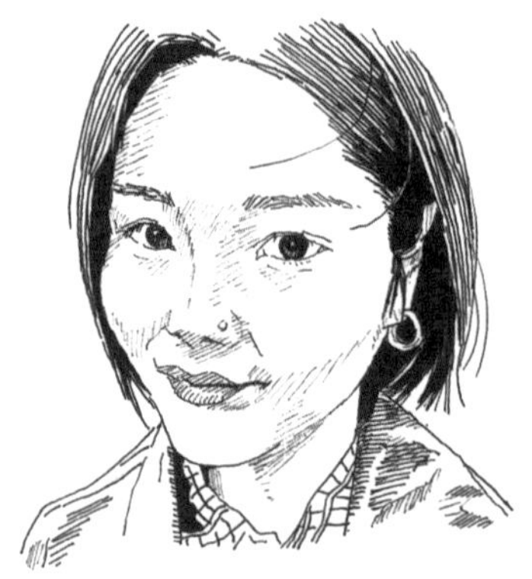

한 번, 너른벽에서도 한 번 여는 방식으로 확장해 나가기도 했다.

너른벽에서 몇 번 마주친 인연으로 불국사 조 선생님과 친구가 되었고, 그 인연 덕분에 조 선생님 진행으로 첫 번째 페미니즘 강연을 열 수 있었다. 2007년부터 페미니즘을 공부해 왔지만 내가 유명한 사람이 아니었기에 많은 분이 오시진 않았다. 하지만 관심 있는 몇 명이면 충분했다.

경주 너른벽에서 유럽 여행기(아부다비, 런던, 파리) 썰을 풀어주신 조혜경 선생님

그날 강연은 조 선생님이 페미니즘과 관련된 질문을 던지고 내가 답하는 형식의 사람책 강연이었다. 이후에는 유럽 여행을 다녀오신 조 선생님께 내가 질문을 드리고, 선생님이 답하는 방식으로 여행기를 듣는 자리를 마련했다. 내가 조 선생님께 여행기를 들려 달라고 제안한 이유는 단순하다. 우리는 모두 각자의 고유한 이야기를 가지고 있다고 믿기 때문이다. 비록 유명한 인물은 아니더라도, 그런 경험을 통해 자기 삶의 주인공이 되는 순간을 맛볼 수 있고, 나의 삶 안에도 이미 수많은 이야기가 숨어 있음을 깨닫게 된다.

최근에는 반성매매 활동가 신박진영 선생님을 초빙해 성매매 산업을 둘러싼 다양한 이야기를 들을 수 있었다. 선생님의 책《성매매, 상식의 블랙홀》도 좋았지만, 강의는 더 좋았다. 2시간 강의 시간을 훌쩍 넘겨 질의응답까지 성실하고 열정적으로 응해 주셔서 배움이 많은 시간이었다. 북

토크에 참석한 남성은 나 말고 한 분 더 있었다. 반가운 마음에 말을 걸었는데, 그는 한양대학교 학부생이었다. 매 학기마다 한 도시를 정해 조사하고 발표하는 수업을 듣고 있으며, 이번 도시는 경주라고 했다. 그는 성매매 집결지에 대한 조사를 위해 내려와 상인들을 인터뷰했다고 했다. 혼자 걷기에는 겁이 나서 성매매 집결지를 안내해 달라고 부탁드렸고, 영업 시작 전에 함께 걸으며 자세히 설명을 들을 수 있었다.

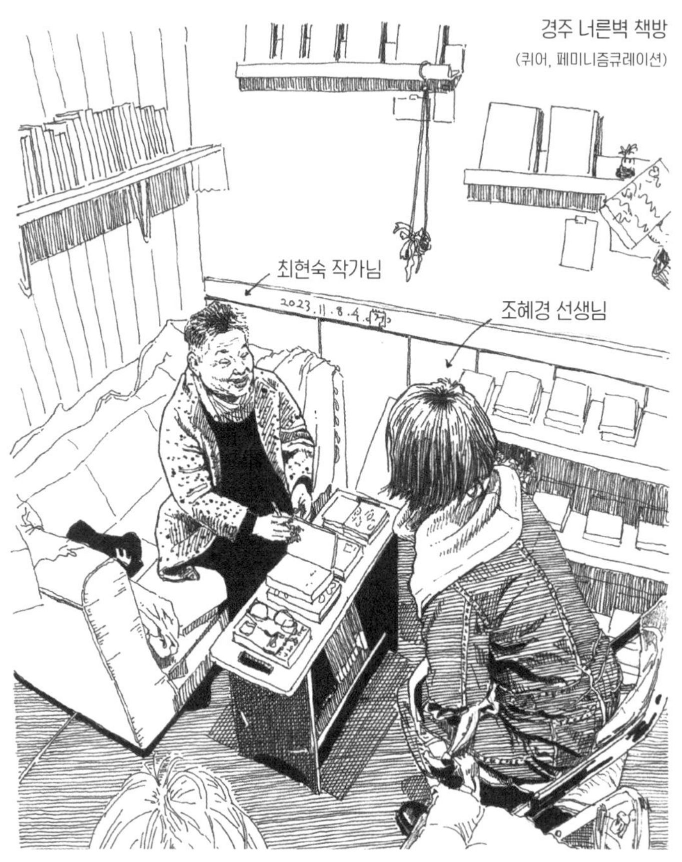

(지금은 조 선생님을 뵙기 어렵다. 현재 조혜경 쌤은 경주에서 20여 년 호텔 제빵 경력을 지닌 남편과 함께 '사유제과'라는 이름으로 가게를 운영하고 계신다. 네이버 스마트스토어를 통해 주문도 가능한데, 내가 좋아하는 에그타르트를 인터넷으로 주문해 먹어보니 정말 훌륭했다. 서비스로 함께 보내주신 빵들 역시 모두 만족스러웠다.)

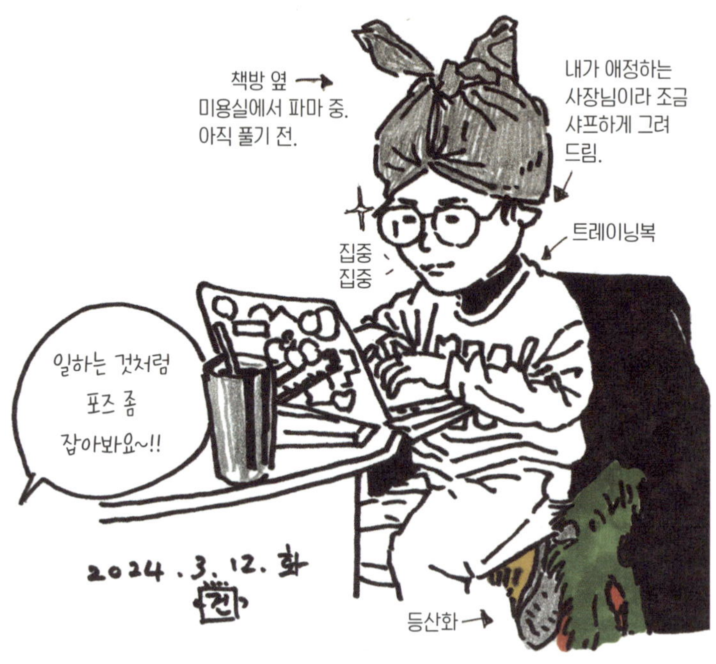

영화 전문 책방 '북미'

about 김영미 대표님

경주에서 수채화 원데이 레슨을 듣고, 수업이 끝난 뒤 집으로 가는 길이었다. 경주까지 왔으니 '너른벽' 책방에 들러 잠깐 놀다 가야지 싶어 찾아갔는데, 아쉽게도 문이 닫혀 있었다. 대표님께 전화를 걸었지만 받지 않으셨고, 아쉬운 마음을 안고 그냥 집으로 돌아가려던 참이었다. 그러다 문득, 얼마 전 인스타그램에서 본 영화 전문 책방 '북미'가 떠올랐다. 검색을 해보니 바로 근처였다.

그렇게 북미에 처음 들렀다. 경주 읍성 바로 옆에 있는데, 생각보다 공간이 넓었다. 음료를 하나 주문하고 책들을 천천히 둘러보다가 책을 한 권 구매했다. 매일 그림일기를 그릴 때라 북미 책방 이야기를 남기고 싶어 간단하게 그림을 그렸다. 너른벽 사장님 핑계를 대며 사장님에게 말을 걸었다. 영화를 좋아하는 사람이라는 공통분모로 이야기를 길게 이어갔다.

북미 사장님은 매주 목요일마다 무료 상영회를 하고 있는데, 한 번도 빠지지 않고 3년 동안 매주 해오셨다고 한다. 어떻게 매주 상영회를 계속할 수 있었을까? 책방에서 영화를 보고 싶어 벼르고 벼르다 회사 마치고 목요일에 북미에 들렀다. 그날 영화 보러 온 손님은 나 외에는 없어서 사장님과 둘이서 영화를 봤다. 이번 달의 주제는 SF였고, 15년 만에 다시 보는 〈디스트릭트 9〉이었다. 내가 과거에 어떻게 이 영화를 봤을까 궁금해 내 블로그에 검색해 보니 2009년에 쓴 영화 리뷰가 있었다. '2009년 최고의 SF 영화'란 평과 함께 별 다섯 개를 준 기록이었다. 아마 지금까지 본 적이 없는 스타일의 영화인 데다 인간 중심의 시선에 대한 철학적인 비평을 담고 있어서 그랬던 것 같다.

다시 본 이 영화의 평점은 별 네 개. 지금은 웬만해선 영화에 별점 다섯 개를 주지 않는데, 영화 보는 시선이 조금 더 다양해졌기 때문이다. 과거에 책이나 영화를 어떻게 봤는지 궁금하면 한 번씩 내 블로그에서 검색해 찾아본다. 책방에서 100인치 큰 화면으로 영화를 좋아하는 사장님과 함께 영화 보는 시간이 참 행복했다. 영화가 끝나고 책방을 정리하며 서로 어떻게 영화를 감상했는지 이야기를 나누었다.

두 번째로 본 목요 상영회 영화는 데이비드 린치 감독의 〈트윈 픽스〉였다. 데이비드 린치 감독의 영화는 난해하고 기괴하며 초월적이고 무의식을 다룬다는 평을 듣곤 했는데, 그래서인지 내가 좋아하는 감독은 아니었다. 혼자라면 결코 볼 일이 없을 것 같아, 억지로라도 한번 경험해 보자는 생각에 대표님께 디엠을 드리고 영화 시간에 맞춰 북미를 찾았다.

그날 상영에는 젊은 커플과 나이 든 남성 한 분, 나, 그리고 대표님까지 다섯 명이 함께했다. 요즘 나는 영화를 40분쯤 봐도 매력을 못 느끼면 바로 멈추는데, 이날은 대표님께 간다고 이미 언질을 드린 터라 중간에 일어나 나올 수가 없었다. 눈을 감았다 뜨기를 몇 번 반복했지만 시간은 좀처럼 흐르지 않았고, 영화는 난해하고 지루했다. 상영이 끝난 뒤에도 감상은 나누지 않고 인사만 드린 채 곧장 집으로 향했다. 앞으로는 데

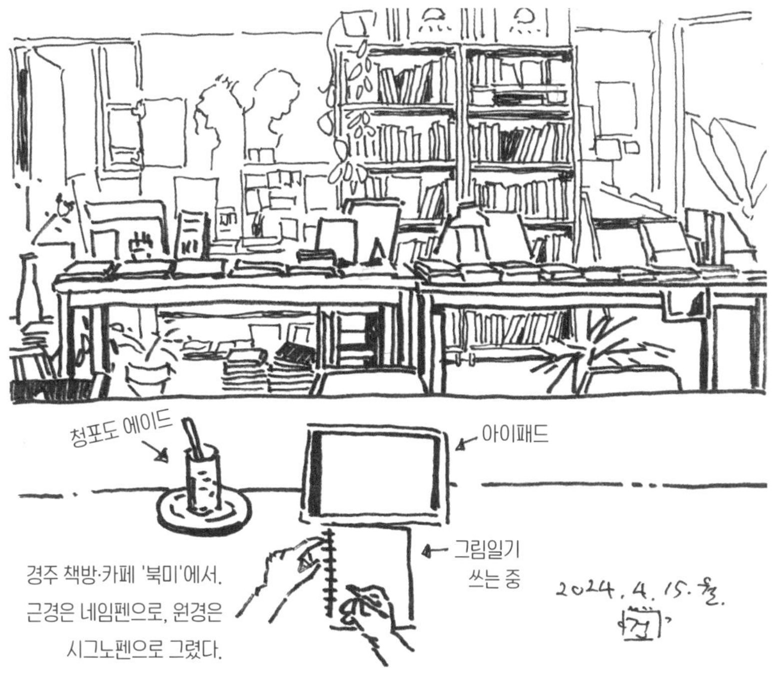

경주 책방·카페 '북미'에서.
근경은 네임펜으로, 원경은
시그노펜으로 그렸다.

이비드 린치 감독의 영화는 절대 보지 않기로 마음먹었다. 그날 밤, 목감기 기운이 올라와 잠자리에 들었고, 결국 일주일을 감기로 고생했다. 회사를 마치고 곧장 영화를 보러 가지 말고 집에서 쉬었더라면, 감기가 그냥 지나갔을까 하는 생각도 들었다.

내가 좋아하는 너른벽과 북미가 함께 진행하는 프로그램으로 '폰 오프(OFF), 책 온(ON)'이 두 번 열린 적이 있다. 한 번은 짝지와 함께 참여하려고 신청했지만 사정이 생겨 취소해야 했고, 두 번째는 꼭 가고 싶었는데 하필 그날이 현장 회식이라 가지 못했다. 세 번째 프로그램에는 꼭 갈 수 있기를 바란다. 내가 좋아하는 두 사장님과 책을 사랑하는 분들과 함께 조용히 독서하고, 모여서 어떤 책을 읽었는지 나누는 시간이 참 좋을 것 같다.

북미는 3년 넘게 하루도 쉬는 날 없이 책방을 운영해 오셔서 "좀 쉬어가며 하세요." 하고 몇 번 말씀드리기도 했는데, 이제야 월요일을 휴무일로 정하신 걸 보니 다행이라는 생각이 든다. 너른벽은 몇 달 전 2년 재계약을 마쳐 앞으로 2년 더 볼 수 있어 기쁘다. 대표님은 월세를 감당하기 위해 주 3일은 경주여성노동자회에서 일하고, 책방은 목·금·토·일, 나흘간 운영한다. 내가 좋아하는 두 공간이 오래오래 지속되기를 진심으로 바란다.

즐겨 보는 여행 유튜브 '나강'

about 유튜버 나강 님

즐겨 보는 여행 채널이 두 곳 있다. 약 16만 명이 구독하는 '정세월드'와 약 20만 명이 구독하는 '나강'이다. 두 채널의 여행 콘셉트는 전혀 다르다. '정세월드'는 일본에 거주한 지 11년 된 직장인이 주말마다 혼자 여행하며 기록하는 채널이다. 혼자 유유자적하게 느린 여행을 즐기며, 여행지에서 천천히 산책하고 음식을 사 먹거나 카페에서 커피 한잔을 하며 때로는 맥주도 곁들인다. 내레이션 역시 느릿하고 담백하다. 이런 여행을 좋아하는 이들에게 잘 맞는 채널이다. 해외 여행지 가운데 그나마 일본에 관심이 있어, 나도 즐겨 보게 되었다.

나강 채널은 여러 나라를 다니며 현지인들과 적극적으로 어울리고 다양한 경험을 즐기는 방식이다. 기본적인 영어가 가능해 현지인들에게 자연스럽게 말을 걸고, 긴 대화를 이어간다. 군 복무를 마친 뒤로 10년 가까이 헬스를 해왔고, 큰 교통사고를 겪은 후 허리가 좋지 않아 요가를 시작한 지도 3년 차라고 한다. 그래서인지 여행지 어디서든 꾸준히 헬스와 요가를 병행한다.

해외여행을 하다 보면 무언가를 분실하기도 하고, 시간이 다 되었는데 비행기나 버스터미널을 못 찾아 헤매기도 한다. 그때마다 나강 님이 하는 말. "멘탈 잡아라, 멘잡." 나도 화물 운전을 할 때, 혹은 일이 잘 풀려

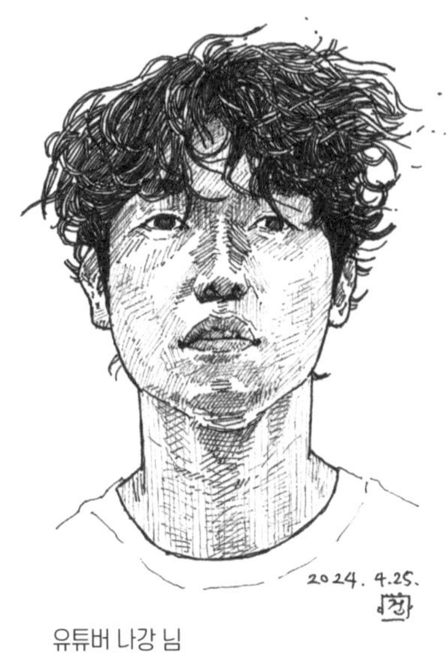

유튜버 나강 님

서 자신감이 넘칠 때, 종종 나에게 하는 말이 되었다. 무언가 잘될 때일수록 오히려 더 조심할 필요가 있다. 뜻대로 되지 않는 일이 생기더라도, 그 상황을 빨리 받아들이고 내가 할 수 있는 최선의 방법을 고민하며 적극적으로 행동하는 것. 그 이후의 상황은 어쩔 수 없는 부분이다. 나는 그런 삶의 태도가 마음에 들었다. 여행 유튜브를 시작하기 전에는 숙박업을 했던 것 같기도 한데, 나강 님은 사람을 대할 때마다 한 사람, 한 사람을 존중하고, 관계와 대화 속에서 배우려는 태도를 보여준다. 그래서 나는 나강 님을 좋아한다.

여행을 그렇게 좋아하는 편은 아니지만, 두 채널을 보면서 내가 선호하는 여행이 어떤 건지 생각해봤다. 혼자서 조용히 다니는 정세 님 방식은 요즘 들어 관심이 시들해졌다. 일단 자연의 아름다운 변화에 별 관심이 없어 심드렁하고, 돈을 써서 여기 가보고 저기 가보는 것에는 별 관심이 없다. 나는 내가 좋아하는 사람과 함께 가는 걸 선호하는 편이고, 언어가 기본적인 소통이 가능한 정도라면 가는 곳마다 사람들에게 적극적으로 말을 걸고 대화를 나눌 것 같다. (여행에 관심이 별로 없다 보니 외국어를 배우고 싶은 마음도 지금은 크지 않다.)

그렇다. 나는 사람들에게 관심이 많다. 그래서 내가 살고 있는 곳, 여기서 매일매일 여행을 한다. 단골 카페 사장님에게 이런저런 말을 걸고, 좋은 책을 읽으면 리뷰를 쓰고 작가에게 디엠을 드린다. 작가님의 리액션이 좋고 나에게 관심이 있으신 경우 그 작가님을 직접 만나고 좋은 인연을 오래 이어가기도 한다. 블로그에서 읽은 어떤 분의 우울증 기록이 좋아서 카페를 운영하시는 포항에 놀러 가 친구가 되기도 했다. 몇 년째 택배를 보낼 때마다 이용하는 작은 우체국 직원분께는 커피를 사 드렸는데, 그 보답으로 작은 쿠키를 선물로 받았다. 드로잉 축제에서 만난 출판사 대표님께 내 작업을 보여드리고 명함을 건넨 것이 계기가 되어 지금은 책 작업까지 이어지고 있다.

요즘 나강 님은 삼십대 중반에 일본 유학생활을 하며 영상을 계속 이어 올리고 있다. 늘 감사함을 느끼고 겸손하면서도 다니는 곳마다 적극적으로 사람들을 만나는 모습을 보면서 갑자기 눈물이 터져 나왔다. 과거에 우울증이 심할 때마다 무기력하게 누워만 있던 내 모습이 생각나서. 한참을 울었다. 서럽도록 울었다. 그 시간을 잘 지나왔기에 지금은 나강 님처럼 하루하루 재미있게, 즐겁게, 삶을 적극적으로 산다. 그 시간이 있었기에 가능한 삶의 변화다. 지금은 일본에 계셔서 뵙기 어렵지만, 언젠가 함께 헬스를 해봤으면 좋겠다. 나강 님은 정말 삶을 멋지게 사는 사람이다.

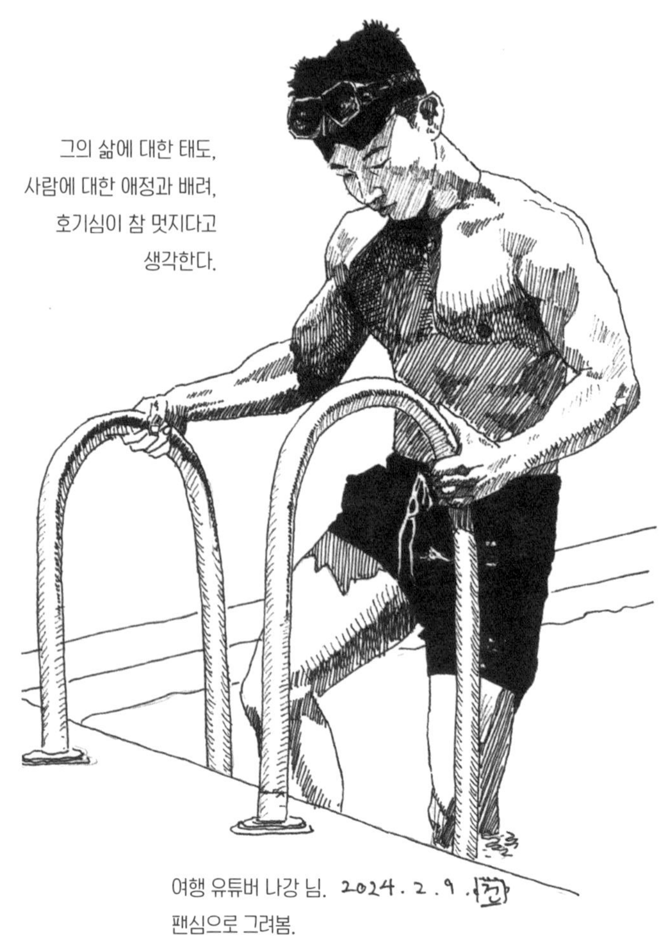

그의 삶에 대한 태도,
사람에 대한 애정과 배려,
호기심이 참 멋지다고
생각한다.

여행 유튜버 나강 님. 2024. 2. 9.
팬심으로 그려봄.

오랜 인연의 단골 카페 '소소서원'

about 이우석 사장님

지금 글을 쓰고 있는 곳은 단골 카페 '소소서원'이다. 그림 속 주인공인 이우석 사장님은 한적한 카페에서 핸드폰을 들여다보고 계시고, 또 다른 주인공인 리트리버 굴비는 이진 사장님과 산책을 다녀온 뒤 잠시 카페에 들러 인사만 하고 집으로 올라갔다. 원래는 원고 마감이 4월 말이었으나 직장 다니면서 글을 쓰는 게 생각보다 시간이 오래 걸렸다. 글 작업을 일찍 시작해야 했는데, 너무 책 작업을 만만하게 생각한 것 같아 나 자신에게 속상했다. 편집장님께 사과 문자를 드리며 마감 기한을 조금 더 연장했고, 집에서 원고를 쓰려고 하면 자꾸 딴짓을 하게 돼서 결국 단골 카페에 나와 작업을 이어가고 있다.

소소서원과의 인연은 벌써 10년이 된다. 사장님은 예전에 '소소봄'이라는 카페를 운영하시다가 지금 이곳에 땅을 사서 3층 건물을 올리고, 1층에 '소소서원'을 새로 열게 되었다. 카페에 가면 늘 '동네 작가'라며 따뜻하게 맞아 주셨다. 우울증이 심하던 시절, 말없이 카페에 앉아 조용히 그림만 그리고 있을 때도 사장님은 좋은 벗이 되어 주셨다. 나와 나이 차이가 크게 나지 않지만, 언제나 "형!"이라고 부르며 나를 존중해 주셨다. 사회복지를 전공하신 분이라 소소서원이 마을 카페로 자리 잡기를 희망

하시며, 전국적으로도 꽤 알려져 있고 마을 인사들과도 두루두루 친분이 깊다. '소소봄'에서 '소소서원'까지 카페를 운영한 시간이 벌써 14년이라고 하셨다. 한 카페를 14년 동안 이어간다는 것이 어디 쉬운 일인가.

양산에는 문재인 전 대통령님이 내려와 살고 계시고, 대통령님을 지지하는 분들이 운영하는 '평산책방'이 있다. 양산의 작은 책방 모임에 소소서원도 포함되어 있는데, 평산책방에서 작은 책방 행사를 열면서 사장님이 우리 부부의 책을 팔아주겠다고 하셨다. (아니, 왜? ㅎㅎ) 너무 감사했다. 사장님 혼자 책을 팔게 할 수는 없을 것 같아, 작가인 내가 직접 가야겠다 싶어 신청했는데, 작년 행사는 비 때문에 한 주 미뤄지면서 결국 참석하지 못했다. 당연히 책은 거의 팔리지 않았고, 대신 사장님이 자신의 사비로 책을 구매해 주셨다. 책방도 아닌 곳에서 우리 부부 책만 따로 파셨으니 잘 팔릴 리가 없었지만, 그 마음이 참 고마웠다.

올해에도 평산책방에서 양산 책방들의 행사가 있었고, 이번에는 직접 참가할 수 있었다. 덕분에 17권이나 팔 수 있었고(물론 다른 책방 사장님의 열정적인 홍보 덕분이기도 했다.), 문재인 전 대통령님과 이야기를 나누고 사진도 찍고 악수도 할 수 있었다. 그 덕분에 그날 올린 게시물은 내 피드 중에서도 조회 수가 가장 높았다.

30대에 만난 우리가 한 마을에서 함께 40대를 맞이하고, 그 모습을 서로 지켜보며 응원하고 동행할 수 있다는 사실이 참 고맙다. 굴비도 자주 마주치는데, 이제는 나를 알아보는지 매번 반겨준다. 우리, 50대에도 같이 잘 나이 들어갑시다.

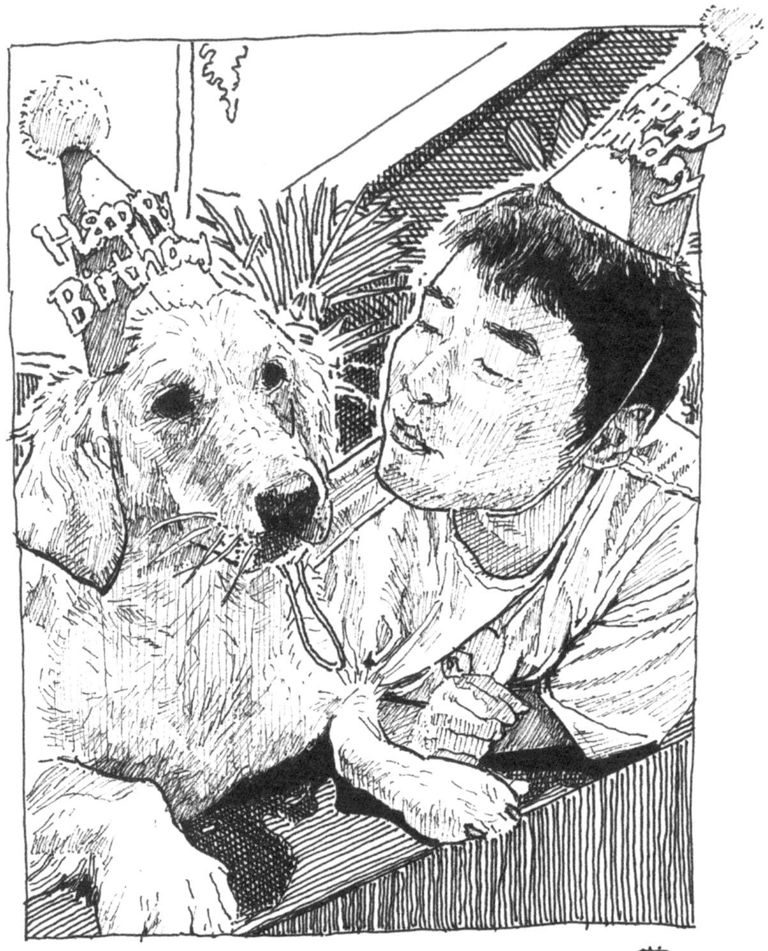

3살 굴비 생일날. 소소서원 이우석 사장님과 굴비 2024. 4. 27.

생활체육인 동료

about 당최 님

당최 님은 서울 우울증 자조모임에서 처음 뵈었다. 나는 부산에서 한 달에 한 번씩 모임을 열고 있지만, 원하는 분들이 있으면 출장 형식으로 다른 도시에서도 모임을 한다. 당최 님은 그중 한 번, 서울에서 열린 모임에 오셨다. 출판사에서 편집자로 일하시다가 지금은 프리랜서로 활동 중이시고, 2년 넘게 요가를 꾸준히 해오셨다. 요가를 통해 일상의 안정을 얻고 계신 듯했다. 무언가를 성실히 오래 해낸 사람을 보면 늘 멋지다고 느낀다. 우울증에 있어 몸을 움직이는 것만큼 좋은 치유법이 또 있을까 싶지만, 물론 증상이 심할 때는 그조차도 어려운 일이긴 하다.

당최 님은 요가를 기반으로 일상의 여러 활동을 활기차게 해나가고 있다. 오일파스텔로 누드 자화상 시리즈를 꾸준히 그리고 있고, 가끔은 춤을 배우러 다니기도 한다. 최근에는 PT를 받으며 헬스를 시작했는데, 그 과정을 인스타그램에 영상으로 공유하신다. 운동을 함께하는 사람끼리는 그런 기록들이 서로에게 좋은 자극이 되기도 한다.

나 역시 생활체육인의 마음으로 헬스장에 갈 때마다 짧은 인증 영상을 하나씩 올리곤 한다. 몸이 변화해 가는 과정을 스스로 즐기며 받아들이는 그 모습이, 내게는 유쾌하고 인상 깊었다. 돌이켜 보면 우리는 자조모임에서 단 한 번 마주친 적밖에 없었고, 그 외에는 인스타그램을 통해 당최 님의 삶을 엿본 것이 전부였다.

서울에 갈 일이 있었을 때, 당최 님께 연락드려 함께 운동하자고 약속을 잡았다. 자조모임 이후 두 번째 만남이었지만, 마치 어제 만난 사람처럼 자연스럽게 어울렸다. 우리는 함께 운동했고, 나는 근육 부위별로 다양한 동작을 알려드리며 자세를 잡아드렸다. 운동이 끝난 뒤에는 맛있는 식사를 대접받으며 이런저런 수다를 나누었고, 오랜 친구처럼 편안한 시간을 보냈다. 약속 장소까지 자차로 태워주신 것도 감사한 기억으로 남았다.

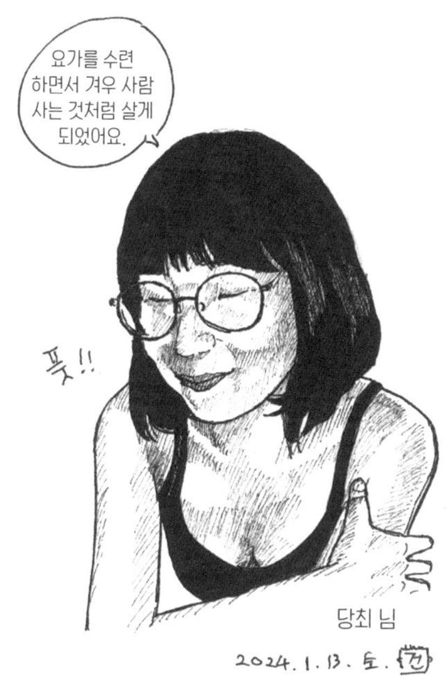

당최 님

2024. 1. 13. 토.

얼마 전 당최 님의 인스타그램에서 광배근 운동을 하는 뒷모습 영상을 보았다. 어깨와 등 근육이 선명하게 잡힌 모습이 놀랍고도 반가웠다. 나 역시 몸이 변해 가는 기쁨을 경험해 본 터라, 당최 님의 변화가 마치 내 일처럼 기뻤다. 비록 자주 뵙지는 못하지만, 우울증과 운동이라는 공통의 키워드를 가진 우리는 서로의 삶을 멀리서도 응원할 수 있는 좋은 친구가 될 것이라 믿는다.

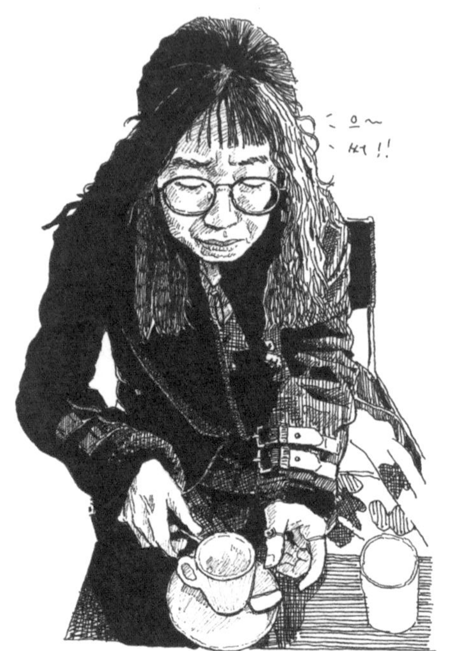

레몬에스프레소 드시는 당최 님   2024. 3. 6. 화 [찬]

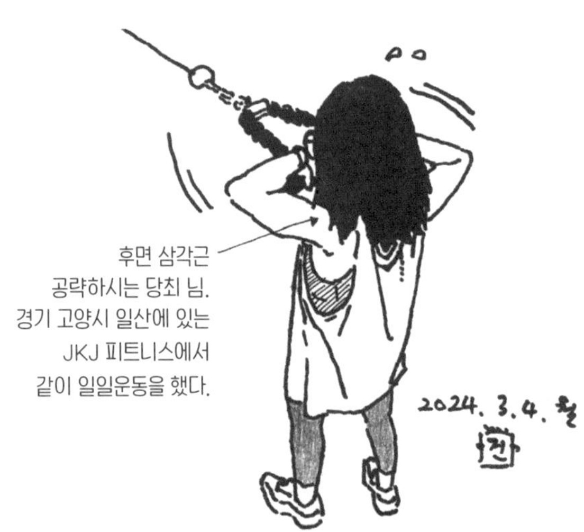

후면 삼각근
공략하시는 당최 님.
경기 고양시 일산에 있는
JKJ 피트니스에서
같이 일일운동을 했다.

2024. 3. 4. 월
[찬]

인문학 카페 36.5

about 홍승은 작가님과 우주, 지민

홍승은 작가님을 처음 알게 된 건 2016년으로 거슬러 올라간다. 그때만 해도 작가님이 자신의 이름으로 여러 권의 책을 내고, 글쓰기 수업을 진행하는 작가가 되리라고는 상상하지 못했다. 어느 날 우연히 SNS를 통해 '인문학 카페 36.5'의 활동을 보게 되었고, 그곳을 중심으로 청년들이 서로의 경험을 나누고 삶을 응원하며 재미있는 작당 모의를 벌이는 모습이 눈에 들어왔다. 그 모습은 나의 30대 시절, 부산에서 '생각다방산책극장'을 통해 경험한 일들과 자연스럽게 겹쳤다.

당시 나는 부산의 여러 공간을 돌아다니며 삶의 방향이 비슷한 이들을 만나고 있었다. 주변 사람들은 내게 "생각다방산책극장에 가보면 무척 좋아할 것 같다."고 몇 번이나 이야기했고, 호기심이 생겨 결국 찾아가게 되었다. 그 말은 틀리지 않았다. 그곳은 소수의 사람이 모여 깊은 대화를 나누는 곳이었고, 마쓰모토 하지메의 《가난뱅이의 역습》에 큰 영향을 받은 두 청년이 대연동 재개발 구역의 주택 전체를 저렴하게 빌려 만든 공간이었다. 느린 속도의 삶을 지향하며 다양한 삶의 형태를 수용하고, 10대 고등학생부터 30대 청년까지 서로를 존중하며 존댓말로 이야기 나누는 문화가 자연스럽게 자리 잡은 곳이었다.

소소한 수다 속에서 아이디어가 나오면 뜨개 모임이 열리고, 제철 음식을 만들어 먹고, 15분 글쓰기를 함께했다. 우리는 대부분 문화를 소비하는 데 익숙하지만, 그곳은 내가 문화 생산자가 될 수 있다는 것을 깨닫게 해주는 공간이었다. 실제로 나는 친구들을 대상으로 드로잉 수업을 열고, 영화 상영회를 기획하기도 했다. 생각다방을 만든 두 친구 중 한 명은 지금도 인디 가수로서 글을 쓰고 노래를 만들고 작은 기획을 이어가며 창작자로 살아가고 있다.

그 시절 나는 우울증이 수시로 오가는 상태였는데, 다양한 삶의 방식이 존재하고, 돈을 적게 벌어도 괜찮고, 대학을 가지 않아도 괜찮고, 결혼을 하지 않아도 괜찮고, 느리게 살아도 된다는 걸 배웠다. 무엇보다 중요한 건, 내 삶을 응원해 주는 사람들이 있다는 사실이었다. 그 힘이 있었기에 나는 내 삶을 믿고 버틸 수 있었다.

그런 의미에서 인문학 카페 36.5의 모습도 참 인상 깊었다. 카페를 중심으로 관계망을 만들고, 청년으로서 마주하는 삶의 불안을 서로 의지하며 재미있게 살아가는 모습이 좋아 보여서, 짝지와 함께 춘천으로 여행을 떠났다. 그곳에서 그들을 만나 시간을 함께 보냈다. 이후 그들은 포항에 머물기도 했고, 지금은 경기도에서 대안 가족 같은 관계망을 이루며 살고 있다.

8년 넘는 인연이 이어지고 있지만, 자주 만나는 관계는 아니다. 서로 소식 없이 지내다가 몇 년 만에 다시 연락이 닿기도 하고, 그러다 또 자연스럽게 만나곤 했다. 승은 님이 여러 권의 책을 내는 작가가 되리라고는 생각하지 못했는데, 글로만 생계를 이어가기란 쉽지 않은 일이기에 그 여정이 더욱 의미 있어 보인다. 혼자가 아닌, 서로의 삶을 응원해 주는

'그들 패밀리'가 있었기에 가능한 일일 것이다. 우주 님은 직장생활을 하면서도 페미니즘 관련 책을 번역하셨고, 최근엔 그 집에 놀러 갔을 때 벽돌만 한 책을 선물로 주셨다.

승은, 우주, 지민 님은 양산 우리 집에 놀러 오신 적이 있다. 그때 작가님이 "다음에는 우리 집에도 놀러 오세요."라고 해주셔서 약속을 잡고 방문하게 되었다. 2년 만에 만났지만 세 분은 마치 어제 본 듯 따뜻하게 반겨주셨다. 지민 님은 내가 편하게 잘 수 있도록 자신의 원룸을 내어주셔서 숙소를 잡은 것처럼 편히 쉬었다. 작가님과 얇고 길게 작가 생활을 이어갈 수 있는 마음가짐에 관해 이야기를 나누었고, 나는 걷기의 매력도 전파했다.

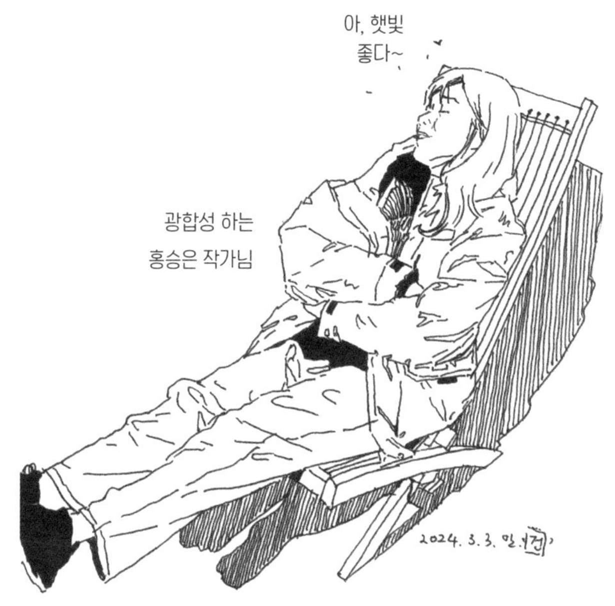

　1박 2일의 짧은 여행을 마치고 나서 다음에는 다시 세 분이 우리 집에 놀러 오시라 했다. 나이가 들면서 지속되는 관계의 깊이는 더 특별해진다. 그때의 에너지와 지금의 에너지가 다르고, 각자의 나이에 따라 대화의 주제도 달라지기 때문이다. 또 언제가 될지 모르지만 다음 만남이 기대된다. 우리는 또 그만큼 나이를 먹고, 그만큼 더 성숙해져 있을 테니까.

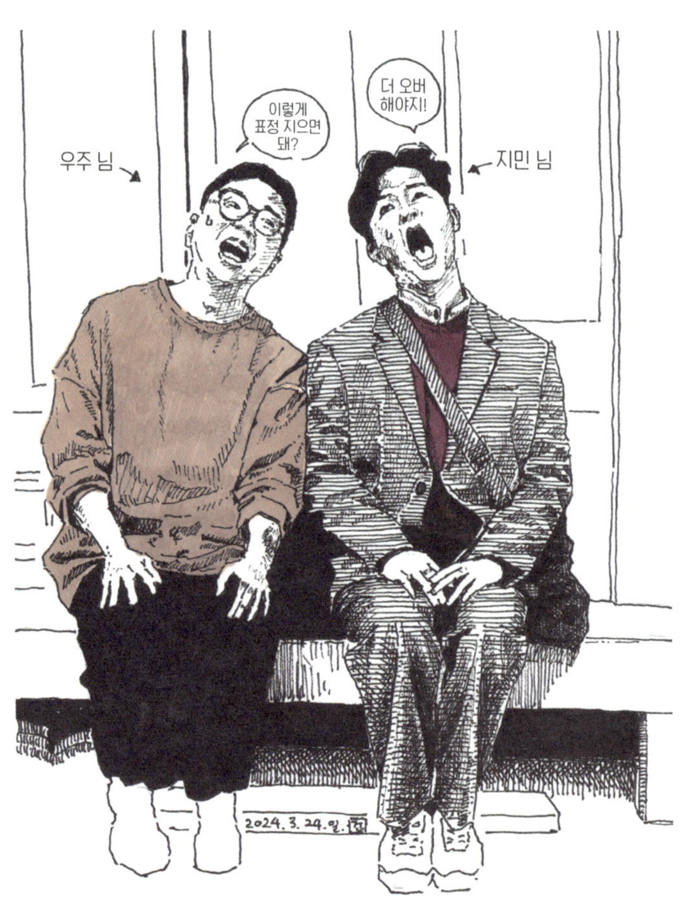

즐겁게 운동하는 진정한 스포츠맨

about 권원일 선수

김동현 선수나 정찬성 선수의 활약 덕에 많은 이들이 알게 된 UFC 무대가 있다면, 나는 권원일 선수 덕분에 '원챔피언십'이라는 무대를 알게 되었다. 묵직한 펀치로 여러 차례 상대를 KO시킨 인상적인 경기 영상도 기억에 남지만, 경기 후 통역 없이 영어로 직접 인터뷰를 하는 모습에 반했다. '프리티 보이'라는 별명으로 더 친숙해진 선수다.

UFC는 세계 최고의 선수들이 모인 무대지만, 오직 몇몇만이 탑클래스 파이트 머니를 받는다. 자본의 논리로 운영되다 보니 대우에 불만을 품고 떠나는 선수들도 많다. 반면 원챔피언십은 아시아 선수들이 중심이 되는 무대이지만, 선수 복지와 개런티가 좋아 많은 이들이 자발적으로 모여드는 곳이다. 권원일 선수는 타이틀전에 도전해도 전혀 부족함이 없는 선수라 생각한다.

권원일 선수는 자신이 운동을 '취미'로 한다고 말한다. 가볍게 한다는 뜻이 아니다. 오히려 그 말에는 진심 어린 철학이 담겨 있다. 수많은 MMA 선수 중 모두가 챔피언이 될 수는 없다. 그렇다고 챔피언이 되지 못한 삶이 의미 없다고 할 수는 없다. 어떤 자세로 운동하고, 그 과정에서 무엇을 얻느냐가 중요하다. 권원일 선수는 파이트 머니로 받은 돈을 다 털어 체육관을 차렸고, 현재는 선수이자 관장으로서 자신의 체육관을 운영하고 있다. 그는 관원들에게 "나는 운동을 취미로 한다."라고 말하지만, 관원들이 즐겁게 열심히 하는 걸 보며 본인도 게을러질 수 없다고 말한다. 쪽팔리니까.

나는 그가 말하는 '취미'라는 단어를 이렇게 해석한다. 좋아서, 즐거워서 하는 사람을 당할 수는 없다. 재미가 있으면 시키지 않아도 훈련량은 늘어나고, 훈련이 많아지면 실력은 자연스럽게 늘게 마련이다. 지치지 않고 오래 하기 위해서는 무엇보다 재미가 필요하다. 즐겁게, 그러나 내가 할 수 있는 만큼 최선을 다한다면 그 결과는 후회 없는 것이 된다. 챔피언은 단 하나뿐이고, 설령 그 자리에 오르지 못한다 해도 도전하는 그 시간 자체가 즐겁고 치열했다면 이미 충분한 삶이다. 챔피언이 되면 좋은 것이고, 안 돼도 괜찮은 그런 것일 뿐이다.

그는 해외여행을 가서도 낯선 외국인에게 먼저 말을 건다고 한다. 여행자들은 마음이 열려 있기 마련이고, 서툰 영어도 기꺼이 들어주기 때문에 간단한 대화는 충분히 가능하다는 것이다. 결국 중요한 건 실력보다는 자신감과 적극성이다. 물론 경기 전 인터뷰를 준비했겠지만, 영어를 부담 없이 '재미'로 접근했기에 경기 후에도 통역 없이 스스로 말할 수 있었던 것이라 본다.

나 역시 삶을 움직이게 하는 원동력은 '재미'다. 흥미 있는 일로 일상을 채운다. 신이 나서 하루를 보내고, '생활체육인'이라는 정체성을 스스로에게 부여한 것도 운동이 즐겁기 때문이다. 나는 대단한 몸짱이 되려는 것도, 대회에 출전하려는 것도 아니다. 그저 내 몸과 만나 땀을 흘리는 시간이 좋다. 그래서 다른 일정을 줄여서라도 운동할 시간을 확보하려 한다. 그림을 그릴 때도, 글을 쓸 때도 나는 늘 놀이처럼 접근한다. 그

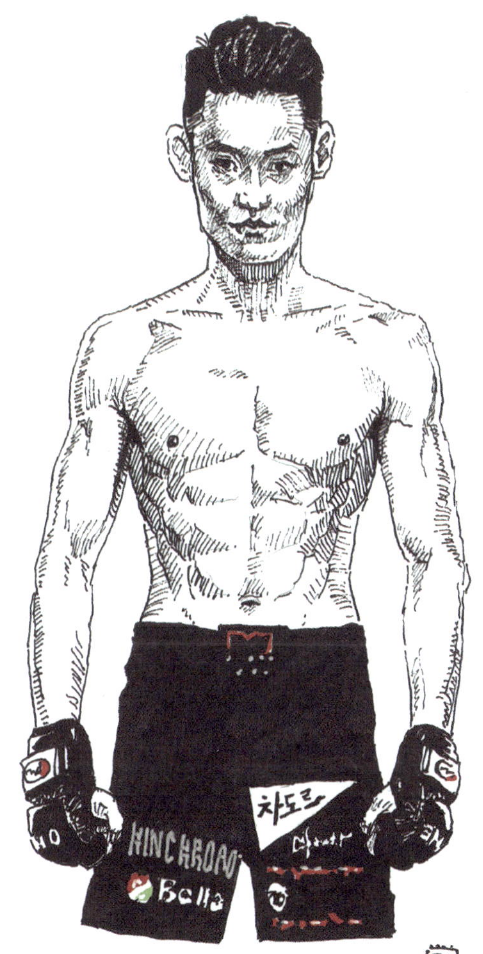

권원일 선수 2024. 2. 17. 토.

러니 권원일 선수가 관원들과 장난을 치며
운동하는 영상도, 그가 챔피언에 도전하는
진지한 순간들도 모두 좋다. 그가 운동이
아닌 다른 분야, 예를 들어 사업을 하더라
도 잘할 것 같은 이유도 거기에 있다. 무엇
을 하든 스스로 즐기며 몰입할 수 있는 사
람, 나는 곧 그가 챔피언 벨트를 두르는 모
습을 보게 될 것 같다.

(최근 열린 ONE 170에서 밴텀급 타이틀전
에서 파브리시우 안드라지 선수에게 도전했
으나 아쉽게도 패배했다.)

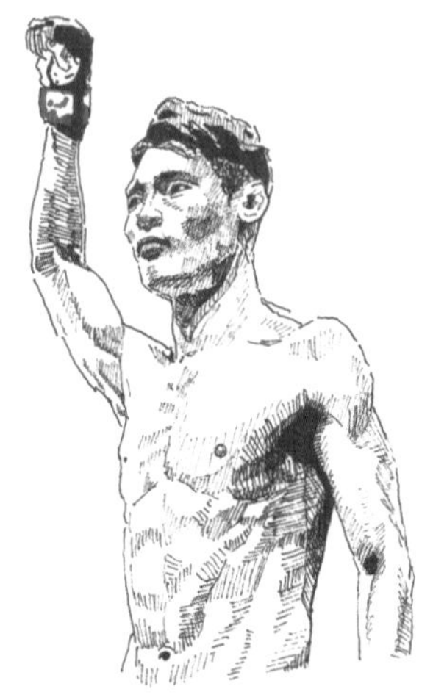

2024. 2. 16. 금. 토닝드로잉

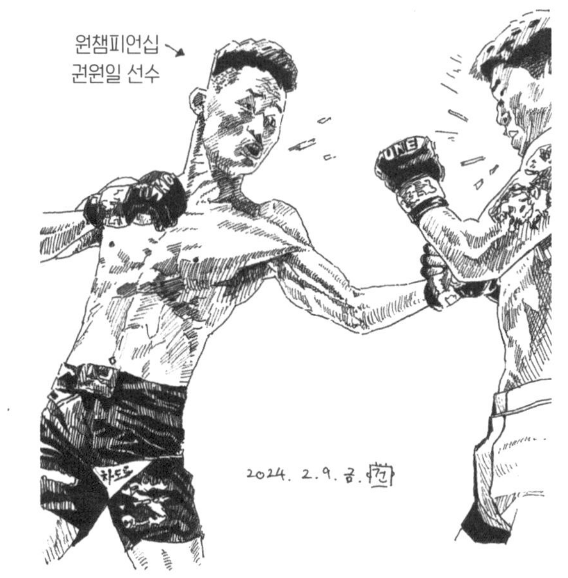

2024. 2. 9. 금.

당신의 글쓰기를 응원합니다

about 수미 작가님

《애매한 재능》과 《우울한 엄마들의 살롱》, 두 권의 에세이를 낸 수미 작가님과의 인연은 15년 전으로 거슬러 올라간다. 부산에서 대안공간을 기웃거리던 나는 어느 날, 문화 관련 웹진을 만드는 한 사무실에서 그녀를 처음 만났다. 늘 글을 쓰고 싶어 했던 그녀는, 그 후 창원으로 거처를 옮긴 뒤에도 종종 나를 찾아와 글을 쓰고 싶다는 마음을 나눴다. 지금의 남편과 연애 중이던 시절에 함께 만나 밥을 먹은 적도 있다. 그리고 이제 그녀는 세 아이의 엄마가 되었고, 글을 쓰는 작가가 되었다.

그녀의 첫 번째 책 《애매한 재능》은 누구에게나 존재하는 '애매한' 재능에 관한 이야기다. 누군가 그녀에게 "당신은 애매한 재능을 가진 사람 같아요."라고 말한 것이 책의 소재가 되었다고 한다. 글을 쓰고 싶어 서울로 올라갔지만, 타지에서 생활비를 벌며 꿈을 이어가기란 결코 쉽지 않았다. 결국 고향으로 내려오게 되었지만, 글을 쓰고자 하는 마음만은 놓지 않았다. 방송작가로 일했고, 경남신문에 칼럼을 연재하며 꾸준히 글을 이어갔다.

세 아이의 엄마로 살면서 글을 쓴다는 것은 얼마나 지난한 일이었을까. 글을 쓰는 일뿐 아니라, '자기만의 시간'을 갖는 것조차 사치가 되어버리는 것이 바로 육아의 시간이다.

두 번째 책 《우울한 엄마들의 살롱》은 그녀가 겪은 육아 우울증을 바탕으로 한 기록이다. 상담을 받고 약을 먹으며 자신의 우울을 솔직하게 글로 옮겼다. 혼자 고립되지 않기 위해 그녀는 한 달에 한 번, 우울한 엄마들의 살롱 모임을 열었다. 시즌 1에서는 엄마들로 참여 자격을 제한했지만, 시즌 2에서는 여성 전체로 범위를 넓혔다. 우울한 엄마와 우울한 여성의 이야기는 결코 단절되지 않고 복잡하게 얽혀 있기 때문이다.

지금처럼 우울증 관련 책이 많지 않던 시절, 나는 그녀의 글에 조금이나마 도움이 되길 바라는 마음으로 내가 갖고 있던 독립 출판 우울증 책들을 여러 권 빌려드렸다. 사실 지금 내가 운영하는 우울증 자조모임도 수미 작가님의 살롱에서 영감을 받아 시작된 것이다. 여성만 참여하는 모임이었지만, 한 번은 나를 초대해 남성과 함께하는 특별한 모임을 열기도 했다.

요즘 나를 알게 된 사람들은 내가 29년간 우울증을 앓았다는 사실을 잘 믿지 못한다. 수미 작가님 또한 유쾌하고 웃음 많은 성격이라 겉으로 보기에는 전혀 우울해 보이지 않는다. 하지만 잘 살펴보지 않으면 그 사람에게 우울증이 있는지조차 알아차릴 수 없는 경우가 많다. 여전히 많은 사람이 우울증을 어떻게 대해야 할지 모른다. 우울증은 '마음의 감기'가 아니다. 감기 때문에 자살하고 싶어지는 사람은 없으니까. 우울감과 우울증을 구분하지 못하는 사람도 많다. 대부분의 사람들은 어느 정도 우울감을 느끼며 살아가지만, 일상생활이 무너질 만큼 오래 지속되는 것이 바로 '우울증'이다.

두 번째 책이 출간되자마자 서둘러 구입했고, 창원에서 열린 북토크에도 직접 꽃다발을 들고 찾아갔다. 진행은 창원에서 활동 중인 김달님 작가가 맡았고, 작가님의 남편과 아이들, 그리고 살롱 모임에 참여했던 엄마들도 함께 자리했다. 책을 읽고 큰 위로를 받았다고 말하며 자신의 우울증 이야기를 들려주는 독자도 있었는데, 그만큼 수미 작가님이 만들어 낸 공간은 유쾌하고 따뜻했다. 자신을 열어 보일 수 있는 분위기, 누군가의 이야기가 온전히 수용되는 자리였다.

지금 그녀는 다시 일상으로 돌아와 살을 빼기 위해 여러 운동을 시도하고 있다. 한동안 주짓수를 하다가 팔목 통증으로 그만두었고, 요즘은 수영장에 갈까 말까 아침마다 망설이는 자기 모습을 기록하고 있다. 나는 그녀의 세 번째 책이 '운동과 자기 회복'에 관한 이야기면 어떨까 하는 바람으로 응원의 문자를 보낸다. 글을 써서 먹고산다는 건 결코 쉬운 일이 아니다. 책을 몇 권 냈다 해도 1쇄를 완판하기조차 어렵고, 강의 요청이 가끔 있긴 하지만 고정 수입이 되지는 않는다. 그럼에도 나는 수미 작가님이 글 쓰는 삶을 계속 살아가기를 바란다. 나 역시 그림 그리는 작가로서의 삶을 놓지 않을 것이다. 우리는 경남권에서 서로를 응원하며 함께 살아가는 동료 작가다.

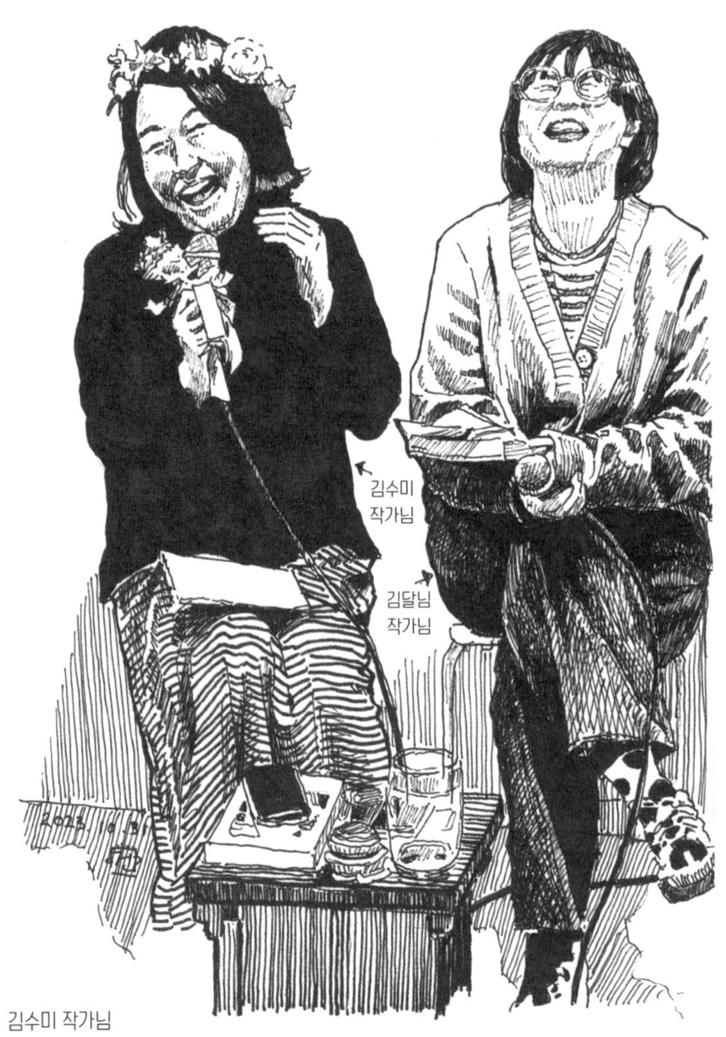

김수미 작가님
'우울한 엄마들의 살롱 북토크'

13년 역사를 가진 부산 '마크커피'

about 카페 사장님

부산 중앙동에는 13년의 역사를 가진 작은 커피 전문점이 있다. 이름은 '마크커피'. 연애 초기에 어떻게 이 카페에 가게 되었는지는 잘 모르겠다. 그곳에는 12년 전에 짝지랑 데이트하러 가서 그렸던 그림이 아직도 걸려 있다. 나 혼자 카페에 들러 사장님을 그렸던 11년 전 그림도 함께. 그 뒤로는 마크커피에 거의 가지 않았지만, 누군가 그곳에 들렀다가 내 그림을 봤다고 전해오곤 했다. 아직도 그 그림이 걸려 있다는 사실이 참 신기하고 감동적이었다.

짝지는 한 달에 한 번 중앙동에서 열리는 독서 모임에 참여한다. 그날도 그는 독서 모임에 갔고, 나는 마크커피에 들렀다. 사장님의 모습도, 공간도 예전 그 모습 그대로였다. 안쪽에는 작은 테이블이 두 개 있고, 사장님과 대화할 수 있는 바 테이블 좌석과 입구 창가 좌석이 있는 아담한 공간이다.

오랜만에 들른 김에 사장님과 대화를 나누고 싶어 바 좌석에 앉았다. 내 그림을 12년 동안이나 간직해 주셨으니 고마움을 담아 새 그림을 선물로 드리고 싶었다. 그래서 가게 정면 사진을 아이패드에 띄우고 그림을 그리기 시작했다.

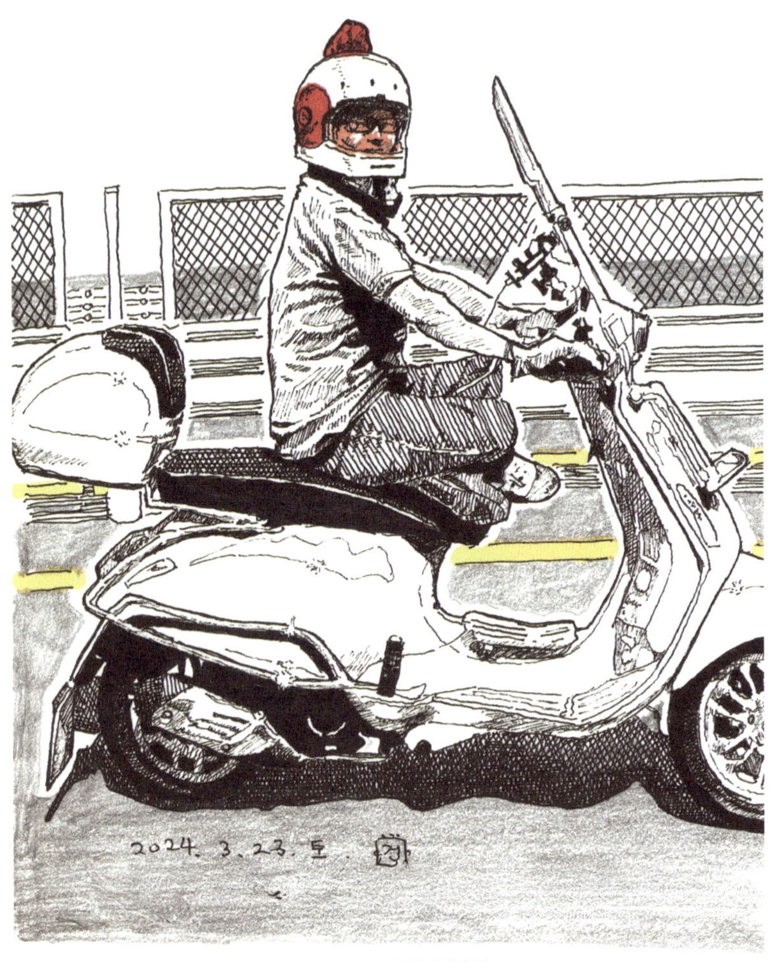

마크커피 사장님 인스타를 보면 종종 재미있는 사진이 올라온다.
3시간 걸려서 그린 그림이다.

나는 커피 맛을 잘 모른다. 따뜻한 아메리카노는 그저 따뜻해서, 아이스 아메리카노는 시원해서 마시는 편이다. 하지만 이곳의 단골손님들은 커피 맛을 섬세하게 구분하고 음미할 줄 아는 분들이었다. 커피 한 잔을 시켜놓고 사장님과 대화를 나누다가, 다른 커피를 또 주문해 마신다. 안쪽 테이블에서는 마크커피에서 친해진 단골끼리 웃으며 대화를 나누고 있었다. 일본 출장을 다녀온 분께서 도쿄에서 사 온 예쁜 곤약을 테이블마다 나눠 주기도 했다.

사장님은 쉬는 일요일에 오토바이를 타고 드라이브하는 게 취미라고 하셨다. 마침, 가게 앞에 오토바이를 세우고 들어온 손님이 사장님과 오토바이 이야기를 한참 나누었다. 내 옆에는 커피를 벌써 석 잔째 마시는 손님이 있었는데, 카페를 운영하시다가 지금은 다른 일을 준비 중이라고 했다.

이곳은 나에게 마치 별세계 같은 공간이었다. 정말 다양한 분야에서 일하는 사람들이 커피라는 공통분모로 이렇게 모여 이야기를 나누고 친해지는 모습이 신기하고 재미있었다. 따뜻한 커피 한 잔을 시켰는데, 사장님이 서비스로 다른 커피도 맛보라며 한 잔을 더 내려 주셨다. 그림을 세 장이나 그리며(네 시간 정도 머물렀다) 사장님과 손님들과 나눈 대화들이 참 좋았다.

커피를 좋아하는 어른들의 놀이터 같은 느낌. 마치 와인바처럼 가게를 나설 때 다들 두 잔, 석 잔, 네 잔의 커피값을 한 번에 계산한다. 커알못이지만 나도 다음엔 다른 분들처럼 여러 잔 마시고 결제해야지! 한 잔만 마시고 너무 오래 앉아 있는 건 민폐니까.

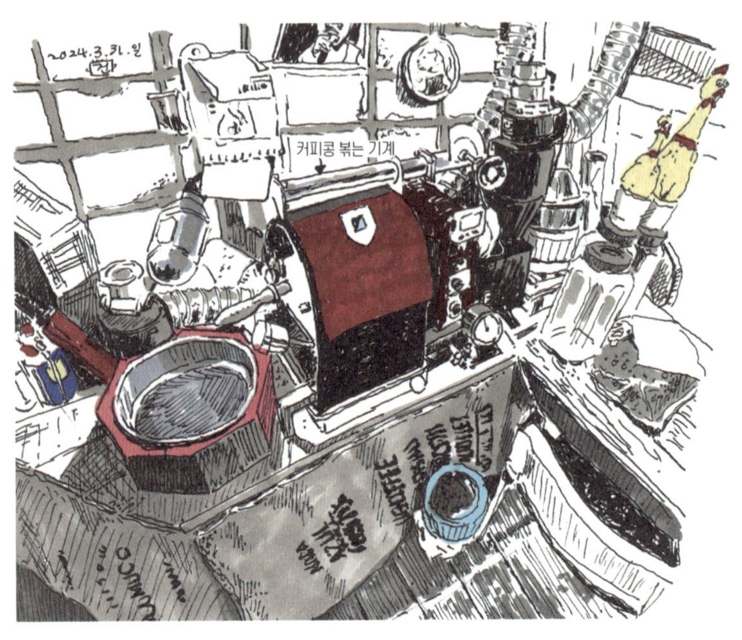

회사에서 화물차 운전을 할 때
커피나 밀키스를 주로 마신다.
한 잔의 커피 안에서 여러 가지의
맛을 구분하고 설명해 주시는
사장님이 신기해서
"밀키스와 암바사, 크리미가
맛이 다 다른 거예요?" 하고
물었더니 "당연하죠." 하신다.
(난 잘 모르겠던데…)
가게 그림을 그려 선물로 드리고
인증 사진도 찍고, 이 카페의 시작과
함께한 커피콩 볶는 기계를
두 번째로 그렸다.

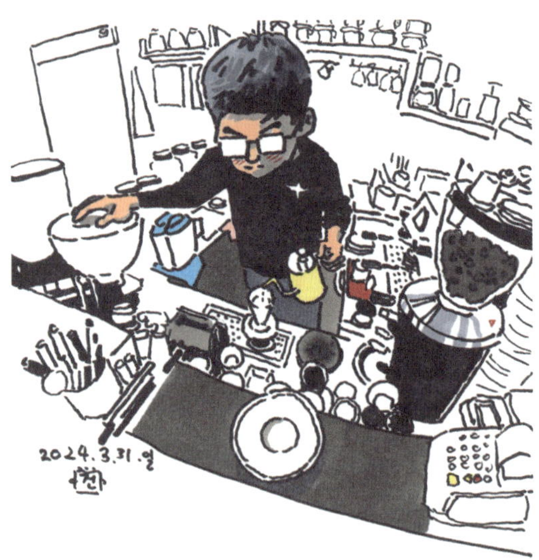

글 쓰는 반찬 가게 여자

about 이나즈 작가님

제주에는 장모님 댁이 있어 명절마다 들르곤 한다. 장모님 댁의 보일러실을 작업실로 리모델링한 이후, 생활 공간이 분리되면서 제주에 가는 일이 훨씬 편해졌다. 제주에는 책방이 많아 어떤 곳을 가볼까 찾다가 조천에 있는 '심심책방'을 발견했다. 심리상담센터이자 책방이라니! 우울증 29년 차에게는 그 자체가 이끌림의 공간이었다.

나는 책을 사고 커피를 마시며 읽을 수 있는 책방을 좋아한다. 명절에 들르려다 시간을 놓쳐 못 갔고, 이번에도 놓치면 또 미뤄질 것 같아 비바람이 몰아치던 날, 짝지와 함께 찾았다. 두 권의 책을 사고 커피를 주문했다. 짝지는 유튜브 편집을 하고, 나는 그림을 그렸다.

그중 한 권, 《글 쓰는 반찬 가게 여자》는 심심책방 인스타그램을 통해 처음 눈에 들어온 책이었다. 서울에서 살던 이나즈 작가님은 남편의 고향인 제주로 내려가 아이를 키우며 반찬 가게를 운영하고, 동시에 독서 모임과 글쓰기를 병행한다. 글이 삶을 단단하게 만들어 준다는 것, 그리고 그 시간을 확보하기 위해 독서실을 빌려 꾸준히 글을 쓴다는 부분이 특히 마음에 와닿았다. 나는 그 마음에 응답하듯, 책 표지에 실린 작가님의 사진을 보고 그림을 그려 디엠으로 보내드렸다. 오래도록 글을 쓰시길 바라는 응원의 뜻을 담아.

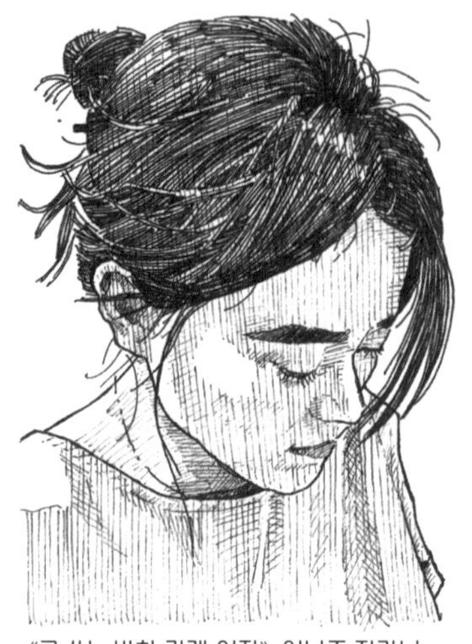

《글 쓰는 반찬 가게 여자》 이나즈 작가님

2024. 5. 9.

경주 너른벽에서 네 번째 우울증 리사이틀을 마쳤을 때, 사장님이 내게 꽃다발을 전해주셨다. 제주에 있는 이나즈 작가님이 책방 근처 꽃집을 찾아 주문한 것이었다. 왜? 우리는 아직 만난 적도 없었는데. 나의 삶을 응원하는 그 마음이 전해졌다.

직접 뵙고 싶어 제주에 가기 전 약속을 잡았다. 작가님이 산책하신다는 한라수목원 근처 카페에서 만났고, 긴 대화를 나눈 후 수목원도 함께 걸었다. 그 길은 나에게도 처음이었다. 다음엔 짝지와도 함께 걷고 싶다고 생각했다.

집으로 돌아와 작가님이 주신 예쁜 냄비 받침을 짝지에게 전하자 책도 잘 읽었다며 다음에 함께 보자고 했다. 며칠 후, 이나즈 님에게서 문자가 왔다. 한 달에 한 번 여는 살롱의 이번 주제가 '우울'. 나를 초대하고 싶다고 했다. 강연료는 어렵지만 비행기 티켓은 제공할 수 있다고, 부담 가지지 말라고. 좋아하는 사람이 건넨 의미 있는 제안은 그것만으로 충분히 좋다. 나는 기꺼이 수락했다. 이번에도 여행처럼 가볍게, 따뜻하게.

모임 장소는 장모님 댁과 거리가 있어 근처 게스트하우스에 묵었다. 모텔을 개조한 곳이라 손님도 적었고, 덕분에 도미토리를 혼자 편하게 썼다. 1층 라운지에서 책을 읽고 글을 쓰며 평화로운 시간을 보냈다.

모임은 아침 7시. 제주에 그렇게 이른 시간에 여는 카페가 있다는 것도 신기했다. 이나즈 님이 직접 차를 몰고 와주셨다. 난 사람들과의 만남에서 늘 꺼내는 '똑똑대화카드'를 펼쳤다. 혼자 강연하는 방식보다는 질문을 통해 서로의 이야기를 나누는 걸 선호하기 때문이다. 이른 아침이라 가족 일정 때문에 중간에 자리를 뜨는 분들도 있었지만, 짧은 시간 안에 충분히 따뜻한 대화가 오갔다.

모임이 끝난 뒤에는 옆 식당에서 수제비와 멸치김밥을 먹으면서 더 깊은 이야기를 이어갔다. 자리를 마치고 나서, 이나즈 님은 심심책방 근처까지 나를 태워다 주고 곧장 반찬 가게로 일하러 떠나셨다.

다음에 제주를 찾았을 때는 짝지와 함께 작가님을 다시 만났다. 바닷가에 자리한 인기 있는 식당에서 저녁을 먹었는데, 분위기에 비해 음식은 조금 아쉬웠다. 2차는 관광지 근처의 큰 카페로 자리를 옮겼다. 늦은 시간이었고, 열려 있는 곳이 그곳뿐이었다.

작가님은 가게에서 만든 다양한 반찬을 차에 싣고 와 선물로 주셨다. 우리는 제주에 머무는 동안, 그 반찬들 덕분에 매끼 따뜻하게 식사할 수 있었다. 그때는 작가님이 2호점을 막 오픈한 직후라서 정신없이 바쁜 시기였다. 이나즈 님의 또 다른 글들을 읽고 싶었지만, 당분간은 반찬 가게가 안정될 때까지 기다려야 할 것 같다.

자신을 탐구하고 기록하는 그 글들을 언제 다시 만날 수 있을지는 알 수 없지만, 제주에 갈 때마다 안부를 나눌 친구가 생겼다는 사실만으로도 참 반갑고 기쁘다.

나의 좋은 우울증 친구

about 윤설 님

서울에서 볼일을 마치고 기차를 타고 내려오며 핸드폰을 켰다. 어떻게 블로그 이웃이 되었는지는 모르겠지만, 우연히 윤설 님의 우울증 글 하나를 읽게 되었다. 글이 마음에 들어 블로그 첫 글까지 거슬러 올라가, 처음부터 모든 글을 다 읽었다.

블로그에서 우울증을 겪는 분들의 글을 접하곤 하지만, 대부분은 추상적이고 모호해서 읽어도 그분이 무엇 때문에 힘든지, 어떤 일상을 살아가고 있는지 파악하기 어려울 때가 많다. 그런데 윤설 님의 글은 달랐다. 어떤 일을 하다가, 언제부터, 어떻게 우울증이 시작되었는지, 또 구체적으로 어떤 어려움이 있는지를 글만으로도 알 수 있었다. 우울증으로 보냈던 내 과거의 시간이 떠올라, 전체 글 중 약 3분의 1의 글에 댓글을 남겼다. 간단한 인사나 짧은 반응이 아니라, 마치 대화를 나누듯 긴 분량의 댓글들을 정성껏 달았다.

윤설 님은 18년간 간호사로 일하다가 우울증이 심해져 더는 일을 계속할 수 없었고, 결국 부모님과 언니가 있는 포항으로 내려오셨다. 상담을 받고 정신과 약을 먹으며 지내던 중 우연히 카페를 운영하게 되었다. 양산과 포항은 1시간 30분 거리. 혹시 카페에 놀러 가도 되냐고 여쭈었더니 흔쾌히 오라고 하셨다.

나중에 알게 된 사실이지만, 윤설 님은 오랜 시간 일기를 써온 내공이 있었고, 개인 상담을 통해 우울을 직면하는 훈련을 받으셨기에 통찰력 있게 글로 풀어낼 수 있었다. 안타깝게도 수도권 생활을 정리하며 그 많던 일기장을 모두 버렸다고 하셨다. 혼자 고립되지 않고, 우울증을 겪는 누군가와 연결되길 바라는 마음으로 자신의 우울을 기록해 왔는데, 내가 우연히 그 글을 읽게 된 것이다.

공통된 아픔이 있었기에 처음 만났음에도 편안하게 오랜 시간 이야기를 나눌 수 있었다. 나는 윤설 님께 그림일기 원데이 1:1 특강도 해드렸고, 이후 함께 그림일기를 그려 단톡방에 올리기도 했다. 바쁘셔서 한동안 쉬셨다가 최근 다시 단톡방에 들어와 일주일에 한 번 정도 그림일기를 올려 주신다. 부산에서 열리는 우울증 자조모임에도 두 번 참석해 주셨고, 경주에서 진행한 우울증 리사이틀 공연에도 와 주셨다.

한 달에 한 번쯤은 카페에 놀러 갔다. 오픈 시간인 11시에 맞춰 가면 주변 식당에서 음식을 사서 함께 아점을 먹곤 했다. 카페는 유동 인구가 많지 않은 곳에 자리 잡고 있어 손님이 붐비는 편은 아니었다. 평일 점심 무렵에 주로 손님이 몰렸고, 주말에는 안타깝게도 손님이 많지 않았다. 손님이 오시면 윤설 님은 주문을 받고 음료를 준비했고, 나는 책을 읽거나 그림을 그리고 글을 쓰며 시간을 보냈다. 손님이 없는 시간에는 자연스럽게 대화를 나누었고, 단골손님과 어울려 대화를 나누기도 했다.

특별한 생각 없이 시작한 카페였지만, 윤설 님은 자신이 무언가를 만드는 일을 좋아하고 손님들이 와서 편히 머물며 이야기를 나누는 시간이 즐거워 카페 운영을 더 이어갈지 한동안 깊이 고민하셨다. 그러나 월세를 감당하기도 빠듯해 현재는 토·일·월 저녁마다 이디야에서 아르바이트를

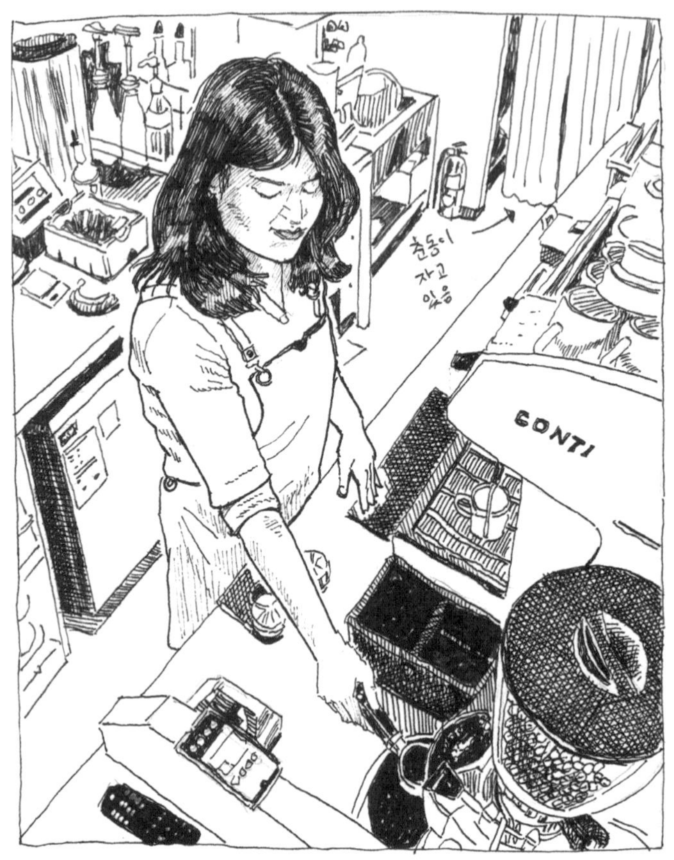

포항 친구 윤설 님. 카페를 운영하시고 있다.
얼마 전에 아기 고양이를 입양해서
아깽이 보러 놀러갔다.

2024. 4. 28.

하고 계신다. 책방이든 카페든, 자영업의 세계가 절대 만만치 않다는 현실을 실감하게 된다. 나는 친구 윤설 님께 카페 운영을 연장하든 다시 간호사 일을 찾아 직장을 구하든, 어떤 선택이든 응원한다고 말씀드렸다. 결국 윤설 님은 5월 말까지만 카페를 운영하고 정리하기로 하셨다.

윤설 님은 개인 상담을 1년 정도 받으셨는데, 상태가 많이 호전되어 상담을 종료하고 약도 많이 줄이셨다. 다만 단약은 아직 걱정되고 불안한 부분이 있어 천천히 하기로 하셨다. 1년 반 동안 꾸준히 일주일에 두 번씩 줌바댄스를 하고 있다는 이야기를 듣고, 나도 윤설 님과 함께 줌바 일일 체험에 참여했다. 그 덕분에 나와 동갑인 줌바 쌤과도 친해졌고, 4월에는 함께 마라톤에 참가하기로 했다. 두 분은 첫 도전이라 5km를, 나는 10km를 뛴다. 현재 나는 양산 주민센터 줌바댄스 화·목반에 등록해 다니고 있는데, 30명 남짓 되는 수강생 가운데 남자는 나 혼자다.

카페가 정리되면 예전만큼 자주 뵙지는 못할 것이다. 그래도 일 년에 한두 번쯤은 연락을 주고받으며 사는 이야기를 나누는 좋은 40대 친구로 관계를 이어가지 않을까 싶다. 우울증을 겪는 사람들에게는 상담실 외에도 자신의 우울증을 솔직히 이야기할 수 있는 사람들이 있다는 것이 무척 중요하다. 혼자 감당해서 이겨낼 수 있는 병은 분명 아니기 때문이다. 윤설 님은 포항으로 내려와 언니와 형부 댁에서 1년 반 정도 신세를 지며 지냈다. 그녀가 안정을 찾기까지, 존재 자체를 지지해 준 두 분과의 생활이 큰 힘이 되었을 것이다. 현재는 독립해 두 마리 고양이, 호야와 춘동이와 함께 잘 지내고 계신다. 내게 또래 친구가 되어 주신 것이 반갑고, 무엇보다도 고맙다.

난치병과 함께하는 삶

about 고간호사 님

제주도 심심책방에서 《병실로 퇴근합니다: 난치병과 함께 사는 고간호사 이야기》를 구매했다. 우울증으로 힘들었던 시간이 많다 보니, 타인의 아픔에 관한 책에 관심이 많다. 이 책을 통해 잘 알지 못했던 크론병에 대해 간접적으로 알게 되었다.

크론병은 아직 희귀성 난치병으로 분류되는, 소화기관 전체에 발생할 수 있는 만성 염증성 질환이다. 주요 증상은 설사와 복통으로, 언제 증상이 나타날지 몰라 늘 긴장해야 하고, 먹는 음식에도 항상 신경을 쓰며 조절해야 한다. 먹을 수 있는 음식이 제한적이고, 먹고 싶은 것이 있어도 컨디션이 괜찮을 때 조심스럽게 시도해야 한다. 운이 좋으면 별일 없을 수도 있지만, 자주 화장실을 들락거리거나 심하면 응급실에 실려 가야 하는 불편함이 따른다. 이동하거나 짧은 여행을 할 때도 늘 화장실 위치부터 확인해 두어야 조금은 마음이 놓인다고 한다.

책에는 작가님의 15년 투병기가 담겨 있다. 스스로 먹고살고 싶은 마음이 크기에 일은 하지만, 교대근무는 꿈도 꾸지 못한다. 특히 크론병 환자에게는 규칙적인 생활 리듬이 무엇보다 중요하기 때문이다. 그래서 지금은 낮 시간대에 일할 수 있는 간호사로 근무하고 계신다. 감사하게도 좋은 동료들과 의사 선생님들이 곁에 있어, 몸 상태가 좋지 않을 때는 양해를 구하고 치료를 받거나 잠시 휴식을 취할 수 있다고 한다.

이번에 두 번째로 출간된 책 《화장실 VIP 멤버십》은 첫 책에서 한 걸음 더 나아가, 보다 생활적인 이야기들로 확장되었다. 화장실을 자주 애용(?)할 수밖에 없는 몸이기에 제목 또한 재치 있게 지어졌다.

우울증도 그렇지만, 육체적·정신적으로 힘겨워 보이는 상황 속에서도 묵묵히 살아가는 사람들을 보면 문득 궁금해진다. 도대체 저분은 어떤 힘으로 그 어려움을 감당하며 버텨내는 걸까? 무엇이 그 사람을 계속 살아가게 만드는 걸까? 책 2장에는 작가님을 응원해 주는 따뜻한 주변 사람들의 이야기가 담겨 있다. 단골로 다니는 카페, 책방, 미용실의 사장님들 덕분에 큰 위로를 받고 다시 힘을 낼 수 있었다고 한다. 10년째 함께하고 있는 주치의 선생님을 '슈퍼맨'이라 부르며, 그 의사 선생님이 "이제 점심 약 하나 빼보죠."라고 말하는 장면에서는 나 또한 마치 내 일처럼 기뻤다.

이렇게 힘든 상황이 일상처럼 수시로 덮쳐오는 삶인데도, 1년 중 360일이 행복하다고 말할 수 있는 마음은 도대체 어떤 것일까. 나는 종종 그런 마음의 결이 궁금해진다. 거대한 아픔과 슬픔을 오래 견디며 살아온 사람들을 보면, 그 일상적인 힘겨움을 있는 그대로 인정하고 받아들이는 모습이 보인다. 하나의 정체성이 되어버린 셈이다.

물론 그 수용은 절대 쉽지 않다. 억울함과 분노, 좌절이 끊임없이 반복되는 시간을 지나야 하고, 그 끝에서야 비로소 '이건 내가 부인할 수 없는 현실이구나' 하고 받아들이게 된다. 그 받아들임은 결국 새로운 출발점이 된다. 그리고 그 수용 속에서 '힘듦'이 내 삶의 기본값이 되어버린다. 하지만 바로 거기서부터 다시 삶을 능동적으로 살아가게 된다. 그 적극성이 바로 행복의 출발점이 된다.

크론병을 가지고 살아간다는 것은 참 많은 것을 포기해야 하는 삶이다. 그러나 시선을 조금만 돌리면, 그럼에도 여전히 누릴 수 있는 것들이 존재한다는 사실을 발견하게 된다. 그 단계에 이르면 하루하루가 감사로 채워지고 사소한 일상에서도 행복이 자꾸 발견된다.

작가님의 책을 읽으며 펑펑 울었던 것도 내 아픈 과거가 떠올랐기 때문이었고, 동시에 작가님이 감당해야 했던 지난한 시간이 짐작되어서였다. 그래서 "1년 중 360일은 대체로 행복하다."라는 그 말이 마음 깊이 이해되었고, 진심으로 기뻤다.

아프거나 힘든 시간을 오래 겪은 사람들의 장점이라면, 세상을 보는 나만의 단단한 시선을 갖게 된다는 점이다. 세상을 바라보는 시선이 달라지면 하루에도 수없이 많은 행복이 소소한 일들 속에서 피어난다. 최근 몇 년 동안 나 역시 "하루하루가 즐겁고 신난다."라는 말을 자주 해 온 이유도, 바로 그런 시선을 가지게 되었기 때문이었다.

이번 책이 나오기 전, 고간호사님의 인스타그램이 한동안 조용해 혹시 많이 아프신 건 아닌지 걱정되어 연락을 드린 적이 있다. 역시나 힘든 시간을 묵묵히 견디고 계시다는 소식을 들었다. 최근 우울증이 다시 찾아와 힘들다는 근황을 전해 온 동료 작가님에게, 나는 "생활을 최소화하고 납작 엎드린 채 하루하루 버티는 데만 집중하라."는 조언을 한 적이 있다. 사실 그 말은 요즘의 나 자신에게도 건네는 말이었다. 그때 고간호사님께도 같은 마음으로, '지금은 버티는 것만으로도 충분하다'라는 뜻을 담아 응원의 문자를 보냈던 일이 떠오른다.

책 속에서 그녀의 부모님은 이렇게 말씀하신다. "건강한 게 네가 할 일이고, 살아있으면 충분하다."라고. 맞다. 하루하루 살아내는 것만으로, 아프지 않으려고 애쓰며 건강해지려고 노력하는 것만으로도 충분한 사람이 있다. 페미니즘을 오랫동안 공부하며 내가 받은 가장 큰 위로도 같은 맥락이었다. 그냥 나로 살아도 괜찮다는 것, 존재만으로도 충분하다는 것. 밖에

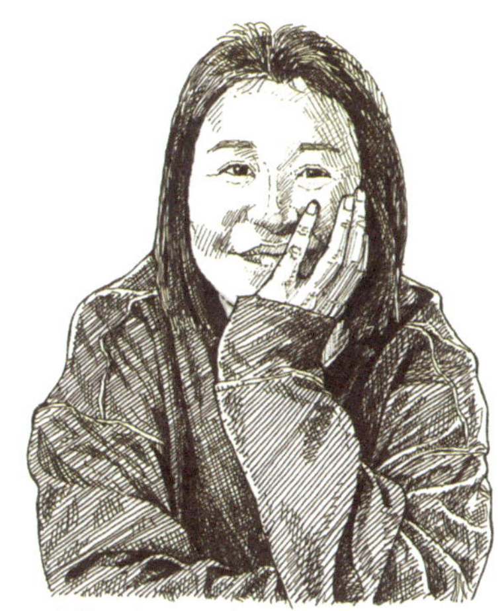

《병실로 퇴근합니다》, 《화장실 VIP 멤버십》
저자 고간호사 님

나가지 못해도, 계획했던 일을 하나도 하지 못해도, 지금의 나로서 괜찮다는 그 메시지는 내 안에 오래 머물렀다.

자신감이 떨어져 직장에 다니는 것이 두려운 사람은 그냥 다니는 것만으로도 큰 일을 한 셈이다. 직장 생활에서의 스트레스와 관계가 힘들어 그만둔 사람이라면 일단 휴식만으로도 충분하다. 컨디션을 올리기 위해 여행도 하고, 맛있는 것도 사 먹고(그러려고 돈 버는 거 아닐까?), 때론 아무것도 안 하고 하루하루 보내는 것만으로도 충분하다.

우리 모두 너무 애쓰지 않고 살았으면 좋겠다. 너무 애쓰지 않고 사는 사람들이 많아질 때, 끊임없이 자기를 증명해야만 인정받는 세상도 조금은 달라질 것이다. 왜 우리는 늘 성장해야 한다고 자신을 몰아붙일까. 성장하지 않으면 어떤가. 조금 뒤처진다고 해서 실패자인가. 그럴 때도 있는 법이다. 느린 사람은 느린 대로 살고, 아픈 사람은 아픈 몸을 감당하

며 살아가는 방식을 찾으면 되고, 콤플렉스가 많은 사람은 그 콤플렉스
를 이해하는 공부에 집중하면 되는 것이다.

크론병에 대한 에세이가 거의 없는 현실에서, 크론병과 함께 사는 삶
을 구체적으로 기록하는 고간호사님의 작업이 참 멋지다고 생각한다. 의
미 있는 기록이고, 이런 책들이 더 많이 나와야 소외되는 사람들이 줄어
드는 세상이 될 것이라 믿는다.

제주에 갈 때 스타벅스 세화점에서 고간호사님을 처음 뵙고 친근하게
이야기를 나눈 기억이 있다. 이번 5월 연휴에 제주에 가면 두 번째 만남
이 기다려진다. 이번 책에 대한 내 리뷰를 읽고 눈물이 났다며 "그 전에
줌으로라도 한번 봅시다." 하셔서 그렇게 하기로 했다. 고간호사님도 나
도, 그냥 하루하루 살아내고 있다는 것만으로도 충분하다. 그것만으로
도 이미 감사한 일이다.

교육 현장에서 절실히 필요한
성평등 교육

about 달리 님

달리 님과의 인연이 벌써 10년이 되었다. 10년 전, 우연히 SNS에서 '지글스'라는 잡지를 처음 보았다. 지리산에서 글을 쓰는 여성들이 모여 만든 계간지였다. 귀촌해 살아가는 여성들이 시골 사회의 보수적인 틀 속에서 자기 목소리를 내는 잡지라니, 그 자체로 너무 멋지게 느껴졌다. 나는 곧장 잡지를 구해 읽었는데, 그 지글스를 만든 사람이 바로 달리 님이었다.

자신은 대단한 사람이 아니라고 늘 겸손해하는 달리 님이지만, 무언가를 제안하고 추진하는 힘이 있다. '모여서 글을 써보자'라는 생각으로 시골에서 함께 사는 지인들에게 글을 청탁했고, 그렇게 잡지를 함께 만들어냈다. 시골에서 여성으로 살아가며 겪는 불편함과 어려움이 구체적으로 담겨 있어, 나는 글 하나하나에 정성껏 리뷰를 남겼다. 정기 구독을 신청해 계절마다 읽었고, 매번 지글스 리뷰를 올리다 보니 달리 님이 독자 위원으로 활동해 달라고 제안해 주셨다. 여성들만이 모여 글을 쓰는 잡지에 남성 독자 위원이라니, 영광이라는 마음으로 열심히 참여했다. 내 블로그에는 그 시절 남긴 지글스 리뷰들이 아직도 고스란히 남아 있다.

지글스 잡지가 좋아서 주변에도 권했고, 그때 하던 독서 모임 엠티로 지리산 산내에 간 적이 있다. 산내에서 동료분이 운영하는 숙소에 짐을 풀고, 지글스 잡지를 두고 이야기를 나누었다. 마침, 지글스 필진 네 분이 함께해 주셔서 깊고 진한 대화를 나눌 수 있었다.

그 인연으로 산내에서 몇 차례 드로잉 수업을 진행하게 되었고, 이어 산내에 머무는 남성분들과 함께 남성 페미니즘 독서 모임에도 참여하게 되었다. 나는 늘 생각한다. 남성 페미니스트에게는 여성 동료 페미니스트가 꼭 필요하다고. 남성 페미니스트는 남성 중심 사회라는 구조 안에 있기 때문에, 아무리 애쓴다 해도 여성 이슈에 대한 감각과 이해가 부족할 수밖에 없기 때문이다. 특히 한국 사회처럼 남성에게 발언권이 상대적으로 더 쉽게 주어지는 문화에서는, 남성 페미니스트가 여성들이 모인 자리에서 발언할 때 더욱 신중해야 한다. '낄끼빠빠', 그러니까 낄 때 끼고 빠질 때 빠질 줄 아는 감각이 필수적이다. 내가 말할 수 있는 부분과 잠시 멈춰야 할 순간을 구분하는 일은 단순히 예의 차원의 문제가 아니라, 구조에 대한 감각이자 태도의 문제다.

달리 님과 함께 남성 페미니즘 독서 모임을 할 때, 모임 도중 달리 님이 몇 차례 문제를 제기하신 적이 있었다. 그때마다 남성 참여자들이 잠시 당황하는 모습이 떠오른다. 그러나 누군가가 불편함을 느꼈다면 그 이야기는 필요한 이야기이다. 또한 그 불편함을 피하지 않고 수용하며 경청하려는 자세는 나를 포함한 남성들에게 꼭 필요한 태도이다.

산내에서 남성 페미니스트로서 살아온 내 경험을 나누는 자리가 있었는데, 강연이 끝난 뒤 달리 님이 "그 부분의 이야기는 듣는 여성들이 불편해할 수 있는 주제 같아요."라고 조심스럽게 말씀해 주신 적이 있다. 나는 늘 배우고 경청하려 애쓰지만, 그럼에도 놓치거나 실수하는 순간이 종종 있다.

누군가가 내게 어려운 이야기를 건넬 때, 그것은 용기를 내 마음을 열고 있다는 신호다. 그럴 때는 방어적으로 굴기보다 그 마음을 받아들이는 태도가 필요하다. 그 이야기를 잘 알아차리고, 이해하고, 공감하며, 필요하다면 사과할 수 있어야 한다. 반대로 내 입장에서 해명과 변명에만 급급하다 보면 상대는 결국 나를 벽처럼 느끼게 된다. '이야기해 봐야 소용없구나.'라는 생각이 들게 되면, 그때부터는 나로 인한 불편함에 대해 더 이상 말하지 않게 되고, 그렇게 대화의 문은 닫히고 만다.

주변에서 내 잘못을 솔직하게 이야기해 주는 사람이 없다면 그 사람은 결국 꼰대가 될 수밖에 없다. 자기 성찰 없이 권위만 쌓이다 보면 비판을 듣지 못하고, 결국 경직된 태도로 살아가게 된다. 요즘의 나 역시 이불킥하고 싶은 순간들이 있다. 삶이 잘 흘러가다 보니 무의식중에 오만한 판단을 하거나 불필요한 오지랖으로 상대에게 너무 깊숙이 다가간 적이 있었다. 나쁜 의도는 없었다고 해도, 그 접근이 누군가에게 불편함이 되었다면 그 감정을 먼저 읽고 헤아리는 것이 무엇보다 중요하다.

그런 점에서 달리 님은 나에게 귀한 동료다. 내가 '괜찮은 남성 페미니스트'로 살아가도록 필요한 조언을 주저하지 않고 건네주신다. 그 말들이 때로는 불편하고 아프게 다가올 때도 있지만, 나는 그 진심을 알기에 더욱 귀하게 여긴다. 그런 동료가 곁에 있다는 건, 내가 계속해서 배우고 성장할 기회를 가진다는 뜻이기도 하다.

달리 님은 두 권의 책을 쓰셨다. 《몸이 말하고 나는 쓴다》는 오랜 시간 동안 아토피를 가지고 살며 겪었던 불편함과 어려움, 고민을 담은 책이다. 아토피는 스스로를 괴롭히고 초라하게 만드는 병이었다. 달리 님은

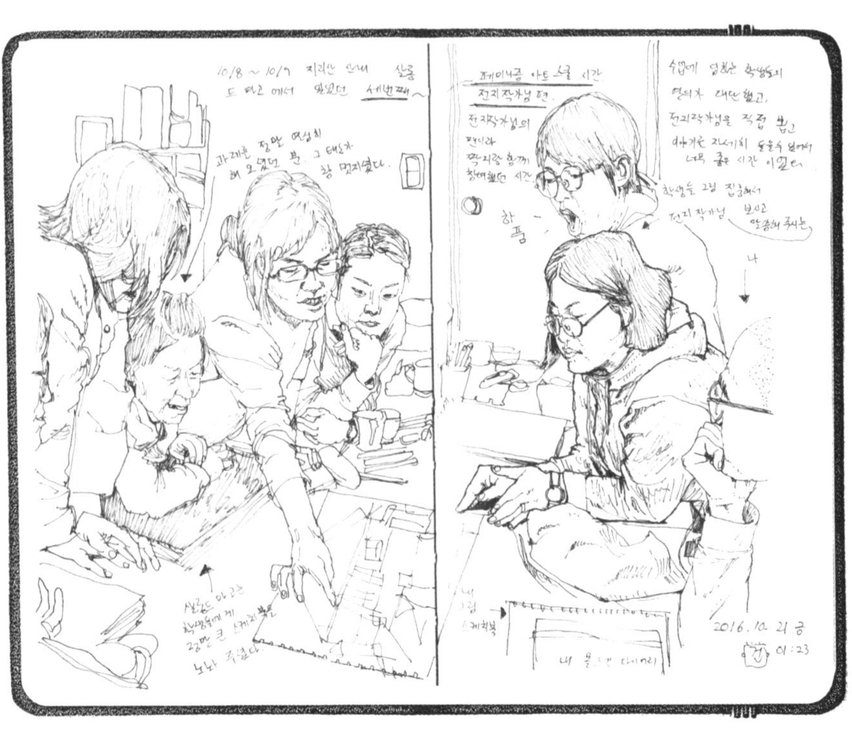

지리산 산내 '살롱드마고'에서 열렸던 페미니즘아트스쿨 전지 작가님 편.
수업에 임하는 학생들의 열의가 대단했고, 전지 작가님을 직접 뵙고
이야기를 자세히 들을 수 있어서 너무 좋은 시간이었다.

아토피를 겪으며 왜 자신이 남들과 다른지, 왜 하필 자신이어야 하는지 원망스러웠다고 고백했다. 나 역시 내가 왜 우울증 때문에 이렇게 힘들어야 하는지 자주 원망하고 절망했었기에 많은 부분에서 깊이 공감되었다. 달리 님은 개인 상담도 오래 받으셨는데, 상담자에게 메일로 자신의 마음을 전하는 대목을 읽으며 개인 상담이 단순히 일방적인 치료가 아니라, 서로 간의 교류 속에서 이루어지는 과정임을 다시 생각하게 되었다.

나는 지금도 SNS에 올라오는 달리 님의 글을 자주 챙겨 읽는다. 워낙 글을 잘 쓰셔서 두 번째 책 또한 내용이 무엇인지도 모르고 바로 구매했을 정도다. 《젠더 수업 리포트》는 7년째 젠더 교육 활동가로서 관공서와 교사, 학생들을 대상으로 진행해 온 강의들을 묶은 책이었다. 책을 읽으며 학교 현장에서 성평등 교육이 처한 현실에 대해 깊은 답답함을 느꼈다. 페미니즘에 관심을 가진 교사들은 극히 드물었고, 성평등 교육 역시 '해야 하니까' 하는 형식적인 분위기일 뿐이었다. 주어진 시수를 채우는 데 급급했고, 학부모나 학생들의 민원이 두려워 수업 내용은 점점 더 안전하고 무난한 쪽으로만 좁혀졌다. 물론 이것이 교사들만의 책임이라고 할 수는 없다. 너무 복잡하고 구조적인 문제다.

여성 혐오적 유튜브 콘텐츠를 보고 자란 남학생들이 수업 시간에 내뱉는 발언은 참담할 정도였다. 또 자기 계발을 내면화한 학생들은 정작 '자신'을 탐구하고 이해하는 데에는 지나치게 움츠려 있었다. 그럼에도 달리 님은 아이들의 현재 수준에 맞추어 수업을 조율했고, 비난이 아니라 다독임으로써 그들이 자신을 들여다볼 수 있도록 유도했다.

교육 현장의 분위기는 쉽게 바뀌지 않는다. 지치고 포기하고 싶을 만도 한데 달리 님은 여전히 이 활동을 묵묵히 이어가고 있다. 변화는 늘 더디지만, 그렇기에 더욱 의미 있다. 우리 사회의 구성원으로서 '나와 다른 타인'을 존중하고 이해하는 교육은 절실하다. 달리 님이 지치지 않고 계속 걸어갈 수 있도록 함께 걸어주는 좋은 동료들이 점점 더 늘어나기를 바란다.

이 책을 읽으며 나 역시 문득, 교육자가 아님에도 불구하고 10대 남학생들을 직접 만나보고 싶다는 생각이 들었다. 남성 어른으로서 어린 남성들과 나눌 수 있는 이야기가 분명히 있기 때문이다. 페미니즘은 남성 또한 해방시켜 주는 철학이라는 것, 그리고 그것이 내 삶에서 얼마나 중요한 전환점이었는지를 내 경험을 바탕으로 전하고 싶다.

《젠더 수업 리포트》가 너무 좋아 자크르 책방에서 이 책으로 독서 모임을 열자고 글을 올렸다. 마침 그 무렵, 달리 님이 성교육 활동가들을 대상으로 강연차 울산에 오실 일이 있었고, 재능 기부 형식으로 자크르에서 '자신을 탐구하는 글쓰기 수업'을 열어주셨다. 오랜만에 직접 뵌 달리 님은 여전히 따뜻하고 믿음직한 분이셨다. 타로와 시를 매개로 나를 들여다보던 그 시간은 오래도록 기억에 남았다.

역시 달리 님이 하시는 일이라면 어떤 것이든 믿고 참여하게 된다. 가끔 온라인으로도 모임을 열어주셔서 물리적인 거리가 있어도 함께할 수 있다는 점이 늘 반갑고, 또 감사하다. 딥페이크 사건이 잇달아 터졌을 때, 언론에서 거의 다루지 않는 현실에 분노와 무력감을 느끼던 와중, 달리 님이 열어주신 온라인 성토대회에 바로 참여했던 기억도 있다. 독서 모임 역시 시간이 허락되는 한 빠지지 않고 참여하려 애쓴다.

　이번에는 김숨 작가의 연작소설
《무지개 눈》으로 줌 독서 모임을
진행하신다. 시각장애인을 인터뷰
해 쓴 소설이라 그들의 삶을 간접
적으로나마 느끼고, 사회의 다양
한 시선과 편견을 되짚어볼 수 있
는 귀한 시간이 될 것 같아 망설임
없이 신청했다.

　지금 달리 님은 남원에서 '살롱
드마고'라는 이름의 책방 겸 페미
니즘 문화공간을 공동 운영하고
계신다. 달리 님이 있기에 우리가 만나는 장소와 모임은 언제나 더 따뜻
해지고, 더 안전해진다.

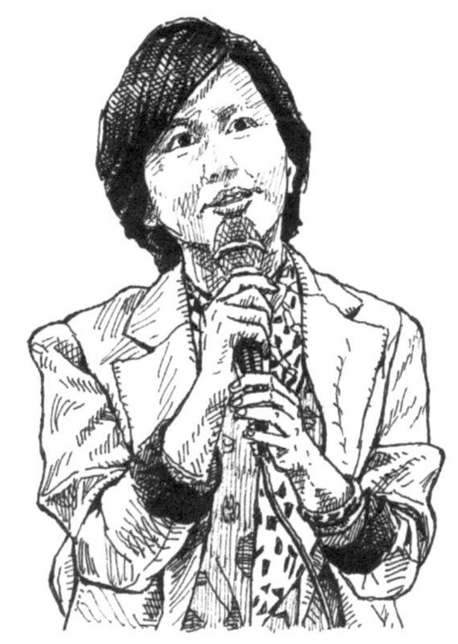

2025. 3. 29.
7-1ㄴㅎ=0

나의 멋진 페미니스트
동료이자 친구 달리 님

올해 가장 기억나는 세 사람

about 김소형 소장님

창원에 있는 '함께걷는발달연구소'에서 어머님들을 대상으로 그림일기 원데이 수업 요청이 들어왔다. 수업 당일, 김소형 소장님께서도 직접 참여해 주셨고, 수업이 끝난 뒤에는 연구소 사무실에서 차 한 잔을 나누며 이런저런 이야기를 나눴다. 이후 함께 식사하며 좀 더 깊은 대화를 나눌 수 있었다. 아이를 키우며 단체의 소장 역할까지 병행하는 삶이 결코 쉽지 않을 텐데도, 김 소장님은 여전히 달리기를 틈틈이 하고, 그림일기 단톡방에도 활발히 참여하며 자신의 일상을 공유해 주신다. 그 에너지와 적극성이 참 멋지다고 느꼈고, 그래서 다시 한번 꼭 뵙고 싶었다.

마침 우울증 자조모임을 창원에서 진행하게 되어 창원에 가는 길에 소장님께 미리 연락드렸더니, 카페가 문을 여는 이른 아침에 시간을 내주셨다. 경치 좋은 그 카페는 아직 오픈 전이라 무척 조용했고, 사람을 피하지 않는 고양이 한 마리가 먼저 다가와 나를 반갑게 맞아주었다.

카페에 앉아 소장님과 근황을 나누며 이야기를 이어가다, 그림일기를 그릴 때 답답했던 점이나 궁금한 부분이 없었는지 여쭤보고 원포인트 레슨처럼 설명해 드렸다. 이야기가 끝나고 일어서려는데, 소장님이 차 트렁크에서 홍시 한 박스를 꺼내 선물로 주시는 게 아닌가. 웬 선물인가 궁금

해서 여쭤보니, 본인은 한 해를
보내기 전에 그해에 기억나는
열 사람에게 선물을 준다고 하
셨다.

　너무 멋진 아이디어라는 생
각에 양산으로 돌아오면서 나
도 2024년에 가장 기억 나는
세 사람을 생각해 봤다. 소장

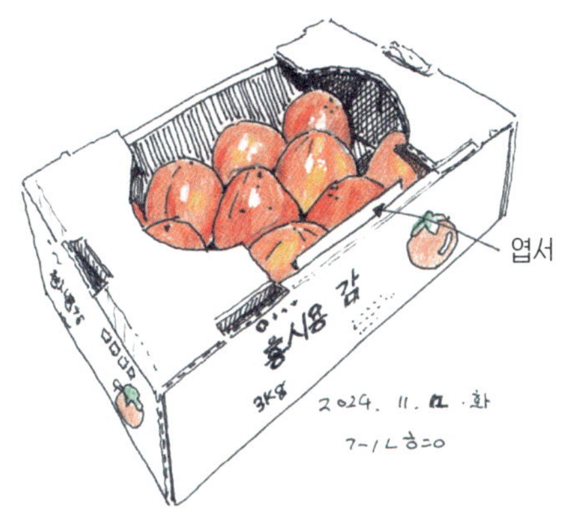

님처럼 많은 사람을 만나지는 않기에 열 명은 어렵겠지만, 세 사람 정도
라면 매년 나만의 이벤트를 할 수 있을 것 같았다. 내가 누군가에게 '가
장 기억나는 사람'이라는 이유로 선물을 받는다는 건, 그 자체로도 깊은
감사이고 기분 좋은 일이었다. 소장님은 나를 단 한 번밖에 보지 않으셨
는데, 내게 어떤 점을 좋게 봐주신 걸까. 궁금함에 문자를 드렸더니 정말
인터뷰처럼 긴 답장을 보내주셨다.

　소장님이 매년 선물하는 열 명은 소장님만의 기준으로 선택한다고 하
셨다. 여러 일을 하고 또 나이를 먹다 보니 개인적인 관계보다는 사회적
(업무적) 관계로 만나는 사람들이 많고, 당연히 한 번으로 스쳐 보내는
분들도 많다. 그래서 연말이 되면 소장님은 우선 한 해 새로 만난 사람들
을 떠올려본다고 하셨다. 그중에서도 일로 만나긴 했지만, 그 해에 특별
히 고마웠던 분들을 다시 생각해 본다고. 당사자는 기억하지 못할 수도
있는 작고 사소한 순간이지만, 진심이 느껴졌던 태도, 마음을 건드렸던
말, 힘이 되었던 행동… 그런 것들을 한 해의 끝에서 다시 떠올리며 조용

히 감사의 마음을 전하는 것이 소장님만의 방식이었다. 그래서 선물 리스트에는 오랜 친구보다 새롭게 다가온 인연이나 예상 밖의 고마움을 준 사람들이 더 많이 오른다고 한다. 어쩌면 그 마음엔 앞으로도 이 인연이 이어질 수 있기를 바라는 작은 기대가 담겨 있을지도 모른다. 선물은 아주 소박한 것이지만, 마음이 전해질 만큼만 준비한다는 원칙도 있었다.

내 경우도 딱 그랬다. 단 한 번의 만남이었지만, 그날 함께한 시간과 대화가 너무 좋았다. 소장님 역시 나와 어떻게든 소통하고 싶다는 마음을 품고 계셨고, 그때 마침 내가 달리기를 제안했다. 그렇게 우리는 양산 마라톤 10km를 함께 뛰었다.

창원에 가는 길에 연락드린 것도 우연이었는데, 때마침 연말이었고 소장님이 마음을 전하고자 하던 바로 그 시기와 겹쳤다. 그래서 홍시를 건네주셨던 것이다. 정말 멋진 분 아닌가. 늘 열려 있고, 좋은 에너지를 적극적으로 나누며, 또 그 에너지를 스스로 잘 분배하려고 애쓰는 사람. 그런 모습으로 나를 바라봐 주셨다니, 오히려 내가 더 감사하고 감동스러웠다. 소장님이야말로 진짜 멋진 분이라는 생각이 들었다.

2024년, 내게 가장 기억에 남는 세 사람은 울산 책방 자크르 대표님, 포항의 우울증 친구 윤설 님, 그리고 고고윤산 친구 설혜 씨였다. 자크르 대표님과 설혜 씨에게는 그림을 그려 액자 선물을 드렸고, 윤설 님에게는 밥을 대접하며 두 권의 책을 건넸다.

김소형 소장님은 나와 함께 100일 프로젝트를 두 시즌째 이어가고 계신다. 시즌 1 때는 매일 스쾃 100개를 하셨는데, 몸에 어떤 변화가 있었냐는 내 질문에 "체력이 눈에 띄게 좋아졌다."라고 답해 주셨다. 그 말에

자극을 받아 시즌 2에서는 나도 팔굽혀펴기 100개를 매일 하고 있다. 올
해도 작년처럼 소장님과 함께 10km를 달리고 싶다. 소장님은 멋지고 건
강한 중년 여성이다.

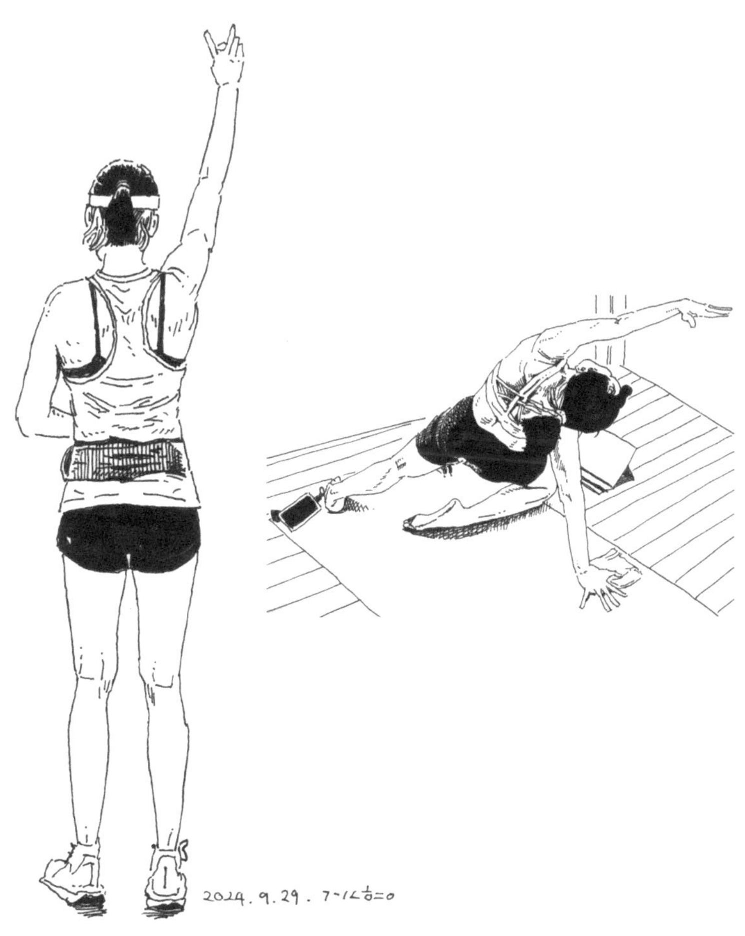

Chapter

2

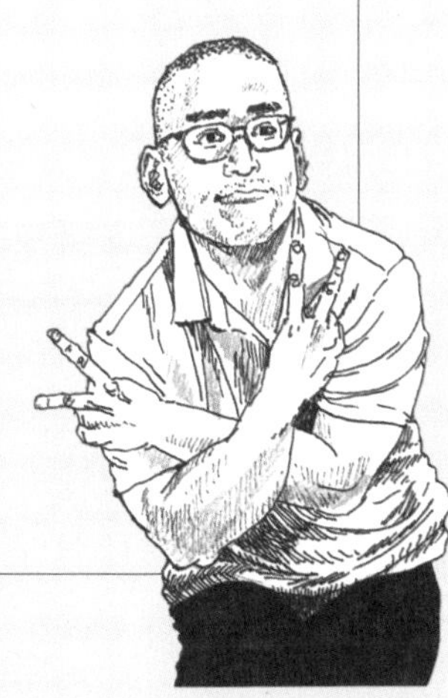

단골 '원유로' 카페

/ 오랜 시간 원고 작업하기 좋은 곳

지금, 이 원고를 다듬고 있는 곳은 내가 3년 가까이 단골로 드나들고 있는 '원유로' 카페다. 납품을 가는 거래처 방향에 따라 들르는 카페들이 몇 군데 있지만, 그중 가장 자주 찾는 곳이 바로 이곳이다. 회사 바로 앞 아파트 상가 안에도 원유로 카페가 있지만, 고속도로를 타기 위해 물금 IC 쪽으로 차를 몰 때는 남양산역점 원유로 카페에 들른다.

내가 즐겨 마시는 메뉴는 아메리카노나 돌체라떼, 요즘은 아샷추(아이스티에 샷을 추가한 음료)를 자주 주문한다. 남양산역점은 유동 인구가 많은 곳에 자리해 손님이 북적이는 편인데, 납품 경로가 부산 방향일 때는 아침과 점심, 하루에 두 번 들르는 날도 있다.

사장님과 길게 이야기를 나누는 사이는 아니지만, 그래도 3년 정도 얼굴을 보니 소소한 안부를 묻고, "좋은 하루 보내세요."라는 인사를 주고받는 정도의 친근함은 쌓였다. 방금 사장님께 카페 운영을 언제부터 하셨는지 여쭤보니 올해로 벌써 5년 차라고 하신다. 원래는 다른 일을 하셨지만, 코로나로 계획이 틀어지면서 카페를 시작하게 되었다고. 그래서인지 이곳 카페는 공간이 넓고 여유로워 오래 머무르기에 좋다.

나는 한 달에 한 번, 양산의 동료 작가 올리버 쌤과 '작작' 그림 모임을 하는데, 주로 이곳을 이용한다. 그림을 그리려면 꽤 넓은 공간이 필요하다. 아이패드나 수채화 팔레트, 종이, 필통 등 이것저것을 펼쳐야 하기에

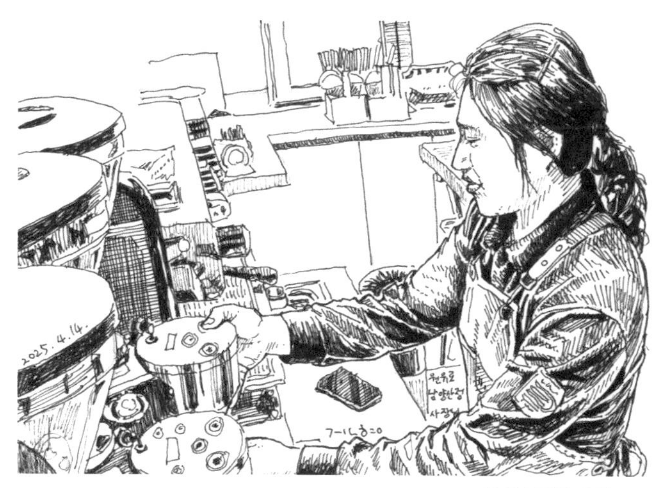

원유로 카페 사장님

넉넉한 테이블이 필수다. 하지만 대부분의 카페는 테이블이 좁거나, 여러 명이 함께 앉아 작업하기엔 눈치가 보이기 마련이다.

그런 점에서 이곳은 드물게 큰 장점을 갖춘 곳이다. 유리 벽으로 막힌 스터디룸이 세 개나 있어 조용히 집중하기에 좋고, 음료만 주문하면 2시간까지 무료로 이용할 수 있다. 우리는 주로 일요일에 모임을 여는데, 다행히 그 시간에는 스터디룸을 사용하는 손님이 드물어 여유 있게 쓸 수 있다. 다만 여름철에는 에어컨 전기세 부담으로 소정의 추가 요금을 내기도 한다.

이 책의 초고를 쓸 때도 집에서는 도무지 작업이 되지 않아 딴짓만 하다 결국 원유로 카페로 도망치듯 향하곤 했다. 그 뒤로 3주 가까이, 회사 퇴근 후 매일 들러 문 닫는 밤 10시까지 자리를 지켰다. 다시 1교 원고를 받고 나서도 똑같은 패턴으로, 3주 동안 이곳에서 작업을 이어가고 있다.

무엇보다 원유로 카페의 가장 큰 장점은 주 7일 내내 문을 연다는 점이다. 언제든 내가 필요할 때 찾아올 수 있다는 사실만으로 큰 위안이 된다. 사장님은 오랜 시간 묵묵히 카페를 지켜오셨고, 요일마다 돌아가며 일하는 알바생들도 일곱 명가량 된다. 음료 하나만 시켜놓고 몇 시간씩 앉아 있는 내가 가끔은 민망하지만, 다행히 누구 하나 눈치를 주지 않는다. 그 너그러움이 참 고맙다. 그래도 짝지는 늘 잔소리한다. "음료 하나만 시키지 말고, 중간에 다른 음료나 간단한 메뉴라도 추가로 주문해야 민폐가 아니야." 배가 고플 땐 핫도그를 시켜 먹었는데, 어느 날 주문하려고 보니 본사 방침으로 핫도그 메뉴가 종료되어 아쉽게도 사라졌다.

그림 모임으로 스터디룸을 3시간씩 사용할 수 있도록 배려해 주신 사장님께 감사한 마음이 들어, 어느 날 작고 예쁜 딸기 생크림 케이크를 선물로 드렸다. 사실 나는 생크림 케이크를 즐기는 편이 아니지만, 지난번 '작작' 그림 모임 후 올리버 쌤이 소개해 준 카페에서 맛본 딸기 생크림 케이크는 예외였다. 딸기가 푸짐하게 들어 있고, 생크림은 느끼하거나 달지 않으며, 빵도 부드럽고 전체적으로 가볍고 산뜻한 맛이 인상적이었다. 그 후로 혼자 사 먹으러 간 적도 있을 만큼 마음에 들었다. 사장님도 드셔보시더니 "진짜 맛있다!"라고 감탄하며 가게 위치를 물으셨고, 자기 집 근처라며 반가워하셨다.

카페를 운영하는 분들을 보면 대부분 쉬는 날 없이 근무하신다. 이곳 사장님도 주말에는 오전에만 영업하고 오후엔 쉬시지만, 일주일 내내 출근하시는 건 마찬가지다. 많은 시간을 카페에서 보내는 사장님에게 어떤 희로애락이 있을지 궁금하다. 어떤 즐거움이 있고, 어떤 어려움이 있으며, 앞으로 어떤 비전을 가지고 계실까. 알바생을 고용하면서 겪는 고민

이나, 새로운 알바생을 뽑을 때 중요하게 여기는 기준 같은 것도 궁금하
다. 사람 관리만큼 어려운 것이 없다는 말처럼, 카페 운영은 커피를 내리
는 일보다 사람을 마주하고 다루는 일이 더 큰 비중을 차지할 것이다. 언
젠가는 사장님과 그런 이야기도 깊이 나눠보고 싶다.

'유퀴즈'에 출연하고 싶어요

/ 처진 달팽이의 '말하는 대로'

제목에 '유퀴즈(유재석과 조세호가 진행하는 tvN 예능 프로그램, 유 퀴즈 온 더 블록)'에 출연하고 싶다고 썼지만, 실제로 출연한 건 아니다. 2024년 한 해 동안 "나는 유퀴즈에 나갈 거야."라고 말하고 다녔지만, 결국 나가진 못했다.

운동을 위해 집 근처 주민 체육센터에서 러닝머신을 뛰기 시작했을 때였다. 앞에 설치된 TV를 보곤 했는데, 이상하게도 유퀴즈 채널이 자주 잡혀서 그 프로그램을 자연스럽게 보게 되었다. 그러다 어느 날 문득, 나도 저 무대에 서야겠다는 생각이 들었다. 아마도 '삶은 말하는 대로 된다'라는 말을 믿었던 걸까. 그때부터 사람들을 만날 때마다 "나 유퀴즈에 나갈 거야."라는 말을 입버릇처럼 하게 되었다.

사실 특별한 이유는 없었다. 다만 많은 사람이 보는 방송에 나가 우울증에 대해 이야기할 수 있다면, 우울증으로 힘들어하는 분들에게 조금이나마 위로가 되지 않을까 싶었다. 또 그 곁에서 도와주고 싶은 이들에게도 어떤 태도와 시선이 필요한지 전할 수 있을 것 같았다. 무려 29년이라는 긴 시간 동안 우울증을 겪으며 살아온 나도, 이렇게 나름대로 살아가고 있다고. 그 사실만으로도 누군가에게 작은 메시지가 되지 않을까 생각했다.

'우울증 리사이틀'에서 늘 빠지지 않고 불렀던 노래가 있다. 처진 달팽이의 '말하는 대로'. 언젠가 유퀴즈에 나가게 된다면 꼭 그 노래를 부르

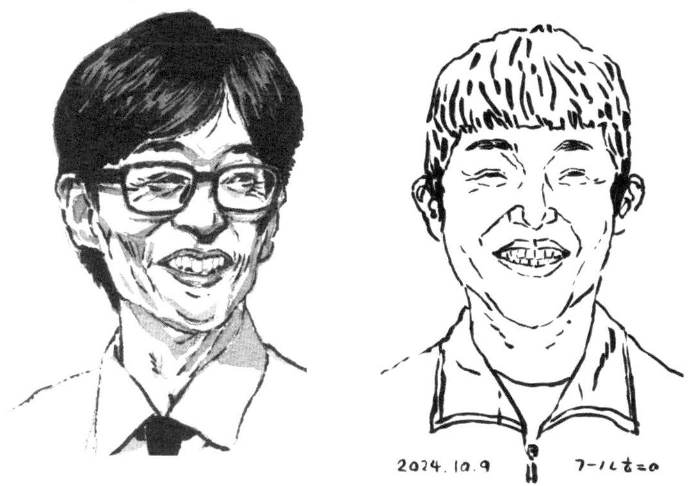

다른 그림 스타일로 완성한 유재석과 조세호 님

고 싶다는 생각이 들어, 그 시절 나는 자주 연습하곤 했다. 무한도전에서 유재석과 이적이 '처진 달팽이'라는 프로젝트팀을 꾸려 함께 불렀던 곡. 만약 정말 가능하다면, 유재석 님과 함께 그 무대를 서는 순간을 맞이할 수 있다면 얼마나 좋을까.

'불안한 잠자리에 누울 때면 내일 뭐 하지 내일 뭐 하지 걱정을 했지.'

1절 가사 중 일부이다. 우울증이 심해지면 아무것도 하고 싶은 게 없었다. 좋아하는 것도 없고, 하고 싶은 것도 없고, 그냥 하루 종일 누워만 있고 싶었던 상태.

'그러던 어느 날 내 맘에 찾아온 작지만 놀라운 깨달음이 내일 뭘 할지 내일 뭘 할지 꿈꾸게 했지.'

2절 가사 중 일부이다. 지금의 나는 하루하루가 재미있고 즐겁다. 하고 싶은 것도 많아졌고, 세상에 대한 관심과 호기심, 애정도 부쩍 늘었다.

29년 동안 한 번도 느껴보지 못했던 충만함이다. 과거에는 잘 지내는 순간에도 언제 우울증이 다시 덮쳐올지 몰라 늘 긴장했고, 눈에 보이지 않는 불안이 가슴 깊숙이 가라앉아 있었다. 하지만 지금은 그런 불안이 거의 느껴지지 않는다. 단단한 바닥을 딛고 선 듯한 안정감이 있다.

물론 어느 날 갑자기 찾아온 깨달음 덕분에 변한 것은 아니다. 29년이라는 긴 시간 동안 '살고 싶다'는 마음 하나로 버티며 지나온 무수한 날들, 보이지 않는 곳에서 반복해 온 작은 애씀, 그리고 그 애씀을 곁에서 지켜봐 주고 도와준 사람들 덕분에 조금씩 쌓여온 평화일 것이다. 하고 싶은 것이 아무것도 없던 시절, 아침이 오는 것이 두려워 눈을 감았던 시간이 떠오른다. 그 시절 나는 '말하는 대로'의 가사 한 줄 한 줄을 연습하며, 노래 속에서 울고 또 울었다.

친구들과 재미 삼아 손금을 보러 간 적이 있다. 내 차례가 되어 기본적인 손금을 본 뒤, 선생님께 "올해(2024년) 제가 유퀴즈에 나가나요?" 하고 물었더니, 망설임도 없이 "나간다."라는 대답이 돌아왔다. 지금 돌이켜보면 유퀴즈라는 프로그램에 아무나 출연할 수 있는 것도 아닌데, 그때 여기저기 떠벌리고 다녔던 내가 조금은 쑥스럽다. 우울증 에세이를 써서 베스트셀러가 되고, 강연 요청이 쇄도할 만큼 유명세를 치렀다면 모를까, 이름 석 자 아는 사람도 드문 내가 출연할 가능성은 사실상 없었다. 진짜 출연하고 싶었다면 책 작업에 더 집중해야 했겠지. 생각할수록 이불킥 각이지만, 그래도 우울증을 겪는 사람들에게 작은 위로가 되고 싶다는 마음 하나로 그렇게 말하고 다녔던 내 모습이, 지금은 오히려 조금 귀엽게 느껴져 이렇게 기록으로 남겨둔다.

사람들 관찰하기

/ 나는 솔로

가끔 짝지가 거실에서 고가의 명품 가방 리뷰 영상이나 100평 규모 대의 부동산 유튜브 방송을 보고 있을 때가 있다. 우리와 전혀 다른 세계의 사람들 이야기가 뭐가 그리 궁금하냐고 물으면, '우리와 전혀 다른 세계의 사람들은 어떻게 살고 무슨 생각을 하는지'가 궁금해서 본다고 답한다. 짝지가 소설을 쓰는 사람이라 그런지, 다양한 삶과 이야기에 늘 관심이 많다.

그런 의미에서 우리 부부는 '나는 솔로'를 매주 빼놓지 않고 본다. 이 프로그램을 보다 보면, 출연자들이 가진 스펙에 비해 상대와 소통하고 배려하고 존중하는 능력은 참 서툴다는 생각이 든다. 좋은 대학에 가기 위해, 직장을 얻기 위해 들였던 노력의 일부만이라도 자신을 들여다보는 데 썼다면 어땠을까 하는 아쉬움이 자주 든다. 좋아하는 사람의 마음을 얻기 위해 무엇을 해야 하는지, 내 진심을 어떻게 전하고 어떤 방식으로 대화해야 하는지를 잘 모른다.

진심이라고 해서 반드시 좋은 결과를 낳는 건 아니다. 내 호의와 마음이 상대에게는 부담이 될 수도 있다는 사실을 알아야 한다. 처음부터 무조건 한 사람만 향해 '직진'하는 것이 멋진 일만은 아니다. 거절당할 수도 있음을 받아들이고, 그 감정을 감당할 수 있어야 한다. 여전히 '열 번 찍으면 넘어간다'라는 말을 믿는다면, 그것은 사랑의 언어가 아니라 자칫 스토킹으로 이어질 위험이 있다는 사실을 알아야 한다.

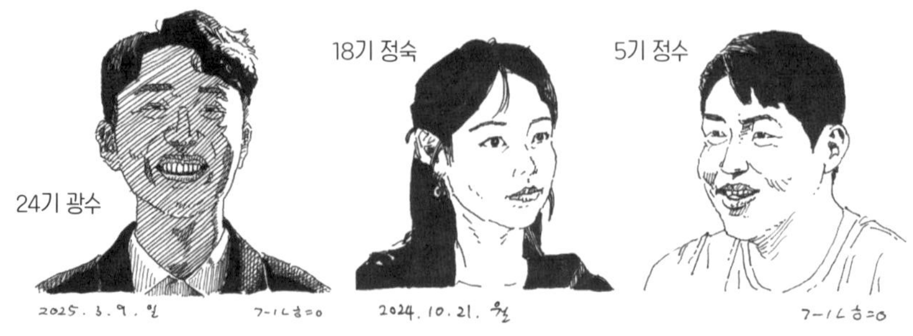

　여성 출연자들 앞에서는 강한 척, 남자다운 척하지만, 과연 무엇이 진짜 '남자다움'인지 되묻게 된다. 센 척을 하지만 많은 남성 출연자가 사랑 앞에서는 겁이 많아 보였다. 조금이라도 손해 보고 싶지 않고, 잘못된 선택을 하지 않으려는 마음에 프로그램 마지막 순간까지 저울질한다. 여성이 자신보다 더 많이 좋아하는 것이 아니라면, 마음의 저울을 늘 49대 51쯤에 멈춰 둔다. 하지만 때로는 그 '51'이라는 희미한 가능성을 믿고, 자신에게 귀를 기울여 마음을 표현하고 다가가야 하지 않을까. 물론 그 '51'이라는 판단이 틀릴 수도 있다. 고백이 거절될 수도 있고, 연애가 시작되어도 이별로 끝날 수 있다. 그러나 그 가능성과 불확실성을 감당하고 사람을 만나봐야 한다.

　어떤 교수님은 "서른 번은 만나봐야 자신에게 어울리는 사람을 알 수 있다."라고 했는데, 나도 그 말에 동의한다. 물론 그 만남의 과정에서 자신이 같은 실수를 반복하고 있다면, 연애에서 잠시 물러나 자신이 왜 같은 패턴을 반복하는지 성찰해 봐야 한다. 고백했다가 거절당하는 일은 고통스럽고, 오랜 연애 끝에 이별을 겪는 일은 오랫동안 상처로 남는다. 그러나 그 과정에서 자신을 깊이 들여다보면, 그 아픔이야말로 결국 자신을 더 잘 이해하는 기회가 되어 줄지도 모른다.

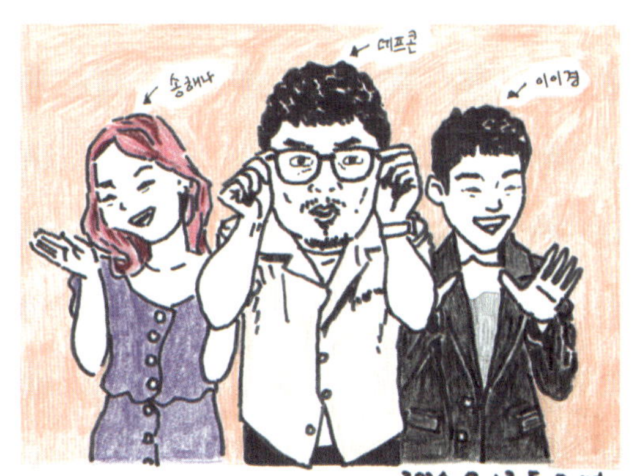

남자의 경제적 능력이나 사회적 지위는 이제 예전만큼 큰 힘을 발휘하지 않는다. 전문직을 가진 여성이 많아졌고, 스스로 많은 수입을 벌어들이는 여성도 많아졌기 때문이다. 물론 경제적인 부분이 전혀 중요하지 않다는 뜻은 아니다. 다만 두 사람이 함께 살아가는 데 필요한 최소한의 조건이 충족된다면, 그다음부터는 상대를 대하는 태도가 훨씬 더 중요해진다.

연애와 결혼은 서로 간의 독점적인 관계다. 과거에 여사친이 많았다 하더라도, 누군가와 단단한 관계를 맺기 위해서는 파트너가 섭섭함을 느끼지 않도록 행동하고 표현해야 한다. 술을 함께 마셔보면 그 사람의 본모습을 알 수 있다는 말처럼, 술을 마신 뒤 감정적으로 행동하거나 말을 내뱉는 사람과는 평생을 함께하기 어려울지도 모른다.

나는 그들과 내가 다르다고 생각하지 않는다. 오히려 그들의 모습을 보며 삶을 살아가는 데 있어 정말 중요한 것이 무엇인지, 파트너와 함께하기 위해 필요한 것이 무엇인지 새삼 묻게 된다. 만약 내가 그 자리에 있었다면 어떤 선택을 했을까, 어떤 말을 건넸을까를 가늠해 보게 된다. 그들은 특별하거나 이상한 존재가 아니다. 오히려 그들의 모습 속에서 나는 평범한 나 자신을 비추어 보고, 지금의 삶을 다시 성찰하게 된다.

운동과 확장, 멋진 여성들

/ 골 때리는 그녀들

퇴근 후에는 운동하고 책을 읽고 친구들을 주로 만나지, TV를 자주 보지는 않는다. 아무 생각 없이 쉴 겸 짝지랑 수다 떨며 보는 프로그램 중 하나가 '골 때리는 그녀들'이다. '골때녀'는 첫 화부터 매주 빠지지 않고 챙겨 보고 있다.

여성들이 장롱면허로만 가지고 있던 운전면허를 꺼내 연수를 받고, 직접 차를 몰고 여기저기 다닐 수 있게 되었을 때, 그 경험은 단순한 이동 수단 이상의 의미가 있다. 내가 자유롭게 갈 수 있는 범위가 눈에 띄게 넓어졌다는 느낌. 여학생들이 중학교나 고등학교 시절에도 어린아이처럼 운동장에서 자유롭고 신나게 뛰어논다면, 그 여성들은 더 당당하고 자신감이 넘치는 삶을 살아갈 수 있다고 믿는다. 여학생들은 초등학교 고학년만 되어도 여성스럽게 살아야 한다는 사회적 압박과 기준을 내면화한다. 운동을 통해 자신의 몸과 가능성을 탐구할 기회를 잃어버린다.

'골때녀' 첫 회를 아직도 기억한다. 여성 출연자들이 공 하나를 쫓아 우르르 몰려다니고, 헛발질하고, 패스조차 제대로 이어지지 않던 장면들. 솔직히 이 예능이 혹시 운동에 서툰 여성들의 모습을 희화화하는 건 아닐까, 우려하는 마음도 있었다. 그러나 시간이 흐를수록 출연자들의 얼굴과 몸짓은 달라졌다. 매주 꾸준히 훈련한 덕분에 지금은 놀라울 만큼 실력이 상향 평준화되어, 매 경기를 보는 재미가 쏠쏠하다.

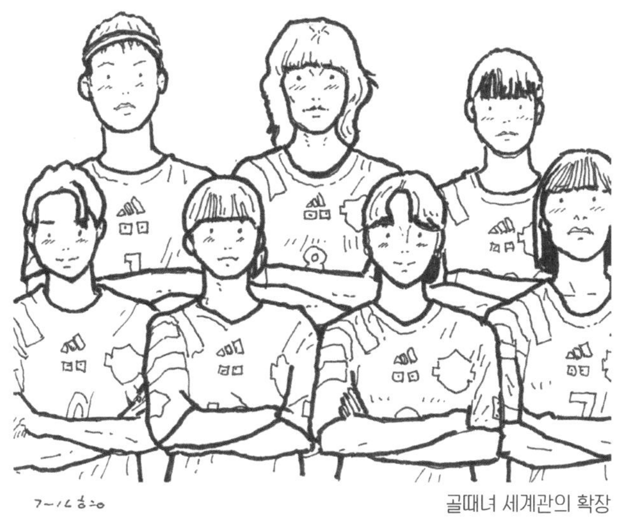

골때녀 세계관의 확장

특히 액셔니스타와 월드클라쓰의 경기. 액셔니가 월클을 4대 1로 꺾은 뒤, 액셔니의 이영진 선수가 필드에 엎드려 어깨를 들썩이며 울던 장면이 아직도 생생하다. 그 시즌 그녀는 MVP까지 받았다. 40년 동안 운동을 싫어했다고 말했던, 초창기엔 정말 어설펐던 선수. 하지만 묵묵히 훈련을 거듭하며 결국 팀의 핵심으로 성장했다. 그 처음과 끝을 함께 지켜본 시청자라면 누구나 가슴이 뭉클해졌을 것이다. 이후 그녀는 본업에 집중하기 위해 프로그램을 떠났지만, 그가 보여준 성실함과 변화의 시간은 오래도록 기억에 남는다.

외국인 선수로만 구성된 월드클라쓰는 종종 결승까지 올라갔지만 늘 2등 혹은 3등에 머물렀다. 그러나 멤버들이 여러 차례 교체되고, 실력이 차츰 올라 결국 우승을 차지하게 되었을 때, 원년 멤버 사오리가 느꼈을 감격을 우리도 함께 느낄 수 있었다.

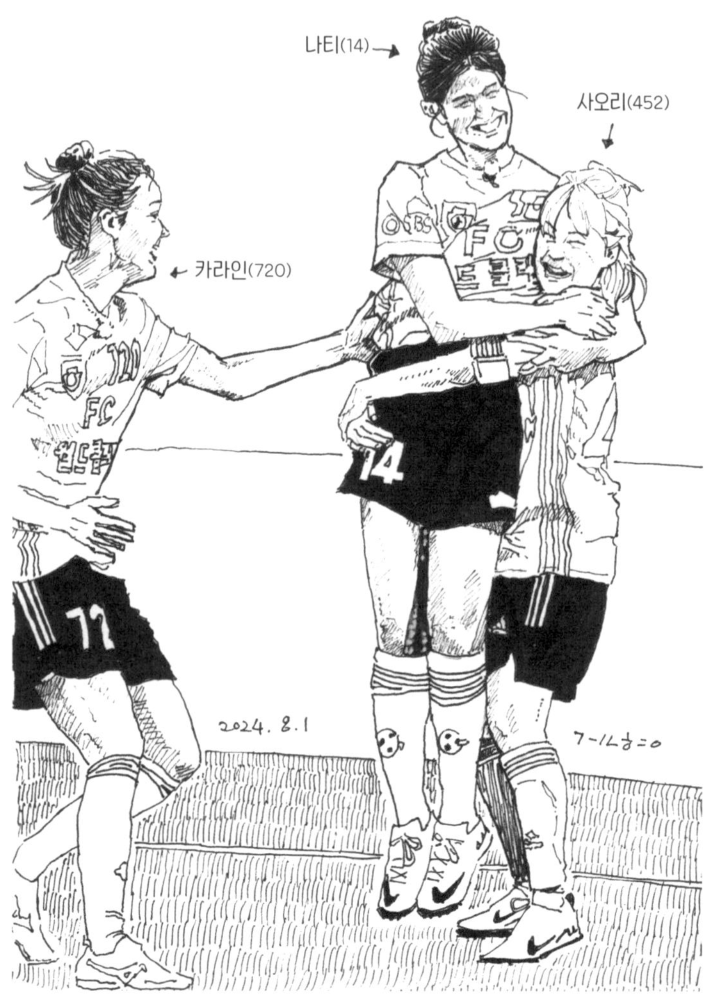

월드클라쓰 골 넣은 순간

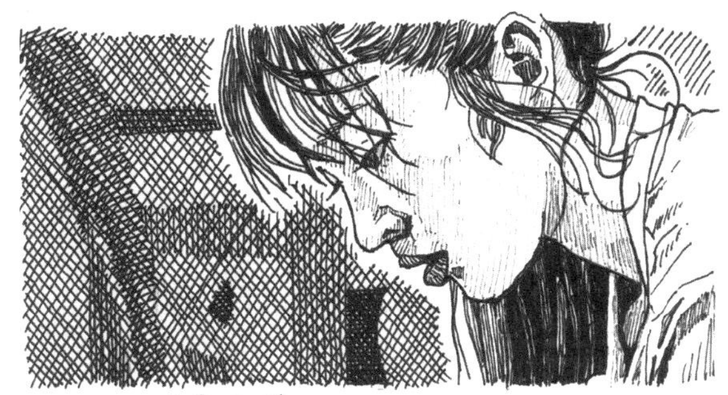

아나콘다 윤태진 선수. 계속 지는 기분이 어떨지… 많이 안타깝다.

축구는 단체운동인 동시에 '시간이 만든 실력'이 가장 정확히 드러나는 종목이다. 개인의 감각이나 신체 조건 덕분에 잠깐 반짝할 수는 있어도, 팀워크와 유기적인 움직임, 체력, 전략 이해는 꾸준한 훈련 없이는 결코 실력이 향상되지 않는다. 초창기에는 몇몇 뛰어난 개인이 눈에 띄었다면, 지금은 팀마다 탄탄한 에이스들이 고루 분포되어 있다. 시즌 끝에 진행되는 올스타전은 프로경기를 방불케 한다.

여러 팀 중 가장 아픈 손가락이 아나운서들로 구성된 아나콘다 팀이다. 다른 팀에 비해 실력이 턱없이 부족하다. 열심히 뛰는 모습은 보이지만, 결과는 늘 패배로 이어진다. 매번 지는 팀이 느낄 답답함과 절망감은 얼마나 클까. 실제로 '골때녀'에는 리그마다 방출되는 팀이 있는데 아나콘다는 두 번이나 방출을 경험했다. 뛰어난 선수가 들어오지도 않고 기존 선수들의 실력도 다른 팀에 비해서 눈에 띄게 늘지 않는다. 아예 팀을 해체하고 새로운 팀을 하나 구성해서 들어오는 게 좋지 않을까 하는 생각도 해 본다.

운동을 오래 해온 출연자들의 모습을 보면, 그들의 몸짓에서 자연스

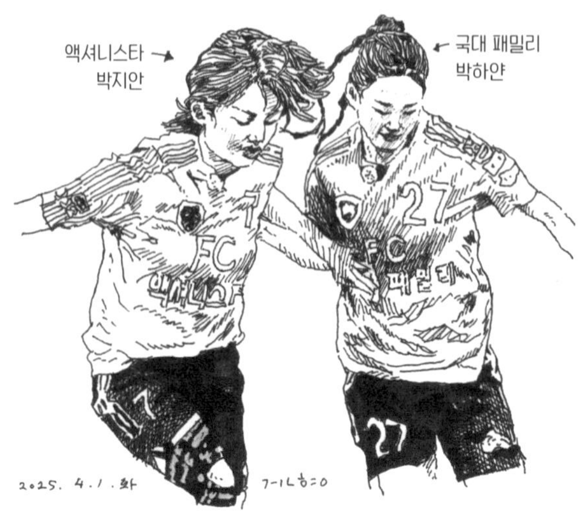

레 생기가 뿜어져 나온다. 78년생인 룰라 출신 채리나가 이렇게까지 오랫동안 현역 선수처럼 뛰게 될 줄 누가 예상했을까. 그러나 지금 그녀가 지키는 후방은 누구보다 든든하다. 한 사람의 안정감이 팀 전체를 지탱하는 힘이 된다. 빡빡한 일정을 소화하면서도 꾸준히 연습 시간을 확보한다는 건 결코 쉬운 일이 아닐 텐데, 그런 노력을 통해 변해가는 선수들의 모습은 보는 나까지 감격스럽게 만든다.

'골때녀' 덕분에 풋살을 취미로 즐기게 된 여성들이 많아졌다는 이야기도 들린다. 아직은 여전히 '미용'이나 '다이어트' 같은 목적 아래 여성에게 운동이 권장되는 분위기지만, 나는 몸무게와 상관없이 운동하는 여성들이 지닌 그 활기와 생명력이 정말 멋지다고 생각한다. 꼭 축구가 아니더라도 어떤 운동이든 상관없다. 자신의 몸과 만나는 시간을 통해 자신을 이해하고 돌보는 여성들이 '골때녀'를 계기로 점점 더 많아지기를 바란다. 그리고 이 프로그램도 오래도록 사랑받는 장수 예능이 되었으면 좋겠다.

이번 주에는 드디어 골때녀 대표팀이 나서는 한일전 2차전이 열린다. 지난해 일본에 패배한 뒤, 선수들이 절치부심하며 준비해 온 경기다. 사실 나에게는 한국이 이기느냐, 일본이 이기느냐가 크게 중요하지 않다. 다만 이번에 한국이 꼭 이겨서 1대 1이 되어야 내년에 일본에서 열릴 3차전을 또 볼 수 있지 않을까. 경기가 기다려진다.

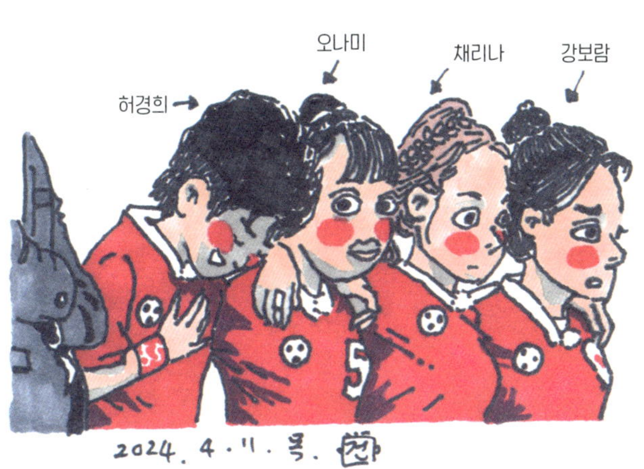

한 달 동안 골 때리는 그녀들 올스타전을 보느라 즐거웠다.
최고의 선수들만 모아 네 개의 팀을 꾸려 세 개의 경기를 치렀고,
마지막엔 왕년의 축구 스타였던 감독님들의 경기가 있었다.
어제 새 시즌이 시작하는 줄 알고 기다렸는데, 개표방송을 한다고
한 주 미루어져서 아쉬웠다. 축구에 진심인 그녀들이 멋지고,
많은 시간의 연습과 훈련으로 실력이 늘어가는 그녀들을 보는 것이 즐겁다.

인생 영화

/ 영화 〈매그놀리아〉

"인생 영화가 무엇이냐?"라는 질문에, 나는 늘 인생 영화는 없다고 말해왔다. 그때그때 보았던 영화들이 그 나름대로 좋았고, 그 영화들을 서로 비교할 수는 없었기 때문이다. 그런데 문득, 이 영화라면 내게 인생 영화가 아닐까 하는 생각이 들었다. 폴 토머스 앤더슨 감독의, 러닝타임 188분에 달하는 영화 〈매그놀리아〉. 3시간이 넘는 분량인데도 전혀 지루하지 않았고, 처음부터 끝까지 몰입해서 보았다.

블로그에 남긴 기록을 찾아보니, 최근까지 이 영화를 총 네 번이나 보았다. 나는 영화를 여러 번 보는 편이 아니고, 좋았던 영화도 시간이 많이 흐른 후에야 다시 한번 보는 정도라, 네 번을 봤다는 건 내게 흔치 않은 일이다.

(스포일러 있음.) 이 영화에는 아홉 명의 주요 인물이 등장하며, 그들의 이야기는 모두 유기적으로 맞물려 있다. 말기 암 환자인 얼과 그의 간병인 필, 그리고 얼의 아들 프랭크(톰 크루즈). 프랭크는 여성 공략법을 가르치는 강좌를 진행하는 인물로, 어린 시절 어머니가 암에 걸렸을 때 아버지 얼이 외도를 일삼으며 그녀의 투병을 외면했던 경험을 지니고 있다. 그 상처 속에서 프랭크는 '유혹하여 파멸시키라'는 남성우위 프로그램을 운영하는 기이한 인물로 성장한다.

얼의 돈을 보고 결혼했던 린다(줄리언 무어)는 남편의 병세가 악화되자, 그를 진심으로 사랑하고 있었음을 뒤늦게 깨닫고 과거의 방탕함에 죄책감을 느끼며 괴로워한다. 한편, 얼이 운영하던 방송국에서 일하던 방송인 지미 역시 암 판정을 받고 방송 도중 무대 위에서 쓰러진다.

지미에게는 클라우디아라는 딸이 있는데, 어린 시절 아버지에게 성폭력을 당한 트라우마로 인해 마약과 섹스에 중독되어 있다. 지미는 죽기 전 딸에게 용서를 구하고 화해를 청하지만, 클라우디아는 이를 받아들이지 않는다.

어리숙한 경찰 짐은 동료들로부터도 인정받지 못하는 인물이다. 이웃의 신고로 클라우디아의 집에 출동했다가 그녀에게 사랑을 느끼게 된다. 지미가 진행하는 어린이 퀴즈쇼에 출연 중인 퀴즈왕 스탠리는 아버지의 욕심에 휘둘리고 있고, 과거의 퀴즈왕이었던 도니는 지금은 무력하고 무능한 남자가 되어 있다. 이 아홉 명 모두 각자의 삶에서 최악의 상황에 부닥쳐 있다. 우울증이 심했을 때 이 영화를 봤는데, 그런 절망적인 인물들의 이야기가 오히려 큰 위로가 되었다.

영화가 시작되면 내레이션으로 실제 있었던 사건 몇 가지를 들려준다. 그중 하나의 이야기. 한 남자아이가 옥상에서 건물 아래로 뛰어내린다. 아이는 아래층에서 부부싸움을 하던 아내가 홧김에 창밖으로 쏜 총에 복부를 관통당한다. 당시 건물은 공사 중이라 그물막이 설치되어 있었고, 아이는 그 그물 위에 떨어진다. 만약 여성이 총을 쏘지 않았다면, 아이는 그물 위에 떨어져 일단은 살았을 것이다.

그 아이는 다름 아닌 싸우고 있던 부부의 자녀였다. 평소 아버지가 총으로 위협하며 어머니와 다투는 모습을 지켜본 아이는 부모 몰래 총에

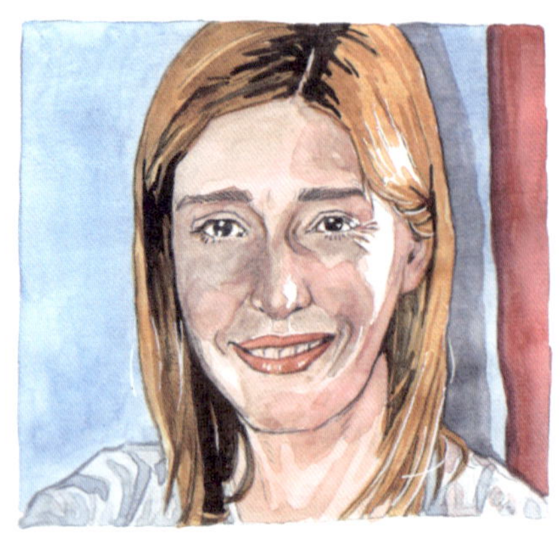
매그놀리아 마지막 장면

총알을 장전해 놓았던 것이다. 아이의 죽음은 결국 그 부모로부터 비롯된, 한 가족의 비극이었다.

영화의 끝에는 하늘에서 두꺼비가 우박처럼 쏟아지는 장면이 나온다. 시각적으로도, 청각적으로도 강렬하고 충격적인 장면이다. 영화 초반의 내레이션과 이 두꺼비 장면은 같은 메시지를 전한다. 도저히 일어날 것 같지 않은 일들이 실제로 일어나고 있다는 사실. 아홉 명의 이야기도 바로 그와 다르지 않다.

우울증이 깊어질 때, 사람은 종종 자신이 세상에서 가장 고통받는 존재라고 느낀다. 하지만 이 영화는 말한다. 우울증만이 아니라, 세상에는 불행하고 힘든 상황에 놓인 사람들이 무수히 많다고. 평범하게 살아가는 이들이 있는 만큼, 힘겹게 하루를 버티는 사람들도 많다는 것을. 그 사실이 역설적으로 위로가 된다. 나 혼자만 이렇게 힘든 게 아니구나. 다들 각자의 방식으로 버티고 있구나. 나 또한 그들 중 하나라는 소속감.

140분 즈음, 등장인물들이 모두 같은 노래를 부르는 장면이 있다. 말기 암으로 죽어가는 얼도, 약물을 삼키고 차 안에서 자살을 시도한 린다도, 아버지를 만나러 온 아들 프랭크도… 아홉 명의 인물이 차례로 같은 노래를 이어 부른다. 뮤지컬처럼 흘러가는 그 장면은 기묘하면서도 슬프다. 가사는 이렇게 말한다. "슬픔은 당신이 현명해질 때까지 멈추지 않으니, 슬픔에서 벗어나려 애쓰지 말라." 내게 그 노래는 삶을 지배하는 오래된 상처에서 쉽게 벗어날 수 없다는 고백처럼 들렸다. 그러니 삶을 포기하라는 말이 아니라, 쉽게 극복되지 않음을 인정하라는 것. 끝내 자신을 직면하며 오랜 시간 조금씩 나아가라는 메시지처럼 느껴졌다.

영화 속에는 유난히 일기예보가 자주 등장한다. 후반부까지 계속 흐림만 예보되던 날씨가 마지막에 맑음으로 바뀐다. 원로 방송인 지미가 아내에게 딸 클라우디아를 성추행했던 사실을 고백하자, 아내는 그제야 집을 뛰쳐나간 딸에게 달려가 그녀의 고통을 이해하며 지지자가 되어준다. 소심했던 경찰관 짐은 클라우디아의 용기를 바라보며 조심스레 미소 짓는다.

나는 클라우디아 곁에 엄마와 짐이 있다고 해서 그녀의 트라우마가 단번에 치유될 거라 믿지 않는다. 하지만 혼자가 아니라는 결말, 누군가 곁에 서 있다는 그 사실만으로도 묘한 안도감이 전해졌다. 혼자서는 결코 이 거대한 삶의 짐을 온전히 감당할 수 없기 때문이다.

집에서 친구들과 영화보기

/ 어곡영화제

짝지와 나는 영화를 보는 것을 즐긴다. 자주는 아니지만, 보고 싶었던 영화를 기다렸다가 극장에서 관람하곤 했고, 부산 해운대에 있는 '영화의 전당'도 종종 찾았다. 그러던 어느 날, 집에 있던 65인치 TV가 수명을 다했는지 채널을 돌릴 때마다 화면 한가운데 해처럼 둥근 얼룩이 떠 있었다. 영화를 좋아하는 우리 부부는 이 기회를 틈타 바로 75인치 TV를 구매했다.

TV가 커지니, 이제 굳이 비싸진 영화비를 감수하며 극장까지 갈 필요가 없어졌다. 보고 싶었던 영화는 극장에서 내려간 뒤 조금만 기다리면 OTT에서 구매해 더 저렴하게 감상할 수 있었다. 특히 어두운 장면에서는 오히려 극장보다 훨씬 선명하게 보이는 점이 좋았다.

자주 만나는 고고윤산 친구들과 저녁에 영화의 전당에서 영화를 본 후 맥도날드에 가서 차 한잔하며 이야기를 나누다가 새로 산 TV 자랑을 했다. 그러다 문득 우리 집에 친구들을 초대해 함께 영화를 보면 좋겠다는 생각이 들었고, 그렇게 '어곡영화제'가 탄생했다. '어곡'은 우리가 사는 동네 이름이다.

첫 번째 영화는 하마구치 류스케 감독의 〈드라이브 마이 카〉로 정했다. 이 영화는 상처를 안고 있는 두 사람이 천천히 마음의 문을 열고 각자의 아픔을 마주하게 되는 이야기이다. 감독이 촬영하는 방식이 영화

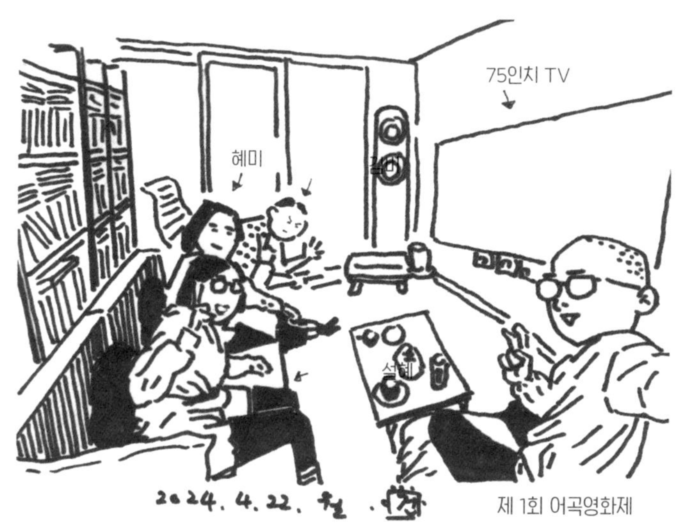

속에서 그대로 재현되는데, 그 방식이 주는 신비로운 분위기가 인상 깊었다.

우리 부부는 평소 바닥 청소를 자주 하지 않지만, 친구들을 초대할 때는 대청소를 한다. 화장실은 내 담당. 각자의 방과 거실의 의자, 화분들을 치운 뒤 청소기를 돌린다. 청소기로 해결되지 않는 머리카락과 잔 먼지는 물티슈로 꼼꼼히 닦아낸다. 이렇게 친구 초대 준비 완료.

영화 시작 전에 친구들이 오면 점심을 함께 먹는다. 친구들은 과일이나 자신이 먹고 싶은 간식들을 챙겨 온다. 밥을 든든히 먹고 차 한 잔을 곁들이며 근황을 충분히 나누고 나면 본격적인 영화 감상에 들어간다.

어곡영화제의 특징은 영화 도중에도 편하게 수다를 떨 수 있다는 점이다. 장면을 다시 보고 싶으면 화면을 잠깐 멈추거나 되돌리고, 누군가 화장실에 가고 싶다고 하면 일시 정지도 가능하다. 영화가 끝난 뒤 출출

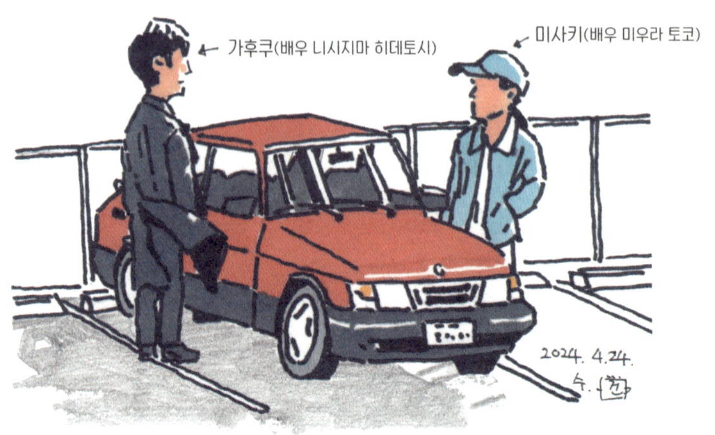

하마구치 류스케 감독의 〈드라이브 마이 카〉

하면 라면으로 간단히 요기를 때우기도 한다. 어곡영화제를 한 번 하고 나면 2~3kg은 찔 만큼 우리는 풍족하게 먹고, 편하게 영화를 즐긴다.

두 번째 영화는 타셈 싱 감독의 〈더 폴〉이었다. 무성영화 시대의 할리우드를 배경으로 매일 다섯 무법자의 환상적인 모험 이야기가 펼쳐졌다. 현실과 상상이 뒤섞인, 아름답고도 슬픈 영화였다.

〈드라이브 마이 카〉를 보고 하마구치 류스케 감독에게 반한 뒤, 세 번째 영화로 러닝타임이 5시간 20분에 이르는 〈해피 아워〉를 선택했다. 극장에서라면 쉽게 도전하기 힘든 길이지만, 어곡영화제에서는 중간에 인터미션도 가질 수 있어 마치 홈드라마를 보듯 등장인물의 흉을 보기도 하고, 주인공들에게 감정이입하며 편안하게 감상할 수 있었다. 〈해피 아워〉는 삼십 대 후반의 여성 네 명이 주인공이다. 이 영화는 그들의 부부 관계, 사랑, 우정에 대해 질문을 던진다. 각자의 고민과 혼란 속에서 그들은 자기다움을 찾아 나간다. 긴 러닝타임 동안 특별한 사건없이 소소한

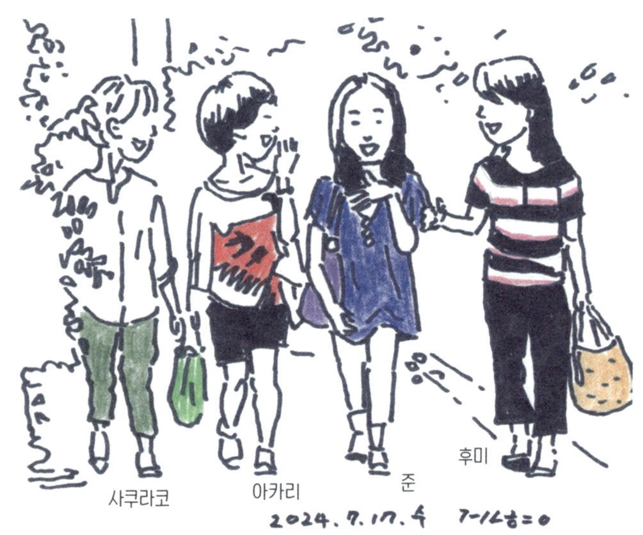

하마구치 류스케 감독의 〈해피 아워〉

일상을 다룬 듯 보이지만, 각자의 삶에는 자기만의 고민과 질문이 있어 긴 시간 동안 긴장감이 가득한 영화였다.

네 번째 영화는 〈에브리씽 에브리웨어 올 앳 원스〉였다. 멀티버스 속 수많은 '나'와 연결되어 삶의 의미를 찾아가는 과정을 그린 B급 감성의 영화로, 호불호가 갈릴 수 있는 작품이었다.

다섯 번째 영화는 〈러브 라이즈 블리딩〉. 1980년대 후반 라스베이거스를 배경으로 보디빌딩이라는 독특한 소재를 중심으로 펼쳐지는 여성 퀴어 로맨스였다.

여섯 번째 영화는 내 인생 영화 〈매그놀리아〉였다. 어곡영화제는 한두 달에 한 번씩 열었는데, 조만간 책 작업이 마무리되면 일곱 번째 상영회를 열 수 있을 것 같다.

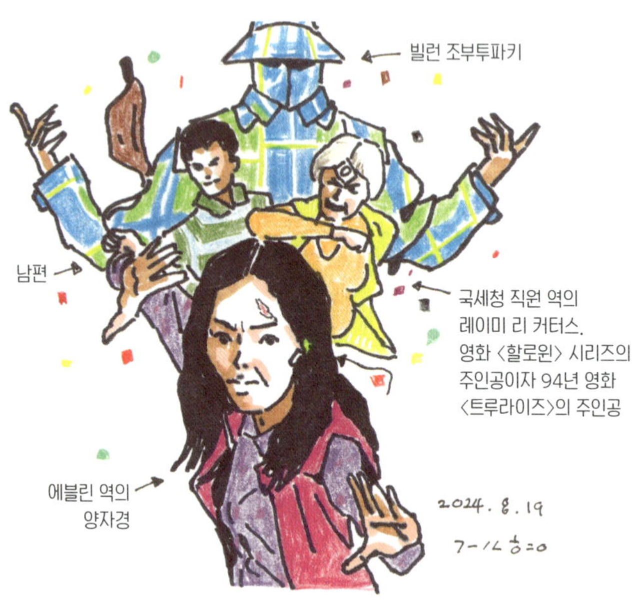

제 4회 어곡영화제의 영화는 〈에브리씽 에브리웨어 올 댓 원스〉였다.
나는 불호. 기발하고 독특한 영화임에도 나에겐 산만하고 정신없었던
영화였다. 내가 꽂힌 건, 에블리의 딸이자 빌런인 조부투파키가 말하던
'세상의 부질없음'이었다. 29년 동안 우울증을 겪으며 내가 느꼈던 것이다.
딸 조이가 이민자의 딸이자 레즈비언으로 살아가며 겪는 혼란.
조이는 세상이 부질없다고 느껴 베이글 블랙홀로 세상을 다 빨아들이고,
자신도 사라지려 한다. 결국 가족으로 봉합하며 마무리되는데, 글쎄.
지칠 대로 지친 딸이 엄마에게 솔직한 마음을 고백받았다고 바로
가족의 품으로 돌아갈 수 있을까. 어떤 가족에겐 거리감이 필요할 수도 있고,
거리감이 필요한 시기도 있는데, 무조건 가족으로 봉합하려는 결말이
너무 안이하게 느껴졌다.

박조건형의 인물 미션

/ 즐겁게 그림을 그리는 방법

어반스케치 작가 중에 나와 동갑인 '그림쟁이 지니' 작가님이 있다. 지니 작가님은 매주 풍경 드로잉 미션을 인스타그램에 올리고, 라이브 방송으로 직접 시연도 하신다. 그 미션을 따라 많은 사람이 그림을 그리고 '그림쟁이 지니 미션'이라는 태그를 달아 공유한다. 오래도록 이어져 온 그 풍경들이 늘 부러웠다.

그래서 나도 따라 해보기로 했다. 나는 주로 인물 펜드로잉을 오랫동안 해왔기에 '박조건형의 인물 미션'이라는 이름으로 매주 라이브 드로잉을 시작했다. 매주 월요일 밤 9시에 인물 사진을 올리고, 인스타 라이브 방송을 통해 그림을 그리며 이야기를 나눴다. 처음엔 아는 분들이 응원의 마음으로 들어와 말도 걸고 질문도 해주셨다. 하지만 이내 알게 되었다. 누군가의 드로잉 과정을 1시간 넘게 지켜보는 일은, 수업이 아닌 이상 쉽지 않은 일이라는 걸. 두세 분을 빼고는 대부분 잠시 들어왔다가 금세 나가셨다. 아무 말 없이 그리기만 하면 지루할 것 같아, 마치 독백하듯 한 주간의 이야기를 덧붙이며 그려보기도 했다. 듣는 이가 없는 날도 있었다. 그래도 인물을 그려보고 싶어 하는 몇몇 분들이 계셔서 수업처럼 설명을 곁들이며 진행하기도 했지만, 유료 수업이 아닌 이상 일일이 단계별로 짚어가며 말하기엔 한계가 있었다.

어느 날, 짝지에게 이런 고민을 털어놓았더니 "그냥 네가 그리고 싶은 걸 그려."라고 했다. 그 말대로 내 작업을 중심으로 해보기도 했지만, 라방에 들어오고 나가는 사람들의 숫자가 자꾸 신경 쓰였다. 1시간 반 남짓의 짧은 시간이었지만 어느 순간부터는 그 시간조차 버겁게 느껴졌고, 결국 석 달 만에 '박조건형의 인물 미션'은 마무리하게 되었다.

지니 작가님은 오랫동안 수업을 병행하며 라이브 활동도 이어오셨고, 그 과정에서 자신만의 노하우와 두터운 팬층을 쌓아오셨다. 나는 그 모든 축적의 시간은 보지 못한 채 겉모습만 부러워 따라 한 셈이었다. 그래

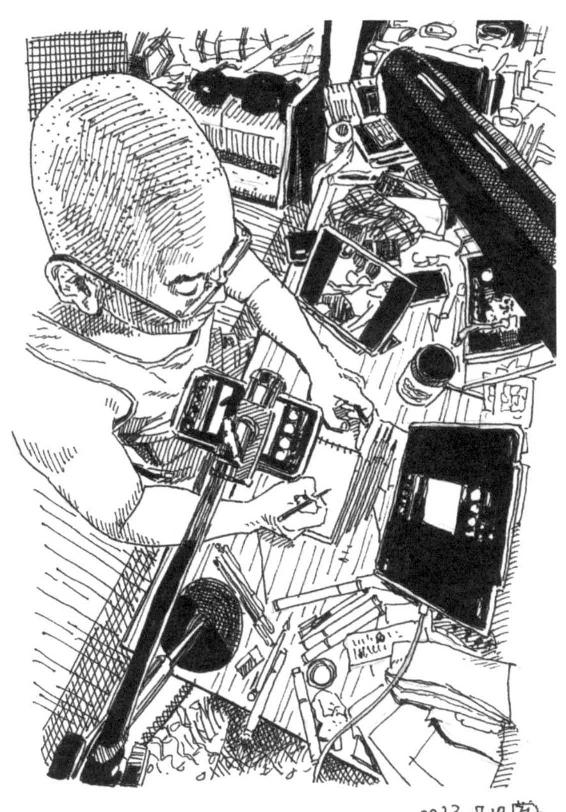

서인지 끝내고 나니 조금 부끄러운 마음도 들었다.

　한 번 해볼까 하는 마음으로 바로 시작하는 것도 물론 중요하다. 하지만 어떤 일은 충분한 준비와 뚜렷한 방향 설정이 필요하다는 걸 배웠다. 오래 이어가고 싶은 일이 있다면 마음만으로는 부족하다는 것을, 이번 경험을 통해 알게 되었다.

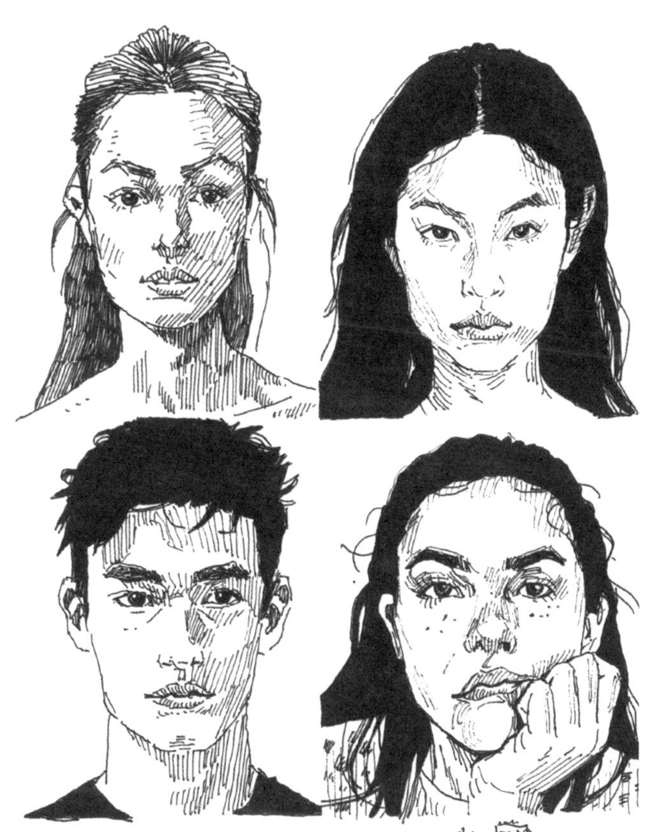

얼굴 정면. 15분씩 그리기　2023 . 8. 15. 화. 여경

화정 R&A 현장 풍경

회사 가까이에 있는 화정 R&A는 우리가 매일 납품하는 곳이다. 자동차 부품에 쓰이는 다양한 고무 제품을 생산하는 공장으로, 보통 저압 공장에는 톨루엔 12말 정도가 기본으로 들어가고, 현장 상황에 따라 말통 개수가 달라지곤 한다. 고압 공장과 자재 공장은 몇 주에 한 번씩 발주가 있다.

그림 속 노란 통은 톨루엔을 보관하는 곳인데, 문제는 비가 오면 윗부분에 난 구멍으로 빗물이 고인다는 점이다. 말통에 물이 들어가면 고무 제품 생산 과정에서 불량이 날 수 있어, 그 구멍을 막아 달라고 담당자에게 여러 차례 요청했다. 실제로 말통 위에 물이 고여 있다가, 현장에서 속 뚜껑을 열 때 그 물이 안으로 들어가는 경우가 있었고, 속 뚜껑 틈으로 빗물이 조금씩 스며드는 위험도 있었다. 그래서 말통 위에 고인 물과 뚜껑을 열자마자 물 한 방울이 안으로 들어간 장면을 직접 찍어 담당자에게 보여주며 상황을 설명했다.

어느 날 가 보니, 노란 통 윗부분에 뚫려 있던 구멍들이 모두 막혀 있었다. 회사에서 조치를 해준 것이다. 공장 규모가 큰 거래처는 직원이 많아 의사 전달이 명확히 이뤄지지 않는 경우가 종종 있다. 그래서 문제가 될 만한 상황은 반드시 담당자에게 미리 전달해야 한다. 그래야만 이후 문제가 생겨도 우리 회사의 책임이 되지 않는다. 이런 일들은 꼼꼼히 확인하고 곧바로 알리는 것이 중요하다.

화정 R&A에는 매일 납품이 있지만, 우리 회사 기사 네 명이 차량을
번갈아 운행하기 때문에 내가 매번 직접 들어가는 건 아니다. 그럼에도
내가 적극적으로 요청했던 사항이 거래처에서 실제로 반영된 것을 보니
작은 성취감이 느껴지고 무척 뿌듯했다.

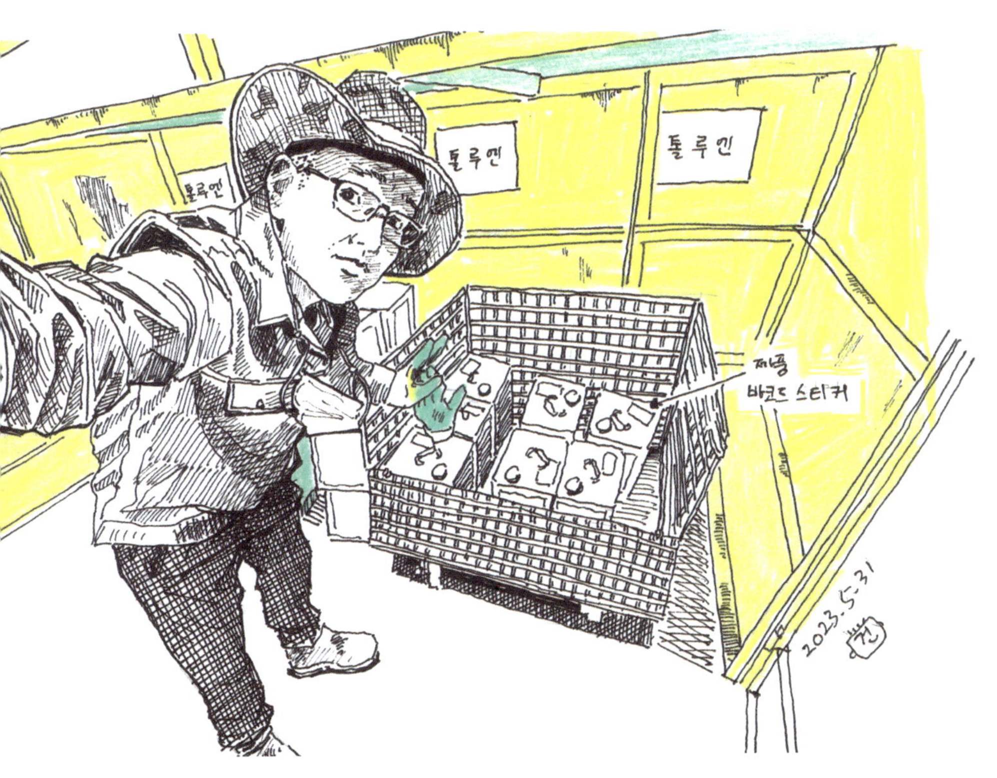

거실 등 교체

몇 주 전부터 거실 불을 켜면 처음에 몇 분간 깜빡거리다가 괜찮아지는 증상이 보였다. 갈아야지 생각하던 중, 짝지가 인터넷으로 저렴한 LED 등을 구매했다. 거실 등 교체하는 영상을 짝지랑 유튜브로 본 후 퇴근하고 거실 등을 교체하기로 했다.

거실 등 세 개를 분리해야 하는데, 전기선 연결 부위의 플라스틱이 부서지고 금이 가 있었다. 교체한 지 한참이 되었다는 말이다. 전선을 연결 부분에서 빼야 하는데, 누르는 버튼은 보이지 않고 빠지지도 않아서 한참 실랑이를 벌였다. 그러다가 어디에 베였는지 주변에 피가 살짝 묻었다. 처음엔 보조 역할을 하던 짝지 손에서 피가 난 줄 알았다. 짝지가 피를 멈추려고 손을 머리 위로 들고 있었는데, 자꾸 피가 묻어서 봤더니 내 손가락 부분이 살짝 베어 있었다. 집에 밴드가 없어 임시로 휴지를 감고 전기 테이프로 그 위를 감았다.

전선을 고정하는 것이 나사인 것을 확인하고 드라이버로 돌려 빼니 전선이 잘 빠졌다. 세 개의 전등을 다 뺐다. 노란색과 검은색 전기선으로 되어 있는데, 그 세 개 중 하나만 쓸 거라 나머지 양쪽 두 개는 전기 테이프로 감아서 천장 구멍 안쪽으로 밀어 넣었다. 일하면서 짝지를 '조수'라고 부르며 장난삼아 부려 먹었다. 짝지는 우리가 전등을 교체하는 과정을 미니카메라로 촬영했다. 양쪽 전선을 전기 테이프로 감아 정리하고 가운데 선을 새 전등에 연결해서 불을 켰더니 불이 들어왔다. 예전 전등

세 개보다 더 밝았다. 다시 불을 끄고 전등 덮개를 덮고 마무리했다. 헌 전등 세 개는 분리수거를 하는 곳에 버렸다.

예전에 나는 전등을 가는 일조차 엄청나게 두려워하던 사람이었다. 그런데 이제는 안 해봤던 일도 어려워하지 않는다. 모르면 물어보고, 관련 영상도 찾아보고 차근차근 해보면 할 수 있다는 걸 안다. 당황하지 않고 차분하게 거실 등을 교체했다. 누구에게는 별일이 아닐지 모르겠지만, 내 모습이 참 대견스럽게 느껴졌다. 나 이제 거실 등 갈 줄 아는 남자가 되었다. 뿌듯!

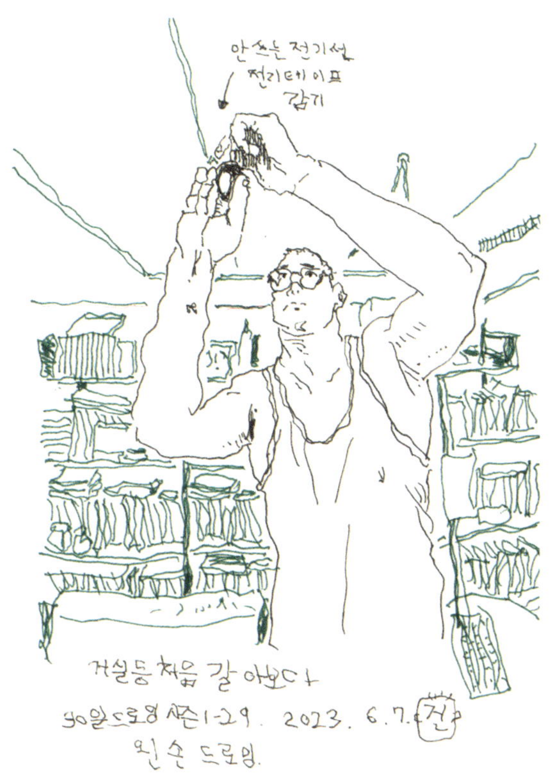

번아웃이 오기 전에 한 템포 속도 줄이기

양산에서 열릴 『좋은 사람 자랑전』 전시 오픈 하루 전, 나는 새벽 5시 30분에 친구들과 등산하고 카페에서 쉬지 않고 그림을 그렸다. 이어 집과 전시회장을 오가며 전시 마무리를 했고, 모든 작업이 끝난 시간이 오후 9시 30분, 저녁 식사는 9시 40분이 되어서야 식당에서 할 수 있었다. 전시 준비를 마무리하는데, 느낌이 좋지 않았다. 곧 번아웃이 올 것 같은 느낌.

2년 동안 그림을 멀리하다 다시 잡은 지 4개월. 지난 3개월 동안 나는 그림뿐 아니라 하루하루를 하고 싶은 일들로 빽빽하게 채우며 신나게 살아왔다. 그런데 전시 오픈 전날, 그 준비 과정에서 스스로 속도를 줄여야 한다는 신호를 감지했다. 무언가를 오래 좋아하려면 번아웃을 늘 경계해야 한다. 나는 그림을 오래오래 좋아하고 싶다.

그래서 요즘 내가 하고 있는 일들을 하나하나 나열해 보았다. 내 삶을 채우는 것들을 눈으로 확인하는 작업이었다. 좋아서 하는 일이긴 했지만, 생각보다 너무 많았다. 줄여야 했다.

처음엔 호기심으로 시작했지만 최근엔 참석도 뜸하고 흥미도 떨어진 독서 모임이 하나 있었는데, 운영자분께 사정을 설명하고 단톡방에서 나왔다. 하나를 줄였다. 재미있어 보여 신청했던 작가님의 북토크도 취소했고, 친구와의 약속도 미뤘다. 그렇게 세 가지를 취소하고 나니 숨이 트였고, 번아웃의 그림자는 이틀 만에 사라졌다.

8개월쯤 지난 어느 날, 잠자리에 누웠는데 또 같은 생각이 들었다. 내가 지금 너무 많은 걸 하고 있는 건 아닐까. 한참을 곱씹어 봤지만, 다 하고 싶은 일들이라 무엇을 줄여야 할지 판단이 서지 않았다. 결국 짝지에게 상담을 요청했다. (참고로 우리는 함께 살기 시작한 날부터 각방을 쓴다. 각방 적극 추천! 잘 때만큼은 편하게 자자!) 내가 지금 하고 있는 것 중 무엇을 줄여야 할지 모르겠다고 말했더니, 짝지는 내 이야기를 다 듣고 나서 두 가지 정도는 지금 꼭 안 해도 될 것 같다고 의견을 주었다. 듣고 보니 맞는 말 같아 바로 취소했고, 이번엔 하루 만에 정리가 되었다.

지금 나는 '많은 것을 하는 나'를 경계한다. 하고 싶은 게 많다는 건 삶에 대한 호기심이나 원동력이 있다는 방증이라서 좋은 일이지만, 내 몸은 하나고, 하루는 24시간뿐이다. 시간을 쪼개고 또 쪼개 자투리 시간까지 빽빽하게 채운다는 게 대체 무슨 소용인가 싶다. 무슨 부귀영화를 누리겠다고. 영화 〈곡성〉에 나온 대사처럼 '뭣이 중헌디'라는 말을 스스로에게 자주 한다. 많은 일을 벌이다 지치기보다는, 선택과 집중을 통해 가짓수를 줄이고 그 줄어든 몇 가지를 깊고 즐겁게 하는 것이 삶을 더 충만하게 만든다고 믿는다.

무언가를 할 시간이 없다고 말하는 사람들에게 나는 하루를 구성하는 요소들을 종이에 구체적으로 적어보라고 권하고 싶다. 꼭 해야 할 일이 있고, 해도 되고 안 해도 되는 일이 있다. 오래 해와서 습관처럼 이어가는 일도 있고, 별생각 없이 끌려다니듯 하는 일도 있다. 그중 몇 가지를 과감히 덜어내 보자. 처음에는 무엇을 줄여야 할지 판단조차 쉽지 않지만, 이런 정리를 자주 하다 보면 내게 진짜 가까운 일들, 내가 정말 원하는 일들로만 삶이 채워진다. 의례적으로 하거나 흥미도 없는데 관계 때문에 억지로 이어가던 일들을 최소화하고, 진짜 내가 하고 싶은 일들로 삶을 구성하면 그때부터 비로소 내 삶에 힘이 생긴다. 나는 지금 어떤 속도로 살고 있는지, 무엇을 중요하게 여기며 살고 있는지를 스스로 자주 점검해 볼 필요가 있다.

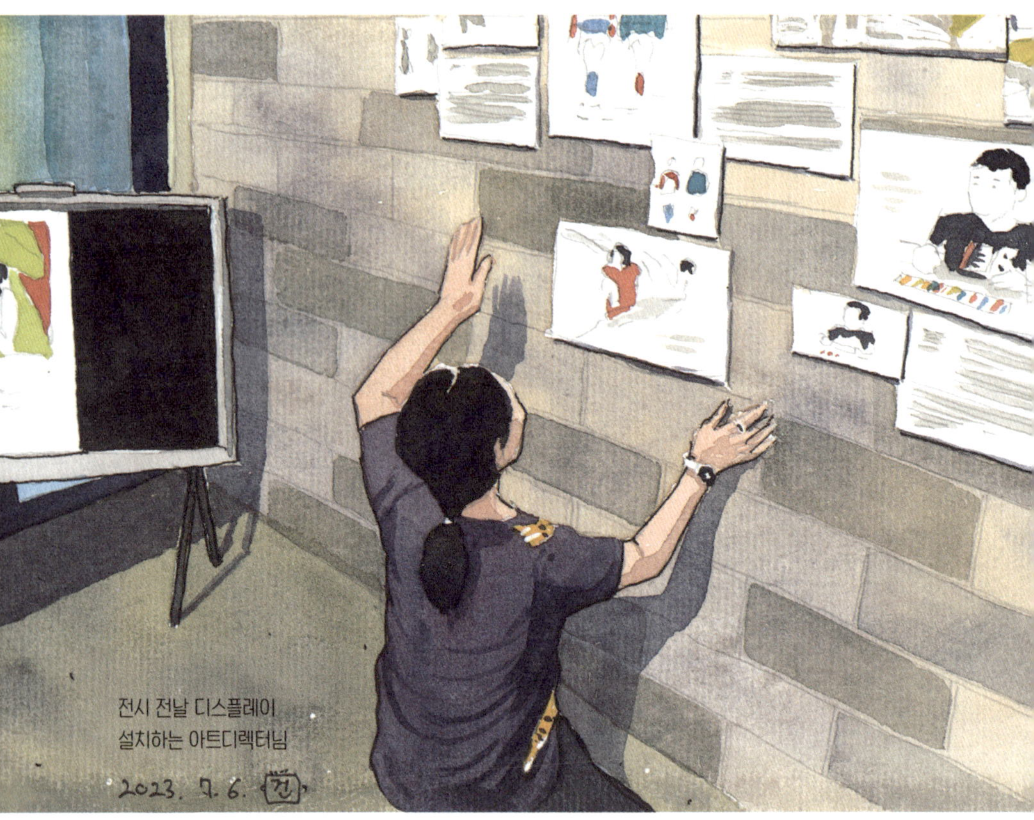
전시 전날 디스플레이
설치하는 아트디렉터님
2023. 7. 6.

'창비부산' 전시 현장 드로잉

/ 오선영 작가님 작가전

　오선영 작가님은 부산 출신 소설가로, 부산을 배경으로 한 소설집을 펴내신 분이다. 북토크에도 두 번 참석한 적이 있었는데, 이번에는 구 백제병원 건물의 1층 '브라운핸즈' 커피에서 어반스케치 번개가 열린다기에 참여했다가 뜻밖에도 작가님을 포함한 세 분의 전시가 병원 2층 '창비부산'에서 열리고 있다는 사실을 알게 되었다. 반가운 마음에 모임 시간보다 한 시간 반쯤 일찍 도착해 전시장을 천천히 둘러보았다.

　원래는 병원 외관을 그릴 생각이었지만, 작가님의 전시를 축하하고 싶은 마음에 전시장 풍경을 현장 드로잉하기로 했다. 전시장 한쪽에 자리를 잡고 앉아 드로잉 북을 펼쳤다. 긴 전시장의 풍경을 담고 싶어 드로잉 북을 가로로 넓게 활용했다.

　모임 시간이 되어 1층 브라운핸즈 커피로 내려가 번개 멤버들과 1시간가량 그림을 구경하고 수다를 나눈 뒤, 근처 조용한 카페로 옮겨 그림을 이어 갔다. 찍어둔 현장 사진을 아이패드에 띄워 천천히 채색했는데, 현장 스케치에 한 시간, 채색에 두 시간이 걸렸다. 어반스케치 경험이 많지 않은 나는 그저 내 속도대로 천천히 완성해 나갔다. 그 과정에서 김병휘 작가님이 "밝은 곳은 노란색을 시원하게 쓰라."라고 조언해 주셨고, 그대로 채색해 본 결과가 생각보다 마음에 들어 뿌듯했다.

모임 멤버들과 헤어진 뒤, 다시 행사장에 들러 직원에게 내가 그린 그림을 보여드렸다. 특별한 의도가 있어서라기보다는, 혹시 내 그림이 전시 홍보에 쓰일 수도 있지 않을까 하는 가벼운 마음이 있었다. 직원은 그림을 보더니 연신 "우와, 멋지다!"를 반복하며 감탄했다. 정작 나는 멋쩍어져서 인사만 드리고 서둘러 자리를 나왔다. 내가 그곳 직원이었다면 그림 이미지를 찍어 창비부산 계정이나 전시 홍보용으로 활용했을 텐데… 하는 생각이 들었다.

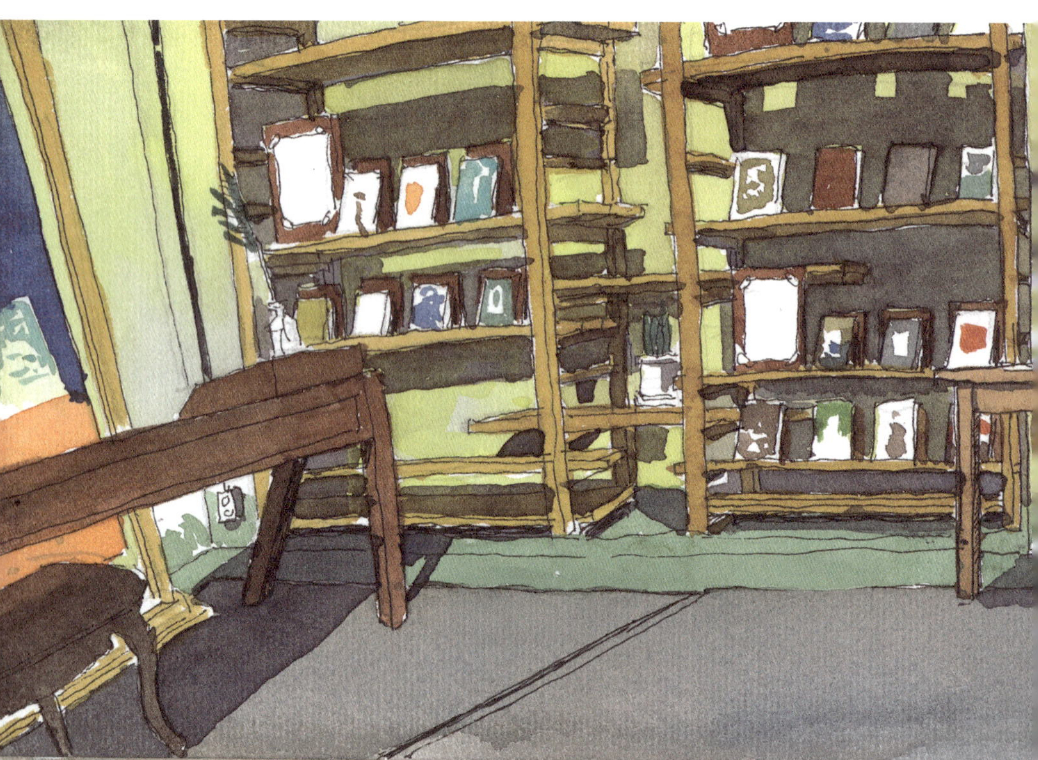

이제 막 시작한 초보 어반스케쳐로서 첫 경험치고는 결과물이 꽤 만족스러웠다. 인물도 아니고 풍경도 아닌, 전시장이라는 특정한 공간을 그린 드로잉이 이렇게 새로운 재미를 줄 줄은 몰랐다. 어반 드로잉이라는 장르가 단순히 건물 외관을 기록하는 작업이 아니라, 나와 장소가 만난 흔적을 남기는 과정이라는 걸 조금은 알게 된 순간이었다.

창비부산(2층) 오선영 작가님 전시장 드로잉

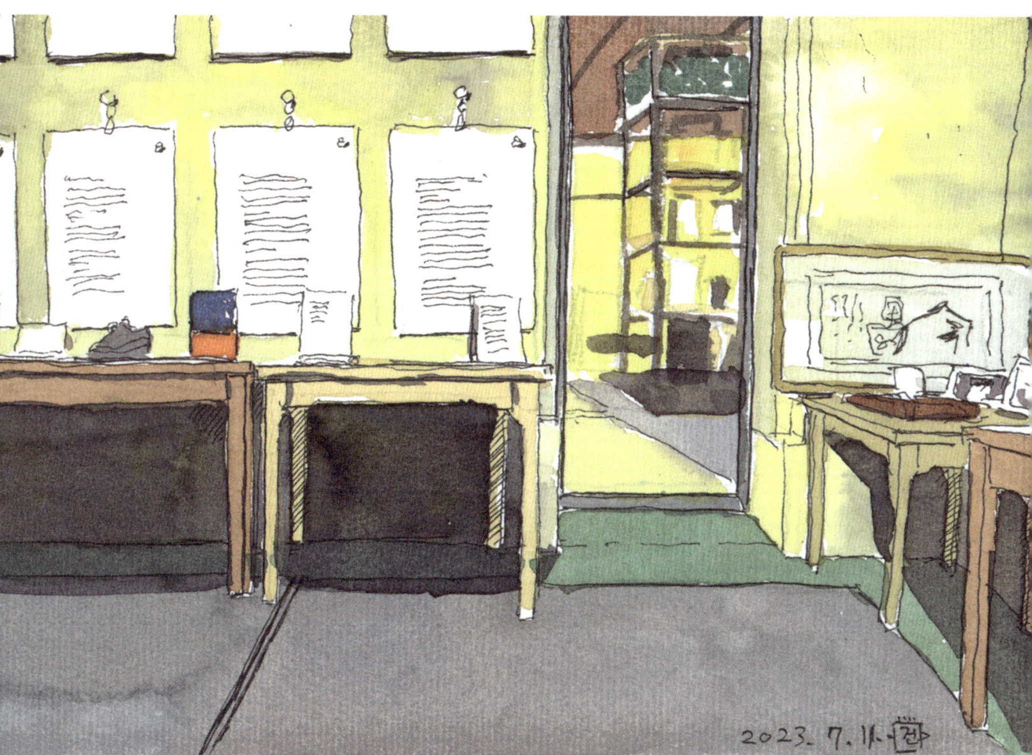

긴급출동 부르다

어느 금요일 아침, 출근하려고 시동을 켜고 기어를 D로 옮기려는데 차가 움직이지 않았다. 몇 번을 시도해 봐도 꿈쩍도 하지 않았다. 순간 당황했지만, 침착하게 회사 동료 진석이 형님과 소장님께 전화를 드려 상황을 설명했다. 퇴근 후에 차를 견인해서 근처 종합정비소에 맡기기로 하고, 일단은 짝지 차를 타고 출근했다. (우리 집은 경차가 두 대다.)

저녁엔 일이 많아 차를 맡기는 건 다음 날로 미루기로 했다. 배터리가 나가서 긴급출동을 부른 적은 있어도, 견인차를 부르기는 처음이었다. 다음 날 10시까지 가야 할 곳이 있어서, 시간 여유를 두고 이른 아침에 견인 서비스를 신청했다. 지하 2층 주차장이었기에 '차를 어떻게 빼지?' 걱정했지만, 역시나 프로는 달랐다. 비스듬하게 돌아가며 차를 끌고 나오는 데 전혀 문제가 없었다.

짝지가 차를 써야 해서 나는 사장님 차 조수석에 타고 진석이 형님이 소개해 준 1급 종합정비소로 향했다. 쓸데없이 바가지를 씌우지 않는 곳이라 신뢰가 가는 정비소이다. 정비소 사장님 말씀으론 기어를 고정해 주는 키가 빠져서 차가 움직이지 않았다고 했다. 문제는 그 키만 따로 팔지 않아 해당 부품 전체를 주문해야 하는데, 부품 전체를 갈면 공임만 15만 원이 넘는단다. 그런데 사장님은 전체 부품에서 키만 빼서 고정해 주셨다. 덕분에 공임은 단 3만 원. 이참에 에어컨 필터도 교체하고, 엔진오일도 갈고, 찢어진 자바라 호스도 함께 바꿨다. 그렇게 이것저것 다 했는데도 공임은 그대로 3만 원. 혹시나 미션이 망가졌을까 봐 마음 한편으로는 '이 차는 보내고 중고 경차를 사야 하나' 싶었지만, 다행히 그 정도는 아니었다.

차가 갑자기 멈춰도 당황하지 않고, 주위 사람들에게 물어보고, 조언대로 잘 해결한 나 자신에게 셀프 칭찬을 보낸다. 그리고 무엇보다 좋은 정비소를 소개해 준 진석이 형님에게도 큰 감사를!

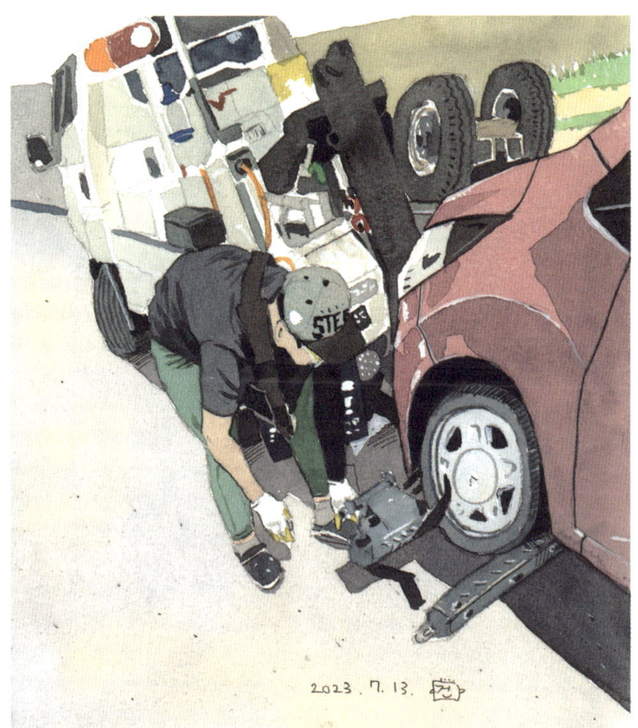

차 기어가 움직이지 않아 긴급출동 서비스 불러 견인했다.
다행히 간단히 수리가 가능한 부분이라
큰 비용 들이지 않고 수리했다.

사이코드라마에서
아버지에게 못다 한 말을 하다
/ 나를 위한 사이코드라마

인스타그램에서 팔로우 중인 깻녹님 계정을 통해 양산에서 사이코드라마가 열린다는 소식을 알게 되었고, 망설임 없이 신청했다. 사이코드라마는 집단상담의 일종으로, 과거의 상처나 트라우마를 현재 무대 위에 불러와 그때 하지 못한 말이나 감정을 뱉어내는 연극적 기법의 치료 방식이다. 과거 우울증을 겪으며 여러 차례 사이코드라마에 참여해 본 경험이 있고, 그중 몇 번은 주인공으로 작업하기도 했다.

사이코드라마는 무대 앞에 여러 개의 의자를 두고, 자신의 이야기를 다뤄보고 싶은 사람이 자발적으로 나와 앉으며 시작된다. 주인공이 둘 이상일 경우에는 등을 돌려 앉은 채 참여자들의 투표로 한 명을 선정한다. 두 번째 무대에서는 아무도 나서지 않았다. 디렉터 선생님은 잠시 눈을 감아보자고 했다. 떠오르는 사람이 있다면 무대로 나와도 좋다고 하셨고, 그 순간 아버지가 떠올랐다. 나는 앞으로 나가 의자에 앉았다.

지금 나는 아버지와 연락을 끊고 지낸다. 중간중간, 아버지와 친해져 보려는 시도도 있었고, 좋아해 보려고도 노력했지만 결국 감정이 호감으로 바뀌지는 않았다. 연락이 와도 반응하지 않기 시작한 지 꽤 여러 해가 흘렀다.

무대 위에서 나는 아버지에 대한 세 가지 원망을 말했다. 첫째, 우리 집에 경제적으로 커다란 풍파를 일으킨 것, 특히 종교에 빠져 가족을 힘들게 한 점. 둘째, 늘 말로만 미안하다고 했던 점. 정말 미안하다면 우리 가족 앞에 다시는 나타나지 않는 것이 오히려 진정성 있는 태도라고 생각한다. 셋째, 부모로서 함께한 시간과 추억을 만들어주지 않았다는 점. 참여자 중 한 분이 아버지 역할을 맡아 의자에 앉았다. 나는 그 뒷모습을 향해 참았던 감정을 터뜨렸다. 울부짖으며 원망을 쏟아냈고, 신문지를 돌돌 만 몽둥이로 바람이 찢기는 소리가 날 만큼 방석을 세차게 내리쳤다. 그토록 울분을 터뜨린 건 처음이었다. 다시는 내 앞에, 그리고 엄마와 외할머니, 여동생 앞에 나타나지 말라고 외쳤다.

여러 번 사이코드라마를 경험했지만, 아버지에게 하지 못했던 말과 감정을 이토록 노골적이고 깊이 있게 쏟아낸 것은 처음이었다. 마지막에는 아버지를 대신해 보도연맹 사건으로 돌아가신 외할아버지를 무대에 초대해, 어린아이처럼 어리광을 부리는 작업으로 마무리했다. 부모의 역할은 꼭 부모만이 할 수 있는 것이 아니며, 가족이라고 해서 반드시 봉합해야만 회복되는 것도 아니라고 생각한다. 맞지 않는다면 거리를 두는 것도 또 하나의 방법일 수 있다.

나의 드라마를 정성껏 이끌어주신 이기춘 선생님께 감사한 마음이 들어 기념사진을 한 장 함께 찍었다.

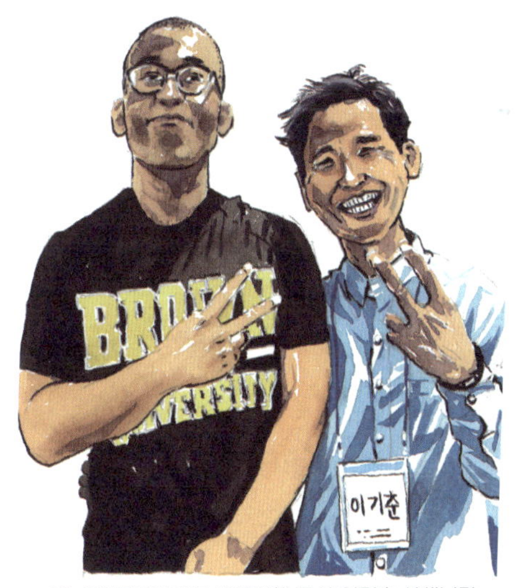

내 사이코드라마를 디렉팅해 주신 이기춘 선생님과

2023. 7. 16 천

우울증이라는 정체성

/ 우울증의 역사

내 여러 정체성 중 하나로 15살 때부터 44살까지 29년의 우울증의 시간을 자주 언급하지만, 그 우울증이 어떻게 생겼고 그 과정은 어떠했는지, 그리고 어떻게 괜찮아졌는지를 설명하는 일은 늘 어렵게 느껴진다. 그래도 간단히 설명해 보려 한다.

나의 아버지와 어머니는 맞선을 보고 몇 번 만나지 않고 결혼하셨다. 그 당시에는 연애 감정이 깊어지기 전에 몇 번 만나면 결혼하는 줄 아셨다고 한다. 서로에 대한 호감이 깊어지기 전에 결혼했다면, 결혼생활을 하는 과정에서 사이가 좋아지면 다행인데 두 분은 오랜 시간 떨어져 지냈다.

아버지는 원양어선을 타셨는데, 6개월에 한 번씩 들어와 일주일 정도 가족과 보내고 다시 나가는 생활의 반복이었다. 12년 정도를 그렇게 생활했으니 두 분의 사이가 그렇게 가깝지만은 않았을 것 같다. 어머니는 생계 때문에 자신의 적성과 상관없이 교사 일을 시작했고, 학교에서 아이들에게 시달리고 집에 오면 파김치가 되어 쉬는 것이 전부였다. 체력 또한 약하다 보니 늘 예민한 상태여서 나는 되도록 엄마와 부딪히지 않으려 했다.

그래서 나는 아버지에 대한 그리움이나 따뜻한 추억이 없고, 어머니와도 살가운 관계를 경험하지 못했다. 어머니 역시 1살 때 보도연맹으로 아버지를 잃으셨으니, 부모로부터 충분한 돌봄을 받은 기억이 없으셨을 것이다. 우리 남매를 주로 돌봐주신 분은 외할머니였다. 기본적인 욕구는 채워주셨지만, 정서적 교류나 관계적 돌봄은 부족했다. 아버지, 어머니, 외할머니가 모두 계셨지만, 결국 제대로 된 애착 관계는 형성하지 못한 셈이다. 할머니께 들은 이야기로는, 어릴 적 나는 동네 친구가 거의 없어 늘 여동생과만 놀았고, 매번 동생을 괴롭혀(내 딴에는 장난이었지만) 울리곤 했다고 한다.

양육자의 품에서 충분히 사랑을 받은 아이는 자라면서 점차 양육자 곁을 벗어나 주변을 탐험한다. 처음에는 5m쯤 나아갔다가 곧장 돌아와 품에 숨고, 다시 안정을 찾으면 10m쯤 더 멀리 나아가 보는 식이다. 그렇게 조금씩 세상을 넓혀 가는 반복 속에서 세상을 배우고 경험하게 된다. 그러나 나는 그런 과정을 거치지 못했다.

아버지는 원양어선을 타다 내가 열한 살쯤 되었을 때 선장 일을 그만두고 육지에서 탁구장을 운영하기 시작하셨다. 그 무렵 아버지는 A 종교에 다니기 시작했다. 어떤 취약함이 아버지를 그 종교로 이끌었는지는 잘 모르겠다. A 종교로 인해 피해를 본 가족들의 이야기를 들어보면 대개 경제적인 문제로 삶이 무너졌다고 한다. 우리 집도 예외가 아니었다. 아버지는 단체 사람들과 함께 집에 찾아와 재산을 가져가려 했고, '조상에게 제사를 잘 지낼수록 조상이 우리 가족을 지켜준다'라는 식의 논리로 끊임없이 돈을 요구했다. 결국 집을 팔고 길거리에 나앉을 뻔했으나, 가까스로 전세금을 마련해 이사할 수 있었다. 그때가 사춘기 무렵, 중학교 2학년 시절이었고 그렇게 나의 우울증은 시작되었다.

애써 마음을 추스르고 학교에 가서 공부하고 아이들과 어울렸지만,

방과 후에는 애써 쓴 에너지가 바닥이 나서인지 집에서 쉬고만 싶었다. 학교를 마치고 집에 오면 나는 늘 방에만 누워 있었다. 아무것도 하지 않았다. 그저 숨어 지냈다. 중2 때 친구에게 자위를 배우고 난 뒤로 자주 자위를 했고, 주말에도, 방학에도 늘 누워만 있었다. 그러니 억지로 학교에 다닌 시간을 빼면 혼자서 무언가를 해본 경험이 전혀 없었다. 혼자 공부를 해본 적도, 친구들과 어울린 적도 거의 없었고, 또래들이 자연스레 겪는 경험을 비껴간 채 그저 점수에 맞춰 대학에 들어갔다.

새롭게 시작하자는 마음으로 대학 MT에 가서 적극적으로 참여해 과 대표는 되었지만, 막상 과 대표로서 해야 하는 일들이 모두 어렵게 느껴졌다. 동기들은 이미 삼삼오오 그룹을 지어 어울려 다녔지만, 나는 어디에 끼어야 할지, 무엇을 함께해야 할지 몰랐다. 그렇다고 비주류 그룹에 자연스레 속할 수도 없었다. 신구 대면식을 준비해야 했지만, 모르는 건 물어보면 될 단순한 일이었음에도 그조차 쉽지 않았다. 20대 초반까지 나는 은행 업무를 보는 일이나 누군가와 전화 통화를 하는 일조차 힘겨워했다. 전화 속의 침묵이 두려웠기 때문이다. 대학교에 가서도 조금이라도 어떻게 해야 할지 모르는 상황에 부딪히면 곧장 집으로 돌아와 방에만 누워 있었다.

고등학교 시절, 나는 만화책을 보며 그림을 따라 그리곤 했다. 잘 그린 건 아니었고, 그저 흉내 내는 수준이었다. 대학을 휴학한 뒤 부산 서면에서 편의점 아르바이트를 했는데, 마침 그 근처에 '노라노 디자인 학원'이 있었다. 그림을 배우고 싶다는 마음에 등록해 다니기 시작했다. 그곳에는 공고나 상고 출신 학생들이 전문대 디자인과 진학을 준비하며 다니는 경우가 많았다. 그들을 보며 나도 만화학과에 진학해 볼까 하는 생각이 들

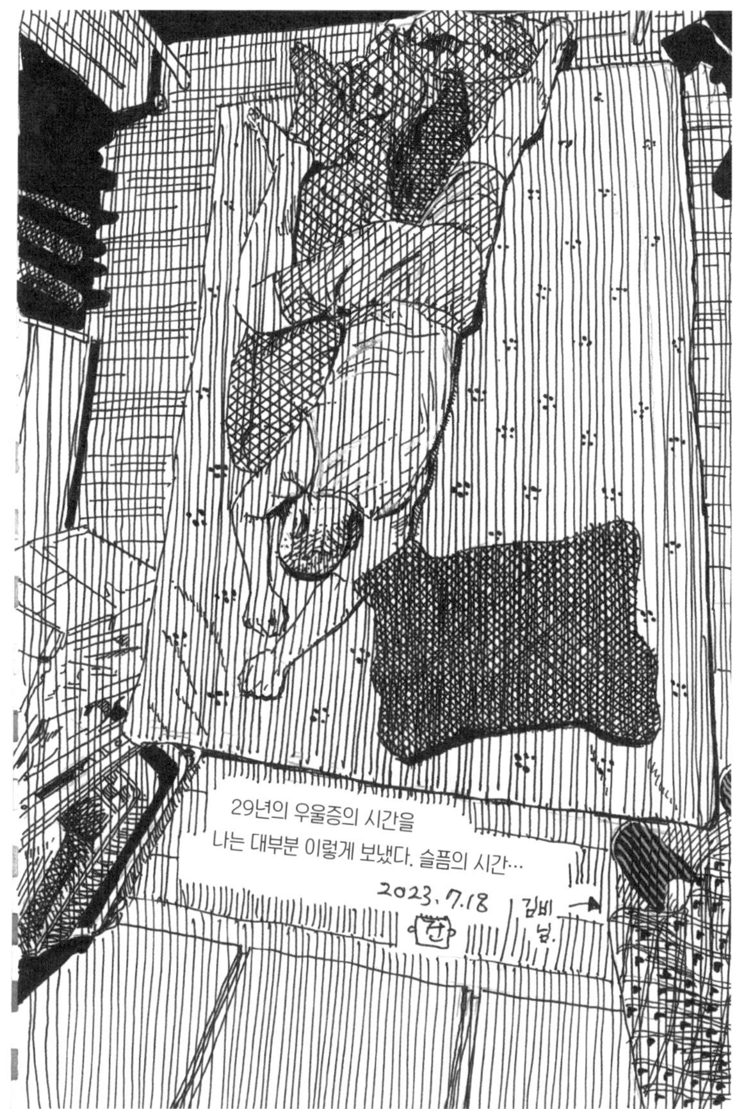

29년의 우울증의 시간을
나는 대부분 이렇게 보냈다. 슬픔의 시간…
2023. 7.18   김비
님.

었다. 당시에는 만화학과들이 막 생겨나던 시기였고, 만화잡지 뒤편에는 만화학과 정보를 소개하는 광고들이 하나둘 실리곤 했다. 두 곳의 만화학과에 지원하려 하니, 디자인 학원에서는 가르쳐 줄 수 없는 과정이 필요했다. 그래서 석고 소묘와 수채화를 배우기 위해 미술학원을 몇 달 다녔다. 그렇게 22살에 공주대 만화 예술학과에 입학했다.

하지만 그곳에 들어가서도 20살 때와 같은 패턴을 반복했다. MT에 가서는 적극적으로 참여해 과 대표가 되었지만, 개강 한 달 만에 자취방에만 누워 학교에 가지 않았다. 결국 한 학기를 겨우 마치고 고향으로 내려왔다. 그때 처음으로 청소년 상담실에서 심리검사를 받았고, 우울증 진단을 받았다. 상담실에서 소개해 준 '동사섭'이라는 마음 치유 프로그램에 참여한 뒤 군에 입대했다.

군대에서도 같은 패턴이 이어졌다. 신병 교육대에서는 목소리 크고 열심히 하는 모범 신병이었지만, 훈련소를 마치고 최전방 철책 부대에 배치된 뒤부터 상황은 달라졌다. 선임들과 한 조가 되어 철책선에서 보초를 서고 돌아와 잠을 자는, 단순하고 반복적인 생활의 연속이었다. 선임들이 군대 오기 전의 생활을 묻곤 했지만, 나는 할 말이 없었다. 연애 경험도, 친구들과 어울려 놀아본 경험도 없었던 나는 평범하게 이야기하는 그들에 비해 한없이 초라하게 느껴졌다. 자대 배치 후 한 달쯤이 지나자, 보초를 서러 나갈 때마다 절벽 아래로 몸을 던지고 싶은 충동이 자주 밀려왔다. 대학이나 집에서는 그나마 숨을 곳이 있었지만, 군대에는 숨을 구석조차 없었다. 결국 나는 손목을 그었다.

후방으로 호송되어 벌어진 피부를 꿰맸다. 겁이 나 깊게 긋지는 못했고, 다행히 신경 손상은 없었다. 연대 의무반에서 생활하다가 상태가 나아진 것 같아 부대로 복귀했다. 그 부대는 6개월 단위로 최후 1,000m 고지, 철책 근무를 로테이션하는 곳이었는데, 나는 철책 근무에 복귀해야 했으나 실탄과 수류탄을 지급받는 상황이 두려워 1,000m 고지에 남았다. 한 번은 불교 내무반에 숨어 있다가 부대를 발칵 뒤집어 놓은 일도 있었지만 훈련은 끝까지 받았고, 결국 군 생활 26개월을 마치고 제대했다. 나중에 어머니로부터 들은 사실인데, 나는 '관심사병'으로 분류되어 있었다고 한다.

그렇게 제대 후 다시 공주대에 복학했지만, 몇 달 못 가 또다시 자취방에만 누워 지내는 생활이 반복되었다. 휴학과 복학을 이어갔지만, 우울증이 심해질 때마다 옥상에 올라가 떨어질 생각을 하곤 했다. 결국 28살 무렵, 양산으로 이사한 집에 내려와 어머니가 다니시던 개인 상담 선생님에게 상담을 받기 시작했다.

나는 결국 우울증을 안고 청소년기와 청년기 대부분을 보냈다. 학교에서도, 군대에서도, 복학 이후에도 같은 패턴을 반복하며 무너지고 다시 일어나기를 수없이 되풀이했다. 그 긴 시간을 돌아보면, 우울증은 내 삶을 무너뜨린 병이면서 동시에 나를 끝내 여기까지 데려온 동반자이기도 했다. 이제는 그것이 내 삶의 일부였음을 받아들이며, 앞으로의 시간을 어떻게 살아갈지 차분히 그려가고 싶다.

나를 직면하고 들여다보기

/ 개인 상담

심리적인 어려움이 커서 일상생활이 힘든 분들에게 나는 개인 상담을 적극 권하는 편이다. 대학생이라면 학교 안에서 무료로 10회기 개인 상담을 받을 수 있는 경우가 있고, 지역 정신건강복지센터에 문의해도 10회기 무료 상담이 가능하다고 한다. 개인 상담비는 한 회기에 적게는 7만 원, 많게는 10만 원(수도권은 더 비싼 경우도 있다.) 정도이니 한 달에 네 번이면 상당히 부담스러운 금액이다. 그러나 오랜 시간 심리적인 어려움에 답을 찾지 못한 분이라면 1~2년 정도 길게 상담을 받아 보길 권한다. 내 심리적 어려움에 부모의 책임이 어느 정도 있다고 느낀다면 부모에게 경제적 도움을 청해 상담을 받아도 좋고, 직장을 다니는 분이라면 스스로 비용을 부담하며 상담을 받아 보길 바란다.

물론 개인 상담이 만병통치약은 아니다. 나는 이를 '나의 문제를 들여다보고 읽어내며, 적극적으로 해석하는 삶의 태도를 전문가 옆에서 훈련받는 과정'이라고 생각한다. 처음에는 1주일에 한 번씩 전문가를 만나 어떤 이야기라도 할 수 있다는 사실이 좋다. 아무리 친한 친구나 연인, 부부나 부모라도 아주 무겁고 힘든 이야기를 매번 반복해 전하기는 쉽지 않다. 하지만 상담가에게는 그래도 된다. 했던 이야기를 또 해도 되고, "갑갑하다, 힘들다, 죽고 싶다."라고 말해도 된다. 그러려고 비싼 돈을 내고 전문가에게 내 이야기를 하는 것이니까. 그렇게 마음을 모두 내보이고 솔직히 털어놓는 작업을 하고 나면, 지금 힘듦이 어디에서 비롯되었는지 그

기원을 살피는 단계로 나아간다. 내 우울증의 역사를 안다고 해서 당장 상태가 나아지는 것은 아니지만, '이러이러한 영향으로 지금의 상태가 되었구나' 하고 이해하는 과정은 나를 알아봐 주는 출발점이 된다.

누군가에게 화가 났는데 그 크기가 보통 사람들과 달리 지나치게 크거나 작다면, 왜 그런지 한 번 살펴본다. 비슷한 경험을 떠올려 그때의 상황을 다시 이야기해 보고, 당시 어떤 감정을 느꼈고 어떤 생각을 했는지 살펴본다. 과거의 일이 떠오른다면 더 거슬러 올라가 본다. 상처받았던 일이 있다면 그때 하지 못했던 말을 전문가의 도움을 받아 대신 해보기도 한다.

우울감을 느낀다면 그 감정과 연결된 생각들이 자연스럽게 따라온다. '나는 한심해', '형편없어', '나는 누구에게도 사랑받지 못할 거야', '나는 평생 이 우울증에서 벗어나지 못할 거야' 같은 생각들이다. 그 생각들이 과연 합리적인지 상담 선생님과 하나씩 따져 보고, 그릇된 사고 패턴임을 알아차렸다면 어떤 생각으로 바꿀 수 있을지 새로운 문장을 만들어 본다. 이런 작업을 상담 선생님과 함께 끊임없이 반복하며, 결국 혼자서도 할 수 있을 때까지 오래 훈련하는 것이다. 나는 20대 후반에 1년 반, 30대 중반에 6개월, 40대 초에 1년 정도 상담을 받았다. 마지막 상담을 마칠 때, '이제는 내가 스스로의 상담자가 되어야겠다'라고 막연히 생각했다. 우울증이 올 때마다 매번 비싼 비용을 들여 상담을 받을 수는 없었기 때문이다.

개인 상담을 몇 번 받아본 뒤 자신에게 도움이 되지 않는다고 생각하고, 그 기회를 완전히 닫아버리는 분도 있다. 상담자는 완벽한 사람이 아니다. 그들도 오류를 범하고 실수할 수 있다. 실제로 상담가 중 일부는 자신의 심리적 어려움 때문에 상담을 받다가 공부를 이어가 상담가가 된 경우도 있다. 그들 역시 '슈퍼바이저'라고 불리는 스승 상담가에게 꾸준히 상담을 받으며 배우고 때로는 자신의 미해결 과제로 인해 내담자에게 상처를 주는 경우도 있다.

상담을 몇 번 하다 보면 불편함이 느껴질 수 있다. 그럴 땐 상담 중에 "선생님의 이런 부분이 불편했어요."라고 솔직히 말한다. 자신의 실수나 오류를 인정하고 사과하는 선생님이라면 믿음을 가지고 상담을 이어갈 수 있지만, 오히려 화를 내거나 부인한다면 상담자를 바꾸는 것이 좋다.

정신과에서 약을 처방하는 의사도, 심리 상담가도 결국 자신과 잘 맞는 사람을 찾는 것이 중요하다. 맞지 않는 선생님이라면 두세 번쯤은 바꿔보길 권한다. 약물의 도움을 받을 필요가 있다면, 어떤 약이든 장점과 부작용이 있기 때문에 자신의 상태에 맞는 약을 찾아가는 과정이 필요하다. 이를 위해서는 선생님과의 신뢰가 필수적이다. 약물은 증상을 완화하는 데 필요할 수 있지만, 우울증의 본질적인 치료가 되지는 않는다고 생각한다. (개인적인 의견이다.)

명상도 좋고, 마음공부도 좋고, 심리학 책을 읽어보는 것도 좋다. 개인 상담 역시 마찬가지다. 나를 이해하고 탐구하는 작업은 오랜 시간이 필요하다. 내 모습이 어떤지를 알아야 그 자리에서 출발해 하나씩 다져가며 삶을 살아갈 수 있다. 형편없는 나를 직면하고, 그 못난 나를 안아줄 수 있을 때 비로소 어른으로 성장할 수 있다.

29년 경험자의 우울증 생존기

2023. 7. 28.

고립이 아닌 연결

/ 우울증 자조모임

마블 영화를 좋아하게 된 건 루소 형제가 연출한 작품들 - 〈캡틴 아메리카: 윈터 솔져〉, 〈캡틴 아메리카: 시빌 워〉, 〈어벤져스: 인피니티 워〉, 〈어벤져스: 엔드게임〉 - 을 본 뒤부터였다. 특히 〈인피니티 워〉에서 타노스가 핑거 스냅을 하며 인류의 절반이 사라지는 장면, 그리고 〈엔드게임〉초반부에서 캡틴 아메리카 스티브가 자조모임을 열어 사람들과 둥그렇게 앉아 사랑하는 이를 잃은 상실감과 상처를 나누는 장면이 강하게 남았다.

나 역시 오랜 시간 우울증과 함께 살아왔지만, 상담 선생님의 도움을 받지 않고도 누군가와 우울증에 대해 편하고 깊이 이야기 나누고 싶었다. 내가 읽었던 책들 가운데 도박 중독이나 알코올 중독 자조모임에 관한 이야기는 있었지만, 우울증 자조모임에 대한 글은 찾아볼 수 없었다. 인터넷 검색으로도 마찬가지였다. 만약 그런 모임이 있었다면, 답답한 마음에 서울까지라도 올라갔을 것이다. (내가 사는 곳은 경남 양산이다.)

그래서 없으면 내가 직접 만들어보자 마음먹고 부산에서 자조모임을 열었다. SNS로 홍보했는데 실제로 자조모임이 전혀 없어서였는지 첫 모임에는 생각보다 많은 분들이 찾아와 주셨다. 이후 한 번 더 모임을 열었는데, 참석자는 첫 모임보다 줄었지만 그 나름대로 뜻깊은 시간이었다. 다만 나 역시 우울증으로 기복이 심한 삶을 살고 있었기에, 정기적으로 모임을 꾸려 갈 주체자가 되기에는 어려움이 있었다.

우울증 없이 안정적으로 지낸 지 3년째 되던 해, 창원에 계신 수미 작가님이 '우울한 엄마들의 살롱, 우살롱'이라는 이름으로 자조모임을 운영하고 있다는 소식을 들었다. 나 역시 할 수 있는 이야기가 있고 다른 참석자들의 이야기도 듣고 싶어 꼭 가보고 싶었지만, 엄마들만 참여할 수 있는 모임이라는 점이 아쉬웠다. 1년 뒤 시즌 2로 접어들며 참여자의 범위를 여성 전체로 넓혔지만, 남성인 나는 여전히 참석할 수 없었다. 그래서 SNS를 통해 응원의 마음만 전할 수밖에 없었다.

그렇다면 내가 사는 이곳에서 직접 자조모임을 열어보자는 마음이 들었다. 당시 나는 우울증 없이 비교적 잘 지내고 있었지만, 자조모임을 시작한 이유는 누구보다도 우울증이 심할 때의 깊은 고립감을 잘 알기 때문이었다. 물론 우울증이 심한 시기에는 간단한 외출조차 어렵고, 샤워조차 버겁다는 걸 안다. 하지만 고립 속에 오래 머물면 더 깊은 우울함에 잠식된다는 것도 알기에 우울증을 겪는 사람들이 혼자가 아니라는 것, 어떻게든 연결될 수 있다는 것을 함께 느껴보고 싶었다. 그래서 자조모임을 시작했다.

처음에는 우울증과 관련된 책을 선정해 읽고 와서 이야기를 나누는 방식으로 모임을 진행했다. 책을 다 읽지 못해도 참여는 가능했다. 우리가 함께 읽은 책으로는 《언니의 상담실》, 《딸이 조용히 무너져 있었다》, 《젊은 ADHD의 슬픔》, 《자해를 하는 마음: 오해를 넘어 이해로》 등이 있다. 내가 읽고 싶은 책 위주로 선정하긴 했지만, 꼭 우울증 이야기로만 한정할 필요는 없지 않을까 하는 생각이 들어 점차 책 선정의 범위를 넓혀가게 되었다.

《돌봄이 돌보는 세계》,《다시 내가 되는 길에서: 마중물샘의 회복일지》,《은유의 글쓰기 상담소》,《당신이 글을 쓰면 좋겠습니다》,《'나는' 괜찮지 않아도 괜찮다》 같은 책들도 함께 읽었다. 돌봄을 주제로 정해보기도 하고, 글쓰기에 관한 책을 읽어보기도 했으며, 상처 입은 자신을 스스로 돌보고 치유하는 여정을 담은 책들을 중심으로 이야기 나눌 수 있도록 꾸려나갔다.

자조모임을 하면서 원칙의 필요성을 절감한 일이 있었다. 우울증 경험이 있는 예술가 K와 함께 공동으로 준비했던 모임에서였다. 진행 중에는 별다른 이상을 느끼지 못했지만, 끝난 후 표정이 어딘가 불편해 보이는 참가자 두 분이 눈에 띄었다. 나중에 따로 연락드리니 모임 중에 불편한 순간이 있었다고 말씀하셨다.

공교롭게도 두 분 모두 불편함을 느낀 대상은, 함께 준비했던 K였다. 우울증을 겪어본 분이니만큼 상대를 배려하고 조심할 거라 막연히 기대했던 탓에, 그때는 상황을 제대로 알아차리지 못했던 것 같다. 하지만 누군가의 이야기에 무심코 던진 호기심 섞인 질문이 상대에게는 불쾌함이나 상처를 줄 수 있다는 걸 다시금 깨달았다.

다시 생각해 보면, 관계가 어려워 사람들과 거리를 두고 지내는 분에게 굳이 그 순간 "나는 사람들과 잘 지내고 있고, 우울증도 잘 관리하고 있다."라는 말을 건넨 것이 과연 적절했을까 하는 의문이 든다. 게다가 그 두 분 모두 내가 직접 초대한 분들이라 더 미안했고, 결국 K를 대신해 사과를 드렸다. 한 분은 K에게 문제를 제기하지 말아 달라고 하셔서 그대로 따를 수밖에 없었지만, 이 일을 계기로 자조모임의 기본 원칙을 정리하고 명확히 세워야겠다고 다짐하게 되었다.

1. 타인에게 조언이나 충고를 하지 않는다.

2. 호기심으로 쉽게 질문하지 않는다.

3. 조언이나 충고보다는, 상대의 경험에 닿는 나의 경험을 나눈다.

4. 이야기를 독점하지 않는다.

5. 소수자 혐오 발언을 하지 않는다.

이 원칙을 지키지 않는 경우, 진행자는 상황을 빠르게 인지하고 현장에서 부드럽지만 단호하게 제지해야 한다. 자조모임은 당사자들이 와서 안전하게 자신의 이야기를 털어놓고, 타인의 경험을 들으며 위로받는 공간이어야 한다. 그 안전함을 유지하는 일은 무엇보다 중요하며, 모임을 이끄는 사람이라면 반드시 그 책임을 숙지해야 한다.

참석자는 늘 일정치 않았다. 신청자가 아예 없어 모임을 취소해야 했던 적도 많았다. 한 분이라도 오신다면 그분과 깊이 있는 대화를 나누면 되지만, 그 한 분조차 없는 경우가 종종 있었다. 왜 신청자가 적을까 여러모로 고민해 보았다. 책 읽는 인구 자체가 줄어든 것도 이유겠지만, 우울증을 겪는 분 중에는 난독증을 함께 가지고 계신 경우도 적지 않을 수 있겠다는 생각이 들었다. 그래서 어느 순간부터는 책 없이 모임을 진행했다. 그럼에도 여전히 신청자가 적은 이유를 곱씹어 보니, 자조모임이라는 것 자체에 대해 알고 관심을 가지는 분들이 많지 않다는 점이 가장 크게 다가왔다. 내가 SNS에 올리는 모임 공지가 정작 정말 필요한 분들에게는 닿지 않는다는 점도 이유 중 하나일 수 있었다. 게다가 모임에 와서 불특정 다수 앞에서 자신의 이야기를 공개적으로 나누는 일 자체가 어렵게 느껴지는 분들도 많지 않을까 싶었다.

우울증이 있다고 해서 모든 순간이 지옥이었을 리는 없다. 살아오며 행복하고 즐거웠던 순간들이 분명 있었을 것이라는 생각에, 어느 날은 15분 글쓰기를 한 뒤 그 글을 낭독하며 이야기를 나누는 시간을 가졌다. 단, 글쓰기에는 조건이 하나 있었다. 내가 즐거웠거나 행복했던 순간을 반드시 구체적으로 적을 것. 추상적으로 적으면 그 장면이 눈앞에 그려지지 않기 때문이다. 반면, 타인의 경험이라도 구체적으로 묘사되면 그 순간을 직접 겪지 않았어도 간접적으로 공감할 수 있어 서로 대화를 나누기에도 훨씬 좋다. 15분 동안 두서없이 써 내려가다 보면 생각보다 내게 행복한 순간이 많았고, 좋아하는 것들이 있었다는 걸 새삼 떠올리게 된다. 우울증의 무서운 점은 내가 가진 장점과 기쁨을 압도해 버려서 마치 원래부터 없었던 것처럼 느끼게 만든다는 것이다.

우울증 자조모임뿐 아니라 독서모임에서도 친구들과 자주 나누는 대화 방식이 하나 있다. 바로 '똑똑대화카드'를 활용한 대화다. 40장의 카드 앞면에는 다양한 이미지의 사진이, 뒷면에는 질문이 적혀 있다. 이 질문 중에는 평소에 쉽게 꺼내지 않는 깊고 진지한 질문들도 많다. 예를 들어, '관계에서 힘들었던 적이 있다면, 어떻게 해결했나요?' 같은 질문이 나오면, 참여자들은 각자의 성격과 살아온 경험에 따라 서로 다른 방식의 대답을 들려준다. '저렇게도 접근할 수 있구나.' 하고 생각하게 되는가 하면, 나와 비슷한 방식이나 경험에 위로를 받기도 한다. 카드 두세 장만 골라도 어느새 1시간은 훌쩍 지나간다.

'똑똑대화카드'는 주제가 다양해 지금은 12종 정도를 가지고 있다. 늘 가방에 넣어 다니며 적당한 순간에 자연스럽게 꺼내면, 친구들과 더 깊은 대화를 나눌 수 있다. 이 시간이 내게는 무척 즐겁다.

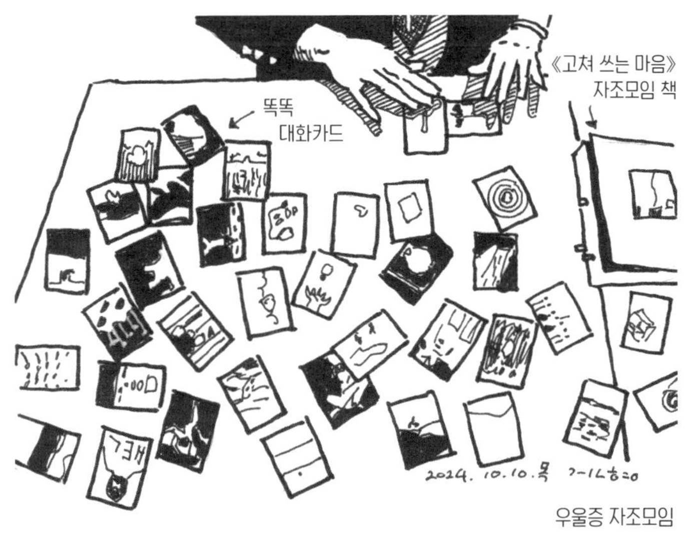

우울증 자조모임

내가 사는 곳은 양산이지만, 접근성을 고려해 주로 부산에서 자조모임을 열었다. 그 외에도 지인들이 있는 서울, 경주, 창원 등을 찾아가 모임을 진행한 적이 있다. 자조모임을 지속하고 싶은 마음에 시즌제로 운영해 보기도 했다. 시즌 1은 아홉 달간 이어졌고, 이후 석 달의 휴식기를 가졌다. 시즌 2도 같은 방식으로 시작했지만, 점점 신청자가 줄어들어 결국 시즌 2를 끝으로 멈춘 상태다. 지역의 정신건강복지센터들과 협업한다면 필요한 분들에게 더 잘 닿아 꾸준히 이어갈 수 있겠지만, 그런 연고가 없는 내가 혼자 감당하기엔 역부족이었다. 그래도 언젠가 다시, 어떤 계기로든 자조모임을 이어갈 수 있기를 바란다.

함께 걸으며 쌓이는 의리와 사랑

/ 짝지와 트래킹

나의 우울증이 깊었을 때였다. 무기력한 신랑을 조금이라도 일으키고 싶은 마음에서 제안한 것일까? 어느 날 짝지가 나에게 부산 갈맷길을 걷자고 했다. 무기력해도 짝지가 하자고 하는 건 웬만하면 하는 편이라 기운 없이 따라나섰다. 우리의 트래킹의 역사는 그렇게 시작되었다.

처음에는 등산 스틱도, 무릎 보호대도 없이 다녔다. 부산 갈맷길은 총 23개인데 대부분 평지이지만, 산이 있는 코스도 몇 개 있다. 갈맷길 5-2 코스인 가덕도를 걸을 때였다. 온전히 산을 넘는 코스라 오르막은 쥐약인 짝지가 상당히 힘들어했다. 평지에서는 나보다 빠른데, 오르막은 조금 오르고 쉬고, 다시 조금 오르는 식으로 천천히 올라야 했다. 그때, 등산 스틱을 짚고 내려오는 분을 보고 나무 막대기를 하나 주워 따라 해보았는데, 오르막이 훨씬 수월해졌다. 바로 짝지에게도 두 개를 건네주고 나는 새로 하나를 더 주웠다. 집에 돌아오는 길에 곧바로 검색해 등산 스틱을 구매했다. 아마 등산 스틱이 없었다면, 우리 부부가 이렇게 오랫동안 트래킹을 계속할 수는 없었을 것이다. 특히 내리막에서는 스틱을 짚고 내려와야 무릎에 부담이 덜하다.

트래킹은 대부분 우리 둘이서 했지만, 가끔은 고고윤산 친구들과 함께 걷기도 했다. 제주도 올레길 세 코스는 명절 연휴에 설혜 씨와 함께 걸은 적도 있다. 부산 갈맷길 23개 코스를 모두 완주한 뒤에는 동해를 따라 이어지는 해파랑길을 걷기 시작했다. 해파랑길은 통일전망대까지

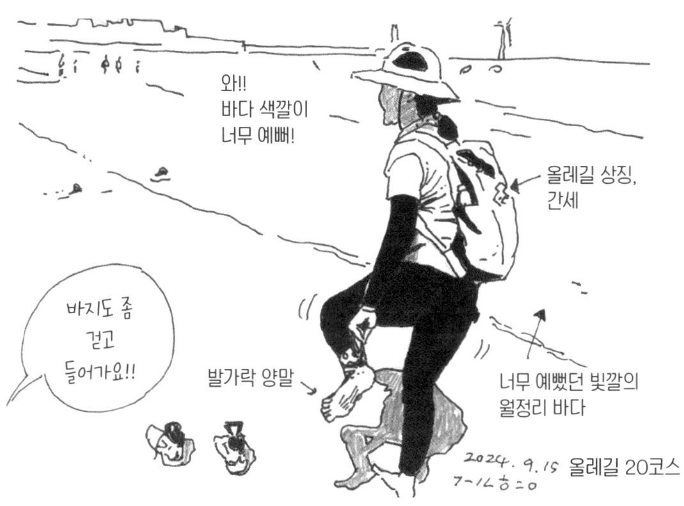

이어지는 총 50개의 코스로 구성되어 있으며, 우리는 현재 20코스까지 걸었다.

트래킹을 즐기다 보니 장모님이 계신 제주도에 갈 때면 자연스럽게 올레길도 걷게 되었다. 올레길은 걷는 사람이 많아 코스 정비가 잘 되어 있고 관련 상품도 다양하다. 제주올레길의 상징인 '간세' 기념품도 몇 개 구매했고, 23개 코스의 배지와 지도를 사서 현재는 그중 일곱 개의 배지를 달아 두었다.

남해를 따라 걷는 남파랑길은 총 90코스로, 조만간 이 길도 걸어볼 계획이다. 반면, 서해를 따라 이어지는 서해랑길은 오가는 데 너무 긴 시간이 걸려 주말에만 트래킹하는 우리에게는 무리라고 판단해 일단은 패스했다. 이 외에도 찾아보면 다양한 둘레길이 전국 곳곳에 있을 것 같다.

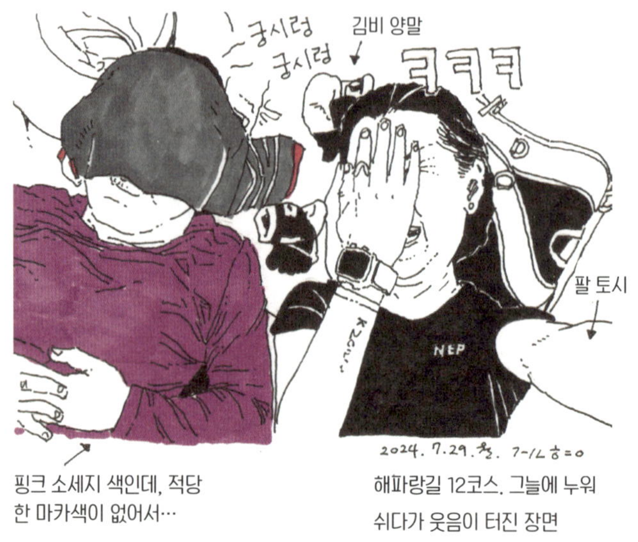

핑크 소세지 색인데, 적당
한 마카색이 없어서…

해파랑길 12코스. 그늘에 누워
쉬다가 웃음이 터진 장면

트래킹을 즐기다 보니 사람들이 종종 나에게 "그동안 걸었던 길 중 어디가 가장 좋았나요?" 하고 묻는다. 그런데 나는 그런 걸 잘 기억하지 못하는 편이다. 그래도 매 코스를 걷고 나면 항상 짧게라도 기록을 남겨두는 덕분에, 나중에 찾아보면 그때그때 어땠는지 떠올릴 수 있다.

힘들었던 코스는 분명하게 기억에 남는다. 대표적인 두 코스가 해파랑길에 있다. 하나는 덕하역에서 태화강전망대까지 이어지는 6코스로, 거리로는 15.7km밖에 안 되는데 안내판에 소요 시간이 6시간 40분이라고 적혀 있었다. 해가 짧은 12월에 이 코스를 걸었는데, 날이 어두워지는데도 산길은 좀처럼 끝나지 않아서 조급하게 걸었던 기억이 지금도 생생하다.

또 하나는 영덕블루로드 A코스로도 불리는 해파랑길 20코스였다. 19km에 소요 시간 6시간 30분으로 안내되어 있었고, 우리 부부는 7시

간 30분 만에 완주했다. 완전히
산을 타는 코스여서 중간에 화장
실도 없고 요기할 곳도 없어 음식
을 미리 챙겨 출발해야 했다. 평소
에는 산에서도 물을 자주 마시지
않는 편인데, 이 코스에서는 목이
마를 정도로 힘들고 길었다. 종점
4km 지점에서 발견한 무인 편의
점은 마치 사막에서 오아시스를 만

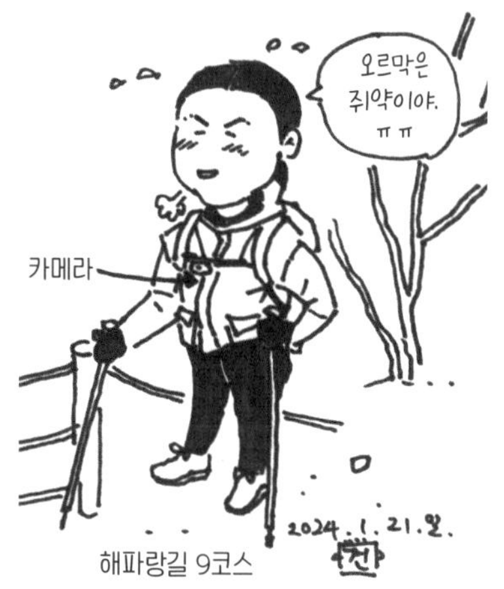

난 듯했다. 추운 겨울, 그곳에서 먹는 육개장 사발면은 정말 환상의 맛이
었다. 꼭 면발이 얇은 '육개장'이어야 한다. 평소에는 잘 마시지도 않는 국
물을 한 방울 남김없이 다 마셨다.

이제 코스가 집에서 점점 멀어지다 보니 친구들에게 함께 걷자고 제
안해도 반응이 없어서, 우리 부부 둘만 걷는 경우가 대부분이다. 그래도
짝지랑 함께 걷는 일은 언제나 재미있고 즐겁다. 둘 다 평지 코스는 빠르
게 걷는 편이라 15~16km 정도는 4시간이면 충분히 완주한다. 오르막을
오를 때도 체력이 좋아졌는지 예전보다 덜 쉬고 잘 걷는 짝지의 모습이
대견스럽다.

짝지는 주 5일, 집에서 러닝 패드 위를 매일 30분씩 걷고 있는데, 최근
에는 그 위에서 뛰는 모습을 보기도 했다. 기록하는 걸 좋아하는 짝지는
'박조김비'라는 유튜브 채널에 우리가 걸었던 모든 코스를 15~20분 정
도의 영상으로 편집해 업로드하고 있다. 초기에 갈맷길을 걸을 당시만 해
도 내가 우울증이 심했기 때문에 그때 영상 속 나는 조용하고 말이 없었

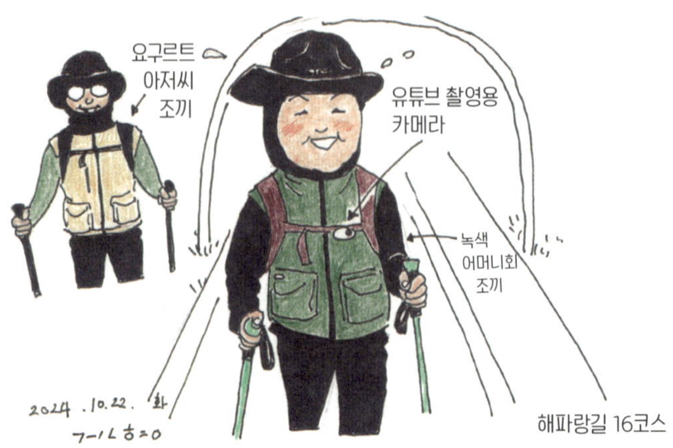

지만, 요즘 영상에서의 나는 수다쟁이에 장난꾸러기다. 구독자를 의식하지 않고 업로드하는 채널이라 구독자도 많지 않지만, 지금도 2주에 하나씩 꾸준히 올리고 있다. 무언가를 계속 기록한다는 건 참 멋진 일이다.

우리 부부가 이렇게 오래 함께 걷게 될 줄은 몰랐다. 적게는 4시간, 많게는 6시간씩 하루에 걷는다는 건 사실 쉽지 않은 일이다. 하지만 코스 하나를 완주하고 나면, 그 힘든 시간을 함께 견뎌낸 동지애 같은 것이 생긴다. 나는 걷는 걸 특별히 좋아하는 편은 아니지만, 짝지와 함께이기에 지금까지도 재미있게 걷고 있다. 한 달에 한두 번 정도 걸으면 앞으로도 5년 이상은 충분히 계속할 수 있지 않을까 싶다.

산티아고 순례길에 대한 로망은 따로 없지만, 이렇게 걷다가 언젠가는 산티아고까지 함께 걷게 되는 건 아닌지 모르겠다. 더운 여름엔 걷기가 힘드니 본격적인 더위가 오기 전까지는 몇 번이라도 더 걸어야겠다.

다음에 가게 될 우리의 여행은

/ 도시마다 일주일씩 머물기

나는 여행에 큰 관심이 없는 사람이었다. 젊은 시절에는 청춘이라면 당연히 배낭여행쯤은 다녀와야 한다고 생각해서, 그러지 못하는 나를 한심하게 여겼다.

짝지 덕분에 몇 번의 해외여행을 다녀왔다. 전 직장에 다닐 때, 신혼여행을 다녀오는 동료들이 부러웠는데, 결혼 자체보다는 직장을 다니는 상태에서 일주일 동안 여행을 갈 수 있다는 사실이 부러웠다. 사무실에 물어보니 혼인신고만 해도 신혼여행을 다녀올 수 있다고 하기에, 동거 중이던 우리는 처음 만난 날짜를 혼인신고일로 정하고 대만으로 신혼여행을 갔다. 이후 일본의 후쿠오카, 교토, 나라에도 다녀왔고, 직장을 퇴사한 뒤 퇴직금으로 유럽 여행을 떠나자는 제안도 아마 내가 먼저 했던 것 같다. 그 여행은 우리 부부의 공저 《길을 잃어 여행갑니다》에 잘 담겨 있다. 우울증이 심했던 어느 시기에는 짝지와의 약속 때문에 무기력한 상태로 억지로 끌려가듯 대마도 여행을 다녀온 적도 있다.

유럽 여행을 갔을 때는 40일의 일정 중 15일 만에 우울증이 찾아왔다. 우울에서 벗어나려고 온갖 노력을 했지만 오히려 상태는 더 깊어졌고, 결국 그 마음을 안고 남은 여행을 이어가야 했다. 없는 형편에 무리하게 장기간 여행을 떠났고, 결과물이라도 남겨야 한다는 생각에 처음부터 그림을 많이 그렸던 것이 오히려 우울을 부추긴 원인이었는지도 모르겠다. 게다가 유럽은 조명이 어두워 저녁이 되면 숙소에서 무언가를 하기엔 너무 침침했다. 다음에 다시 여행할 기회가 생긴다면 꼭 휴대용 조명을 챙겨 갈 것이다. 책을 읽든, 그림을 그리든, 어두워진 뒤에도 숙소에서 무언가 할 수 있어야 한다. 그런데 당시에는 조명이 어둡고 TV도 없었으며 밖에는 말도 통하지 않는 낯선 외국인들뿐이라, 저녁이면 숙소에만 머무는 일이 반복되었다. 그 시간이 참 답답하게 느껴졌다.

이제는 여행에 큰 관심이 없는 내 모습을 있는 그대로 받아들인다. 나는 자연에도 크게 감흥을 느끼지 않는 사람이다. 프로감동러인 짝지와 달리, 제주의 아름다운 풍광을 보아도 그저 '바다구나', '산이구나', '나무구나'하고 지나칠 뿐이다. 나에게는 일상이 곧 여행이다. 내가 만나는 사람들, 경험, 책 속의 이야기, 타인과의 대화, 점차 친밀해지는 관계들이 오히려 더 흥미롭다.

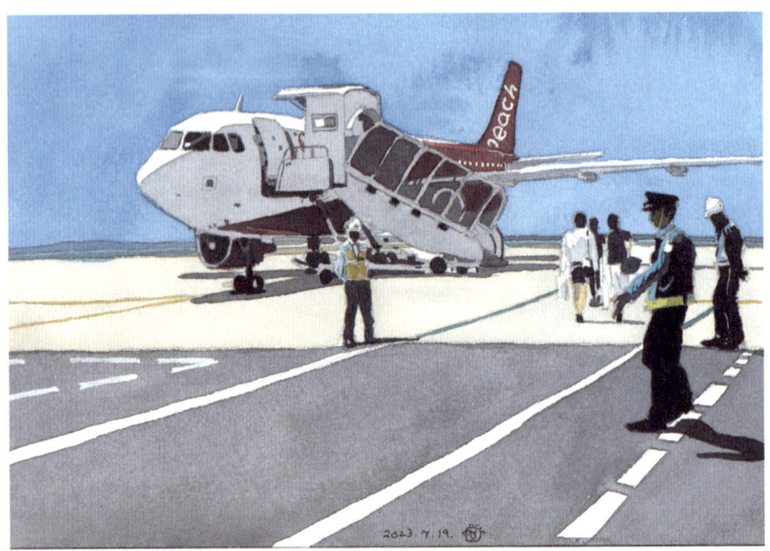

나는 내 일상이 곧 여행이라 생각하며 살아간다.

　그래도 언젠가 다시 장기간 여행할 기회가 생긴다면, 짝지와 한 도시에서 일주일씩 머물며 이동하는 여행을 해보고 싶다. 한 도시 혹은 마을에 일주일쯤 머물다 보면 자연스레 익숙한 얼굴이 보이고, 단골 가게도 생기지 않을까. 어느 날은 마을을 어슬렁어슬렁 걷고, 또 어느 날은 아침 일찍 숙소를 나서 근교로 다녀오는 방식. 지금의 나는 과거와 달리 삶에 흥미가 생겼기에, 긴 여행을 한다면 그 시간을 어떤 방식으로 즐길지 나 자신도 궁금하다. 지금 직장에 만족하고 있어 당분간 장기 휴가는 어렵겠지만, 언젠가 회사를 그만두고 금전적으로 여유 있는 상태가 된다면 꼭 다시 긴 해외여행을 떠나보고 싶다.

제주 한라산 등반

/ 처음으로 정상에 오르다

내가 소속된 양산 등산 밴드 '올라'에서 제주 한라산 1박 2일 산행 공지가 뜨자마자 바로 신청했다. 혼자서는 산을 오르지 않는 편이라 스스로 한라산에 갈 일은 없었을 테니, 이번 기회에 가보자는 생각이 들었다. 정재형 형님과 나는 한 시간 먼저 도착해 차를 렌트하고 일행들을 기다리기로 했다. 30일 드로잉 시즌 2 작업이 밀려 그림 도구를 잔뜩 챙겨 갔고, 김해공항에서 비행기를 기다리는 동안에도, 비행기 안에서도, 제주 공항에 도착해 일행을 기다리는 시간에도 블루투스 키보드를 핸드폰에 연결해 글 작업을 이어갔다. 오후에 도착한 일행들과 해물 삼합을 먹고 쇠소깍 바다를 보러 갔다. 흐리고 파도가 높던 제주 바다가 인상 깊어 한참을 멍하니 바라보았다.

다음 날 저녁 바로 비행기를 타야 하는 일정이라 선두에서 빠르게 걸

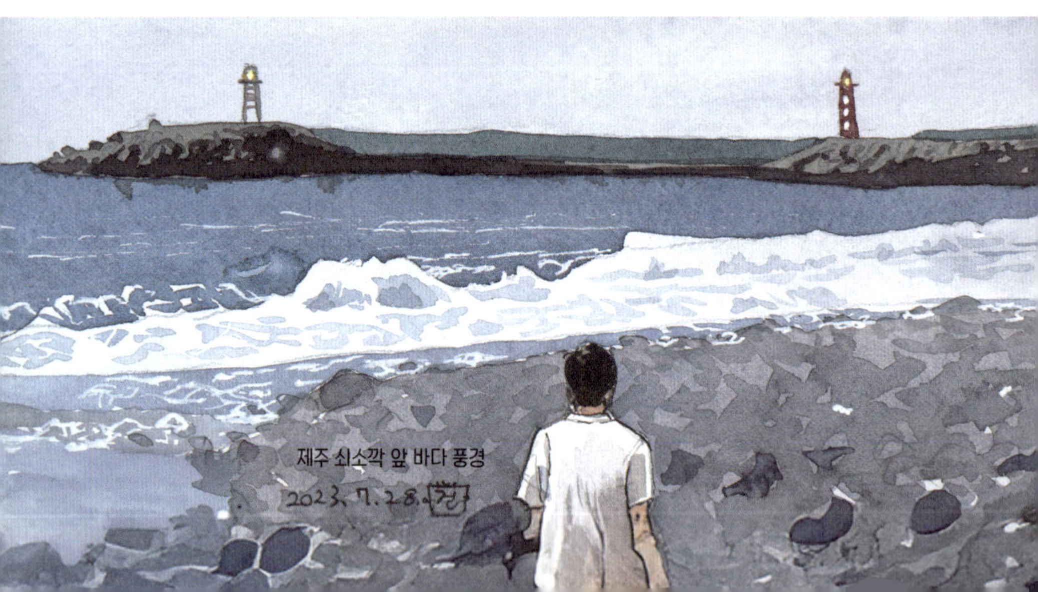

제주 쇠소깍 앞 바다 풍경
2023. 7. 28.

었다. 정상까지는 올랐지만, 안개가 자욱해 5미터 앞도 보이지 않을 정도여서 백록담은 전혀 볼 수 없었다. 나와 광훈 씨는 7시간 30분 만에, 다른 일행은 8시간 10분 만에 하산했다. 내려오는 길이 어찌나 길던지, 하산하면 편의점에서 얼음 컵에 코카콜라를 '캬~' 하고 마시고 싶었다. 그런데 산 아래 가장 가까운 편의점이 차로 20분 거리였고, 겨우 도착한 곳은 무인 편의점이었다. 게다가 얼음 컵도 판매하지 않았다(ㅠㅠ). 코카콜라는 얼음 컵에 마셔야 제맛인데, 그냥 마신 콜라는 그저 그랬다.

'올라' 밴드 덕분에 한라산을 오른 건 좋았지만, 여행 스타일은 나와 맞지 않았다. 나는 등반만 하고 조용히 쉬고 싶었는데 전날 올레시장 일정은 내게는 흥미롭지 않았다. 그래서 다음 날 산행을 마치고 공항에 먼저 내려달라고 부탁했고, 공항에서 조용히 내 시간을 보내며 식사도 혼자 해결했다.

한라산은 이번이 세 번째였지만, 정상까지 오른 건 처음이었다. 내년 설날에는 짝지와 함께 아이젠을 끼고 눈 덮인 한라산을 올라가 볼 생각이다.

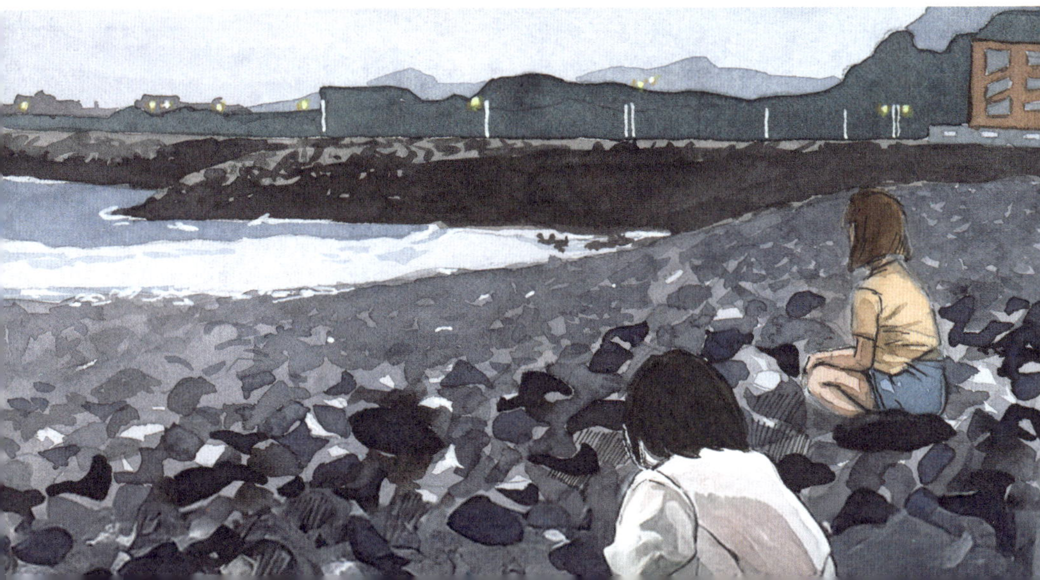

영어 울렁증이 없어졌다

/ 2개의 에피소드를 겪으며

앞서 말했듯 나는 여행에 별 흥미가 없었고, 외국어를 배우는 것도, 외국인과 대화하는 것에도 전혀 관심 없던 사람이었다. 심지어 영어 울렁증이 있을 정도였다. 그런데 이제는 외국인에게 먼저 말을 거는 것도 두렵지 않다.

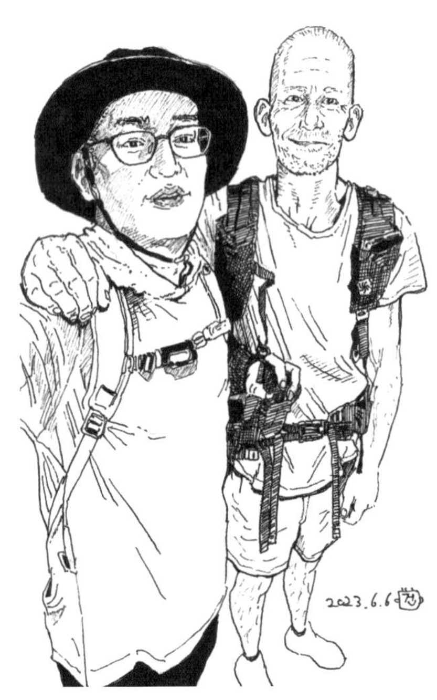

통영 사량도에서 만난 닉(뉴질랜드 출신)

[에피소드 1]

한창 등산 밴드에 가입해 자주 산행을 다니던 시절, 사량도로 1박 2일 산행을 하러 갔다. 그곳에서 혼자 산을 오르던 외국인과 여러 번 마주쳤다. 정상에서는 사진을 찍어주기도 했고, 우리 일행과 함께 사진을 찍으며 자연스레 친밀감이 생겼다. 그래서 조심스레 말을 걸어보았다.

그는 호주에서 온 52살 '닉'이라는 남자였고, 자전거와 트래킹이 취미였다. 'separated'

라는 단어를 듣고는, 이혼 후 혼자 여행을 다니고 있다는 것도 알게 되었다. 내가 영어를 잘해서 말을 건 것은 아니었다. 다만 우울증 없이 잘 지내고 있었고, 내 생활에 어느 정도 안정감이 생기고 하고 싶은 것들도 많아지면서 자신감이 자연스레 생겼던 것 같다.

산에서 내려오며 서툰 영어로 계속 대화를 이어갔다. "오늘은 통영에 머물고, 내일은 어디로 가는지?"라고 묻고 싶었을 때, 나는 이렇게 말했다. "투데이 통영, 투모로우 통영, 넥스트 시티⋯ 왓?(Today Tongyeong, tomorrow Tongyeong, next city⋯ what?)" 내 질문에 닉은 웃으며 "대구"라고 답했다.

[에피소드 2]

서울에 일정이 생겨 숙소를 구해야 했다. 서울 지리를 잘 몰라 볼 일이 있는 홍대 쪽으로만 검색했고, 유일하게 저렴한 게스트하우스 하나를 발견했다. 가격이 싼 탓인지 대부분 외국인들이 머무는 숙소였다.

나는 낯선 곳에서는 쉽게 잠들지 못하는 편이라, 1층 라운지에서 시간을 보내다가 소등 시간이 되면 올라가 잘 계획이었다. 그날 있었던 일을 핸드폰과 블루투스 키보드를 연결해 기록하고 SNS에 올리고 있었고, 내 옆자리에는 외국인들이 맥주를 마시며 떠들고 있었다. 잠시 망설이다가 용기를 내어 말을 걸었다.

"아이 해브 세버럴 잡. 트럭 드라이버, 에세이 롸이터, 드로잉 아티스트.(I have several jobs. truck driver, essay writer, drawing artist)"

그리고 이어서 "익스큐즈미, 아이 픽처 유, 앤드 아이 드로잉 유, 아이 원트 드로잉 페이퍼 프레즌트 유.(Excuse me, I picture you, and I drawing you, I want drawing paper present you.)"

그들은 모두 "오케이!" 하며 흔쾌히 사진을 찍게 해주었다. 나는 아이패드에 그들 얼굴을 띄우고 정성스럽게 그림을 그려 선물했다. 한국에 여행 온 외국인들이, 한국 사람에게 자신의 얼굴 그림을 선물 받는 경험은 꽤 특별한 기억이 될 것 같았다. 나는 그들에게 말했다.

"아이 원트 인트러듀스 코리안 올드 송. 낫 케이팝. 매니 코리안 피플 러브 송.(I want introduce Korean old song. Not K-pop. Many Korean people love song.)"

다들 듣고 싶다며 고개를 끄덕였고, 나는 김광석과 신해철의 노래를 불러주었다. 케이팝이 아닌 오래된 한국 노래를 직접 들려주는 것이 그들에게 색다르게 느껴지지 않을까 하는 마음이었다. 그렇게 시간이 흘러 소등 시간이 되었고, 불이 꺼지기 전 우리는 함께 단체 사진을 한 장 찍었다. 그리고 각자 자신의 침대로 돌아갔다.

그렇게 해서 매번 서울에 볼 일이 있을 때마다 이 게스트하우스에 묵었고, 그때마다 외국인들과 대화를 시도해 보았다. 물론 외국인들도 모두 외향적이거나 적극적인 성격은 아니어서, 별다른 반응이 없으면 그들의 대화를 방해하지 않고 조용히 글을 쓰거나 책을 읽거나 그림을 그리며 시간을 보냈다.

한 번은 뉴멕시코에서 온 흑인 친구와 긴 대화를 나눈 적이 있다. 자정쯤 침대로 들어가다가 침대 아래층에 있던 친구와 인사를 나누었다. 이름은 티저였다. "지금 졸려요?"라고 묻자, 그는 "아직 잠이 안 와요."라고 대답했다. 나는 그에게 밖에서 잠시 이야기하자고 제안했다.

우리는 도미토리 방 바깥의 좁은 통로에 앉아 무려 한 시간 반 넘게 대화를 나누었다. 물론 내가 이해한 건 그가 한 말의 30퍼센트 정도밖에 되지 않았지만, 서로에 대한 호감과 배려 덕분에 꽤 오랫동안 이야기를 이어갈 수 있었다.

며칠 전에는 또 다른 공간에서 외국인 한 명, 교포 한 명, 한국인 한 명이 함께 대화하는 자리에 우연히 끼게 되었다. 그 세 사람 모두 유창한 영어로 빠르게 대화를 이어갔고, 나는 거의 끼어들지 못했다. 그 순간 '맞다, 나는 영어를 잘 못하는 사람이었지.'라는 걸 새삼 깨달았다.

여행지에서는 서로에 대한 호감과 환대의 마음이 있다면 간단한 단어만으로도 어느 정도 이야기를 나눌 수 있지만, 조금 더 깊고 긴 대화를 하기에는 분명 한계가 있다는 것도 알게 되었다. 언젠가 외국어 공부에 대한 호기심과 욕심이 진짜로 생기게 되면 그땐 꼭 한 번 제대로 도전해 보고 싶다.

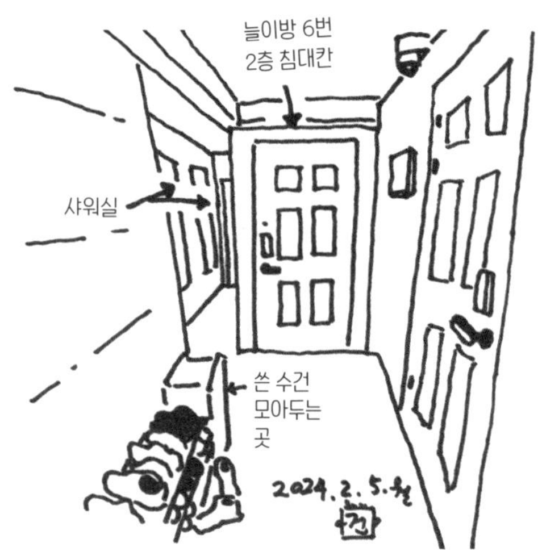

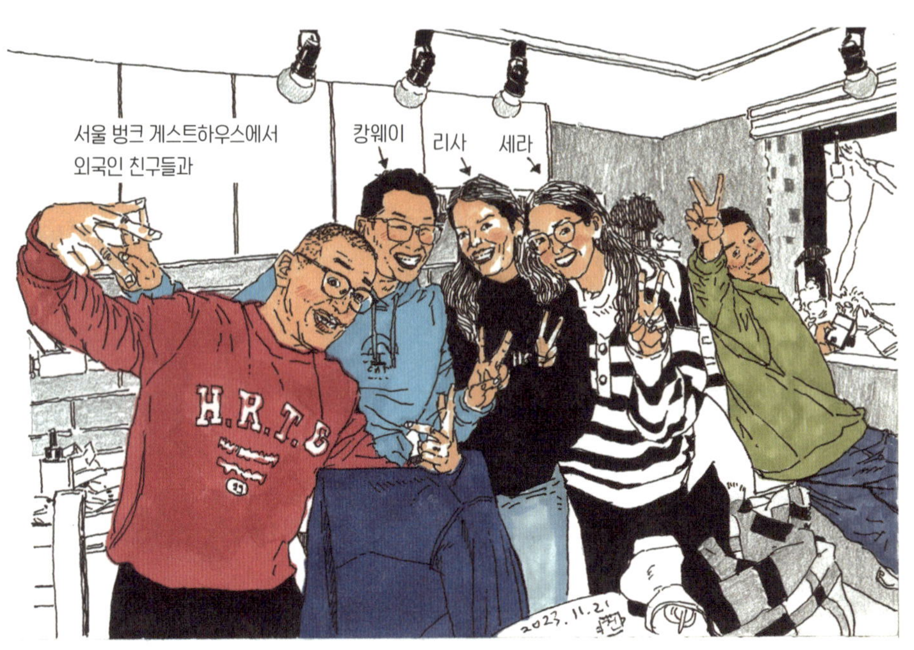

지난 주말 서울에 다녀왔다. 벙크 게하에 묵는 것이 이번이 네 번째인가….
어떻게 하다가 제일 싼 게하를 고르다보니 처음에 여기에 묵었는데,
여긴 거의 다 외국인 여행객들이 머무는 곳이다. 서울에서 주말에 숙소를 검색해도
3만 5천 원 이하의 숙소도 없고. 여기 사장님도 내가 여기 묵는 걸 아시는지
매번 같은 방의 같은 도미토리의 같은 침대를 배정해 주신다.
올 때마다 못하는 영어이지만, 외국인들과 늘 같이 어울린다. 그게 또 재미있다.
과거에는 영어 울렁증으로 말 걸 생각 절대 못 했는데… 엄청나게 놀라운 변화다.

1인극, 이야기 노래극 주인공 도전!

/ 박조건형의 우울증 리사이틀

2023년 연말 한 번, 2024년에 네 번, 총 다섯 차례의 '우울증 리사이틀' 공연을 열었다. '우울증 리사이틀'이 뭐냐고? 주현미 리사이틀, 나훈아 리사이틀 같은 표현은 익숙할 것이다. 우울증 이야기만 하면 자칫 지루할 것 같아 파트마다 노래를 넣었고, 앙코르곡까지 포함해 총 일곱 곡을 부른 1인 이야기와 노래 형식의 유료 공연이었다. '듣보잡의 공연에 웬 유료냐'고 생각할 수도 있겠지만, 신청비를 받아야 내가 더 열심히 준비할 것 같아 그렇게 진행했다.

이 우울증 리사이틀 공연을 시작하게 된 계기는 이렇다. 화물차를 운전하며 라디오 방송을 즐겨 들었다. 그러다 노래를 한두 곡 따라 불렀는데, 남자 가수들의 노래 키가 대부분 올라가는 게 아닌가? 나도 놀랐다. 과거에는 도저히 부르지 못했던 음정인데 어느 순간 올라가게 된 것이다. 왜 그런 변화가 생겼는지는 모르겠다. 노래방에 간 지도 10년이 넘을 만큼 원래 노래를 즐기지 않았는데, 라디오에서 흘러나오는 노래를 따라 부르는 재미가 있었다.

그렇게 마음에 드는 곡들을 반복해 연습하다가 SNS에 노래 영상을 한두 개씩 올리기 시작했다. 한 달쯤 지나 『좋은 사람 자랑전』 전시에서 오프닝 무대로 사람들 앞에서 노래를 부르겠다고 SNS에 선언했고, 그 말대로 열심히 연습했다. 양산 전시에서는 '비와 당신'을, 부산 전시에서는 프랭크 시나트라의 '마이웨이'를 불렀다. 아무리 연습을 많이 해도 사람들 앞에서 부르면 긴장이 되어서 '비와 당신'은 만족스럽지 않았지만, '마이웨이'는 내 키에 딱 맞아 관객 반응도 좋았다. 그때 깨달았다. 아무리 연습해도 사람들 앞에서 자주 불러보지 않으면 긴장하게 된다는 사실을.

그즈음 생활 글쓰기 모임에서 우울증에 대한 글을 계속 쓰다가, 사람들 앞에서 이 이야기를 공연 형식으로 풀어보면 어떨까 하는 아이디어가 떠올랐다. 노래와 이야기 형식을 결합한 공연. 연말에 공연을 할 계획으로 6개월 전에 공연 공지를 SNS에 올려버렸다. 스스로 물러설 수 없게 배수진을 친 것이다. 우울증 분위기에 어울리는 곡들을 골라 수백 번 반복해 연습했다. 공연 두 달 전에는 강연을 일곱 파트로 나누고, 앙코르 곡까지 포함해 총 여덟 곡을 정했다. 노래를 잘 부르는 것도 아닌데 여덟 곡이나 부르면 관객이 괴롭지 않을까 싶어, 두 번째 공연부터는 한 곡을 줄여 일곱 곡으로 구성했다.

SNS로 오랫동안 꾸준히 홍보하고 언급했지만, 막상 티켓팅을 열자 신청자는 많지 않았다. 가만히 기다리고만 있지는 않았다. '내가 얼마나 열심히 준비했는데' 하는 마음으로 카카오톡에서 아는 사람들에게 장문의 메시지를 50명쯤 보냈다. 그 결과 17명이 유료 티켓팅을 해주었고, 나머지 7명은 SNS를 보고 신청해 주었다. 공연장은 총 25석이었는데, 결국 24석이 채워졌다. 오랜 시간 준비한 덕분이었는지 공연은 떨지 않고 즐겁게 마무리할 수 있었다. 이야기는 진정성 있게, 노래는 신나게. 그렇게 공들여 준비한 공연을 단 한 번으로 끝내기엔 아쉬워 몇 차례 더 진행했다. 부산도서전에서 우연히 만난 책방 사장님께 공연을 제안했더니, 흔쾌히 수락해 주셨다.

서울 공연도 마찬가지로 지인들에게 적극적으로 연락했고, 연락한 만큼 객석이 채워졌다. 그렇게 울산, 경주, 양산까지 포함해 다섯 번의 공연을 마쳤다. 더 공연을 하고 싶긴 하지만, 내가 동원할 수 있는 사람들은 이미 다 동원한 상황이다. 또 공연을 하더라도 객석을 많이 채울 자신이 없어서 멈춰 있는 상태다. 공짜로 하긴 싫고, 열심히 준비한 공연인데 객석이 썰렁하면 기운이 빠질 것 같아서다. 혹시 이 글을 읽는 누군가가 모객까지 도와 공연을 제안해 주신다면, 기꺼이 여섯 번째 공연도 하고 싶다고 말씀드리고 싶다.

첫 번째 공연에서 불렀던 여덟 곡은
아래와 같다.

- 마이웨이(프랭크 시나트라)
- 민물장어의 꿈(신해철)
- 우리네 인생(김현식, 드라마 '카지노' OST)
- 흔들리는 꽃들 속에서 네 샴푸향이
  느껴진 거야(장범준)
- 8월의 크리스마스(한석규)
- 앵두(최헌)
- 걱정 말아요 그대(이적)
- (앙코르곡) 나에게 쓰는 편지(신해철)

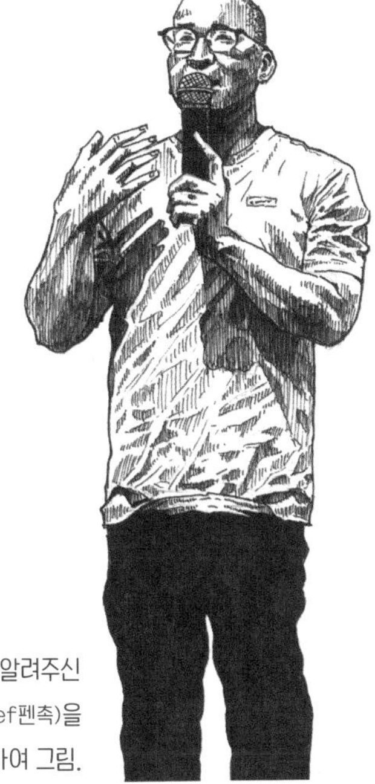

황호 작가님이 알려주신
모나미 153 네오 만년필(ef펜촉)을
구매해서 명암 묘사하여 그림.

2023. 7. 23.

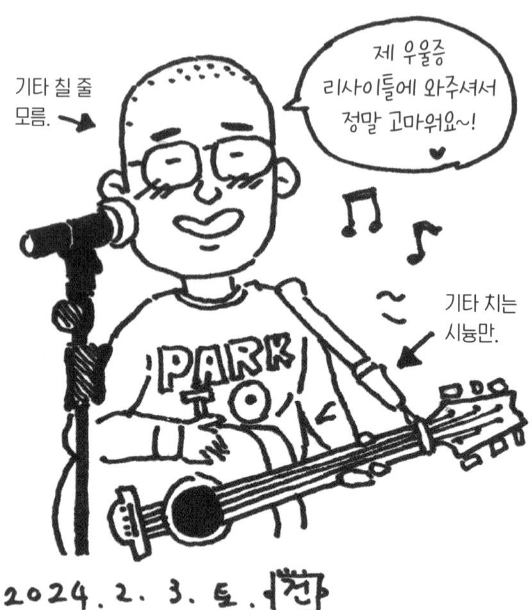

오늘 기차를 타고 서울 공연을 하러 간다. 두 번째 우울증 리사이틀이다.
장범준 노래는 원래 기타를 메고 치는 시늉이라도 해야 분위기가 사는데,
서울에서는 빌릴 데가 없어 이번엔 그냥 노래만 부르게 될 것 같다.
어제는 장거리 운전 중에 트럭 안에서 풀타임으로 1시간 40분 정도
멘트와 노래를 연습했다. 말하자면 혼자 미리 풀공연을 해 본 셈이다.
그렇게 충분히 연습했기에 오늘은 여유 있고, 자신감 넘치는 상태로
올라간다. 오늘 무대의 주인공은 바로 나야 나, 나야 나!

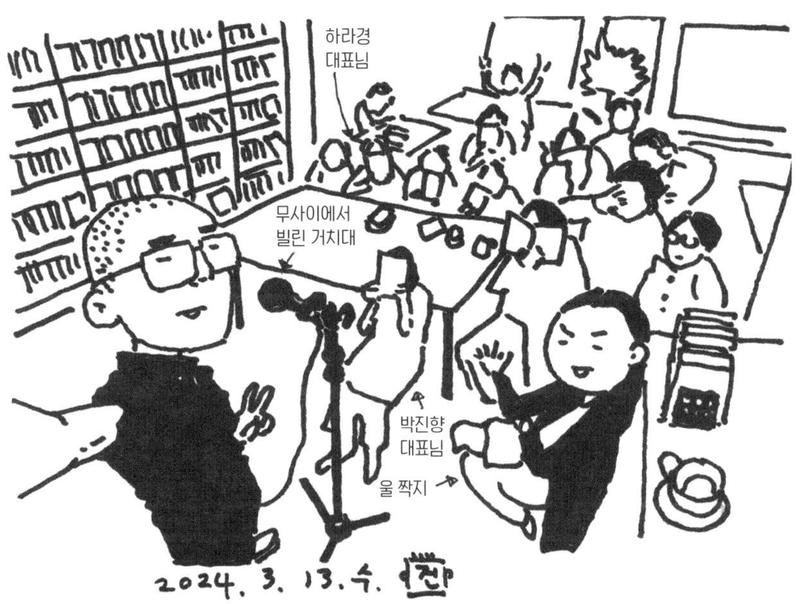

지난 금요일, 울산 책빵 자크르에서 세 번째 우울증 리사이틀 공연이 있었다.
총 15명이 신청해 주셨다. 이번 공연에는 짝지도 함께했다. 우리 부부의 첫 번째
공저인 《별 것도 아닌데 예뻐서》 중 우울증 파트를 짝지가 낭독해 주었는데,
괜히 울컥했다. 맞다, 나는 잘 우는 편이다. 공연 중에도 여러 번 울었다.
공연 자체도 좋았지만, 무엇보다 나를 응원해 주는 사람들 앞에서 공연한다는
사실이 날 고무시켰고, 공연이 끝난 뒤 2시간 넘게 이어진 이야기 나눔 시간은
정말 깊고 따뜻했다. 내 공연이 마중물이 되었는지, 다들 생각지도 못하게
속 깊은 이야기들을 나눠주셔서 참 감사했다.

일상 속의 소소한 이야기

/ 똥손그림일기 원데이 클래스

인스타에서 '구려도 되는 그림모임' 공지를 보았다. '구려도 된다'는 발상이 마음에 들어 바로 신청했다. 신청비를 내고 작가님의 강의를 한 번 들은 뒤, 이후 일주일에 다섯 번씩 총 4주, 20일 동안 단톡방에 그림 인증을 올리는 방식이었다. 나는 평소에도 일상을 글과 그림으로 기록하던 사람이라, 그림만 간단히 더하면 그림일기 형식으로 이어갈 수 있을 것 같아 모임 시작 2주 전부터 혼자 그림일기 노트를 만들어 매일 그리기 시작했다.

강의를 들으면서 작가님과 나 사이에 가치관 차이가 있었고, 그 점을 작가님이 부담스러워하셔서 결국 신청비를 환불받고 모임에서 빠지게 되었다. 하지만 나는 멈추지 않고 혼자서 계속 그림일기를 그렸다. 매일 무언가를 하려면 걸리는 시간이 짧아야 가능하다고 생각해, 평소와는 다른 단순한 그림체를 택했다. 펜선이 두꺼우면 묘사가 간단해질 수밖에 없어서 다이소에서 네임펜을 사서 그림을 그렸고, 글은 늘 쓰던 시그노 0.5펜으로 함께 적었다.

처음에는 그림도 단순했고 일기의 분량도 짧았다. 지금은 80매짜리 세 권을 모두 채우고 네 번째 노트를 쓰고 있는데, 초반에 비하면 글이 훨씬 길어졌다. 그림일기라는 형식도 중요하지만, 누군가가 읽었을 때 말을 건네고 작은 생각거리를 전하고 싶어 하다 보니 자연스레 글의 분량이 늘어난 듯하다.

✿ 간단한 그림으로 일상기록 '일기'

1. 아주 아주 간단한 만화체로 그리기
2. 더 묘사하고 싶어도 참는다.
3. 일상중의 한 장면(인물, 물건, 공간)을
   담기만 하면 된다.
4. 그림은 네임펜, 짧은 글은
   시그노 0.5펜으로 쓴다.
5. 한 권 채울 때까지 매일 그린다.
6. 그림 하나당 5~10분에
   그릴 수 있게 한다.

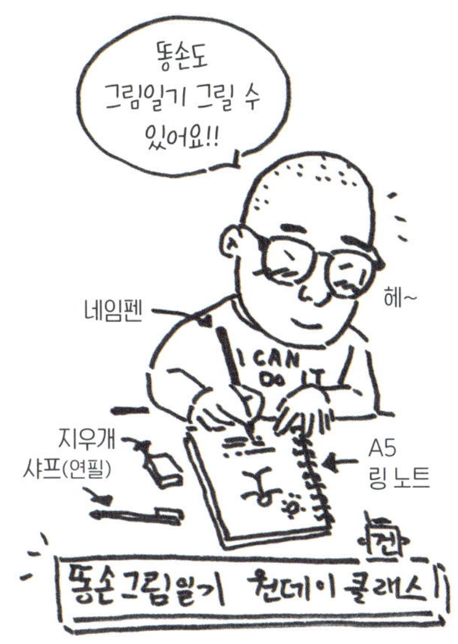

매일 그림일기를 어떻게 그리느냐고 묻는 분들도 있겠지만, 나는 어렵지 않았다. 그림일기를 쓰기로 마음먹고부터는 소재가 될 만한 것을 보면 바로 사진을 찍고, 메모장에 일기 제목과 내용을 짧게 적어두었다. 때로는 동영상을 찍어 내 모습을 캡처하기도 했다. 화물차를 운전하는 내 모습도, 회사에서 입는 작업복도 소재가 된다. 정말 쓸 게 없다면, 내 가방을 열어 그 안의 내용물을 꺼내 그리면 된다. 집에 있는 책상 위 풍경도, 회사 사무실 책상도, 사람과의 갈등도, 단골 카페와 맛집도 모두 훌륭한 글감이 된다. 그래서 100일 동안은 매일 어렵지 않게 그림일기를 그릴 수 있었다.

이 즐거움을 주변 사람들과 나누고 싶어 '똥손그림일기' 원데이 클래스를 열었다. 지금까지 총 여덟 번의 수업을 했고, 수업을 들은 분 중 함께 그림일기를 그리고 싶은 분들을 단톡방에 초대했다. 수강생 대부분은

1~2주에 한 번 정도 그림일기를 올려주신다. 중간에 나가신 분들도 있었지만 현재 아홉 분이 함께 그림일기를 올리고 있다. 그중 세 분은 그림일기 노트를 한 권 다 완성하시고 두 번째 노트로 넘어가셨다. 자신의 글과 그림으로 노트를 한 권 채우고 그걸 처음부터 다시 읽어보면 마치 책 한 권을 완성한 느낌이 드는데 그 성취감을 선물로 드릴 수 있어 참 기뻤다.

앞으로 똥손그림일기 수업을 더 열게 된다면, 2회차 또는 4회차 수업으로 나누어 해보고 싶다. 어떤 방식으로 접근해야 그림일기를 그리는 것이 가능한지 충분히 설명드리긴 하지만, 한 번의 수업만으로는 표현하고 싶은 내용을 그림으로 단순화하는 게 쉽지 않기 때문이다. 그리는 부분에서 막히면 그림일기 쓰는 일 자체에도 흥미를 잃기 쉽다. 수업이 두 번 이상으로 나뉜다면 두 번째 수업 전까지 그림일기를 그려와 그 내용을 낭독하고 이야기를 나누는 모임으로 발전시켜 보고 싶다. 그리고 수업의 나머지 시간은 자신이 표현하고 싶은 것을 묘사할 때 막히는 부분을 함께 시연해 설명해 주는 시간으로 구성하면 좋을 것 같다.

나는 그림일기를 미리 한두 개 정도 그려놓는 편이다. 일상에서 소재를 발견하는 눈이 생기면, 그림일기로 표현하고 싶은 내용이 차곡차곡 쌓이게 된다. 흘려보내는 소재도 있지만, 이건 놓치고 싶지 않다 싶은 것들은 미리 그려놓는다. 그림일기라고 해서 반드시 그날의 일만 다뤄야 할 필요는 없다고 생각한다. 쉽고 즐거운 방식이어야 지속할 수 있다.

1권부터 그림일기를 한 장 한 장 넘겨보면 그림 스타일이 다양하게 변화해왔다. 마카나 색연필로 채색을 한 적도 있고, 다른 일러스트 작가님의 그림체를 흉내 내보기도 하다가 지금은 형식에 구애받지 않고 그때그때 자유롭게 그리고 있다.

80매짜리 그림일기 세 권이면 240일, 지금은 네 번째 권을 쓰고 있으니 약 270일 정도의 그림일기가 쌓였다. 언젠가 그림일기로만 채워진 두 번째 책이 나올 수 있다면 참 좋겠다. 10권 정도 꾸준히 채우다 보면 그림일기 책을 내는 날도 오지 않을까 기대해 본다. 물론, 책이 나오지 않아도 상관없다. 나는 그림일기를 오래오래 계속 그리고 싶다. 그리고 똥손그림일기 수업을 통해, 이 즐거움을 더 많은 분과 나누고 싶다.

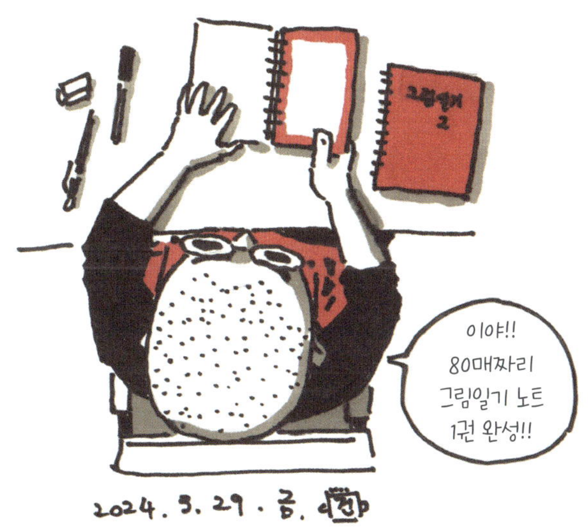

80매짜리 그림일기 노트를 다 채웠다. 시작하고 하루도 빠지지 않고 매일 그려서 올렸다. (물론 내용을 미리 그려놓은 것도 있지만) 그림일기를 그리는 것도 재미있다. 내일부터 새 노트에 또 시작이다. 많은 사람이 그림일기 그리는 재미를 알았으면 좋겠다. 이 재미난 걸 나 혼자만 하고 있으려니….

운동이 내 삶에 깃들다

/ 운동하는 50, 60대의 삶을 꿈꾸며

2022년 말, 내 몸무게는 87kg을 넘겼고 허리엔 튜브 살이 생겼다. 움직일 때마다 허리를 삐끗하는 일이 잦아지면서, '이러다 진짜 큰일 나겠다'라는 위기감이 들었다. 살을 빼기보단 더 찌지 않겠다는 목표로 운동을 시작했다.

처음에는 요가였다. 지인이 다니는 학원에 등록했고, 생각보다 힘든 동작과 숨 가쁜 호흡에 놀랐다. 하지만 당시엔 마스크 착용이 의무였고, 마스크를 쓰고 요가를 하는 건 꽤 고역이었다. 숨이 턱 막히는 느낌. 거리도 멀었다. 양산에서 부산까지. 넉 달 만에 그만뒀다.

수영도 시도해 봤다. 어렵게 오전반 등록에 성공했지만, 첫 수업 후 출근길 교통체증에 허덕이며 회사에 아슬아슬하게 도착했다. 이건 아니다 싶어 바로 취소하고 환불받았다. 탁구도 고민했지만, 결국 집 근처 체육센터로 정착했다. 헬스장과 목욕탕이 함께 있는 곳이었다. 규칙을 정했다. 일주일 세 번 이상, 한 번에 1시간 이상, 그중 유산소는 30분 이상. 빠르게 걷기 4분, 빠르게 뛰기 1분. 이걸 반복했다. 놀랍게도 운동을 시작한 지 한 달 만에 1kg이 빠졌다. 7개월 뒤엔 7kg이 빠졌다.

간호사 지인이 다니는 파워리프팅 체육관에도 가봤다. 체험 수업이었는데, 혼자만 하던 운동을 함께하니 전혀 다른 재미가 있었다. 코치님들도 좋았고 분위기도 잘 맞았다. 바로 6개월 등록을 했다. (한 달 단위보다 비용은 많이 들었지만, 결심을 담은 투자였다.)

6개월 동안 정말 재미있게 운동했다. 운동이 없는 주말에도 개인 운동을 할 수 있도록 비번을 알려주셔서 평일에 못 한 운동을 주말에 보충할 수 있었다. 그때부터는 일주일에 4~5일씩 꾸준히 운동하게 되었다.

회원 등록이 끝나갈 무렵, 나 혼자서도 운동 계획을 세우고 실천할 수 있겠다는 자신감이 생겼다. 그래서 더 저렴한 헬스장으로 옮기기로 했다. 무거운 무게를 드는 것보다, 내 몸의 근육 하나하나를 느끼며 만들어가는 게 더 재미있었기 때문이다. 그렇게 1년에 29만 원, 연중무휴 24시간 오픈되는 헬스장으로 옮겼다.

본격적인 책 작업에 들어가기 전까지는 일주일에 4~5일씩 운동을 계속했지만, 지금은 글을 쓰는 기간이라 일주일에 한 번 정도만 하고 있다. 그러니 좀이 쑤신다. 운동 자체가 이제는 즐거워졌다고 해야 할까. 헬스는 앞으로 몇 년 동안은 꾸준히 재미있게 할 수 있는 운동이다. 그 이후엔 주짓수나 암벽등반 같은 새로운 몸 쓰는 운동에도 도전해 보고 싶다. 몸을 움직이는 일에 흥미가 점점 커지고 있다.

나는 오랫동안 운동을 즐기기 위해 스스로에게 '생활체육인'이라는 정체성을 부여했다. 내가 운동을 좋아하게 될 줄은 정말 꿈에도 몰랐다. 나로서도 놀라운 변화다. 이제는 내 몸이 변해가는 게 보이고, 근육이 채워져 가는 느낌이 좋아졌다. 기구가 가득한 헬스장에 가면 마치 놀이터에 온 듯 설렌다. 오늘은 어떤 기구로, 어떤 근육을 만들며 놀아볼까. 그런 행복한 고민을 한다. 그리고 무엇보다 묵묵히 성실하게 운동하는 사람만이 아는 즐거움이 있다. 운동뿐 아니라 무언가를 배울 때도 마찬가지다. 겉으로 큰 변화가 없어도 그 시간을 성실히 지나면 얻게 되는 성취감과 성장의 기쁨이 있다. 나는 그걸 안다. 내가 운동을 필요로 하는 나이가 된 것도 사실이지만, 이제는 주변 중년들에게 운동의 즐거움을 널리 전하고 싶다.

얼마 전, 회사 점심으로 먹은 굴이 문제였는지 저녁에 갑자기 급체를 했다. 헬스장에서 운동하는데 속이 안 좋고 식은땀이 나고 컨디션이 너무 안 좋아 운동을 멈추고 집에 갔다. 집에 도착해서는 여덟 번이나 토하고 설사가 멈추질 않았다. 겨우 잠자리에 들 수 있었다. 몸의 수분이 다 빠져나간 탓인지 몸무게가 한 번에 4kg이나 빠졌고, 주말 내내 입맛도 없고 기운도 없었다. 시간이 지나면 금방 몸무게가 돌아올 줄 알았는데 3주가 넘도록 그대로다. 짝지는 혹시 어디 이상 있는 거 아니냐며 걱정했지만, 나는 컨디션이 괜찮다.

이왕 빠진 몸무게를 잘 유지해 보자는 마음으로, 예전처럼 즐겁게 운동을 계속하고 있다. 몸무게 최고치를 찍었던 2년 전보다 지금은 10kg이 빠진 상태다. 몸이 가벼워지니 무릎에 부담도 덜 하고, 일상도 훨씬 생기가 돌고 활력이 넘친다. 지금의 내 몸이 참 좋다.

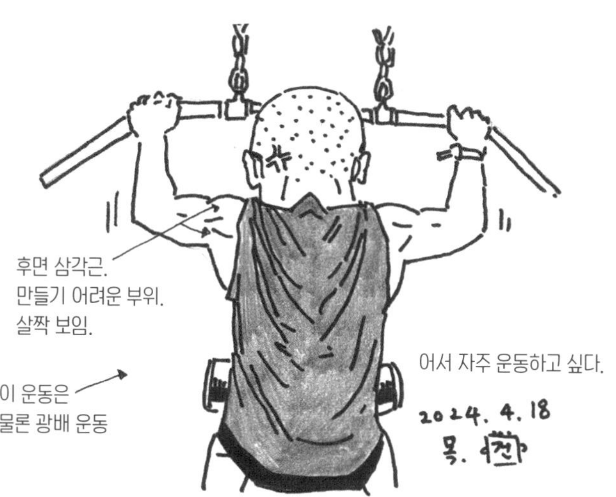

후면 삼각근.
만들기 어려운 부위.
살짝 보임.
이 운동은
물론 광배 운동
어서 자주 운동하고 싶다.
2024. 4. 18
목. 생챠

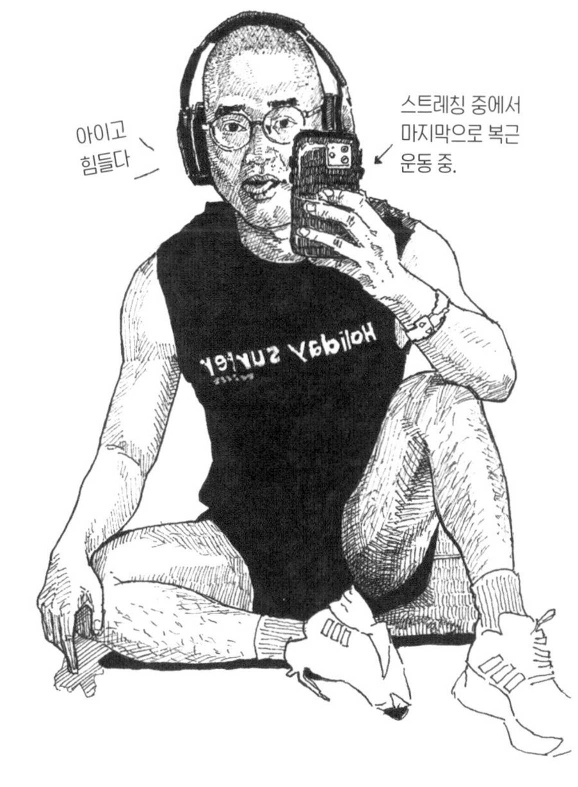

스트레칭 중에서
마지막으로 복근
운동 중.
아이고
힘들다
Holiday Survey

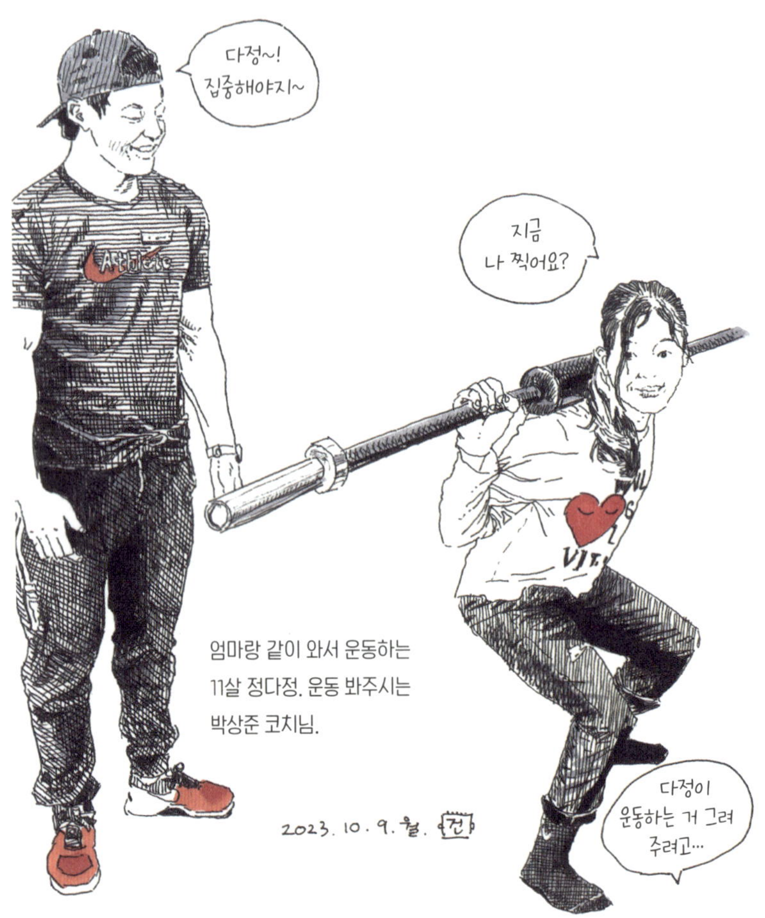

다정~!
집중해야지~
지금
나 찍어요?
엄마랑 같이 와서 운동하는
11살 정다정. 운동 봐주시는
박상준 코치님.
2023. 10. 9. 월.
다정이
운동하는 거 그려
주려고…

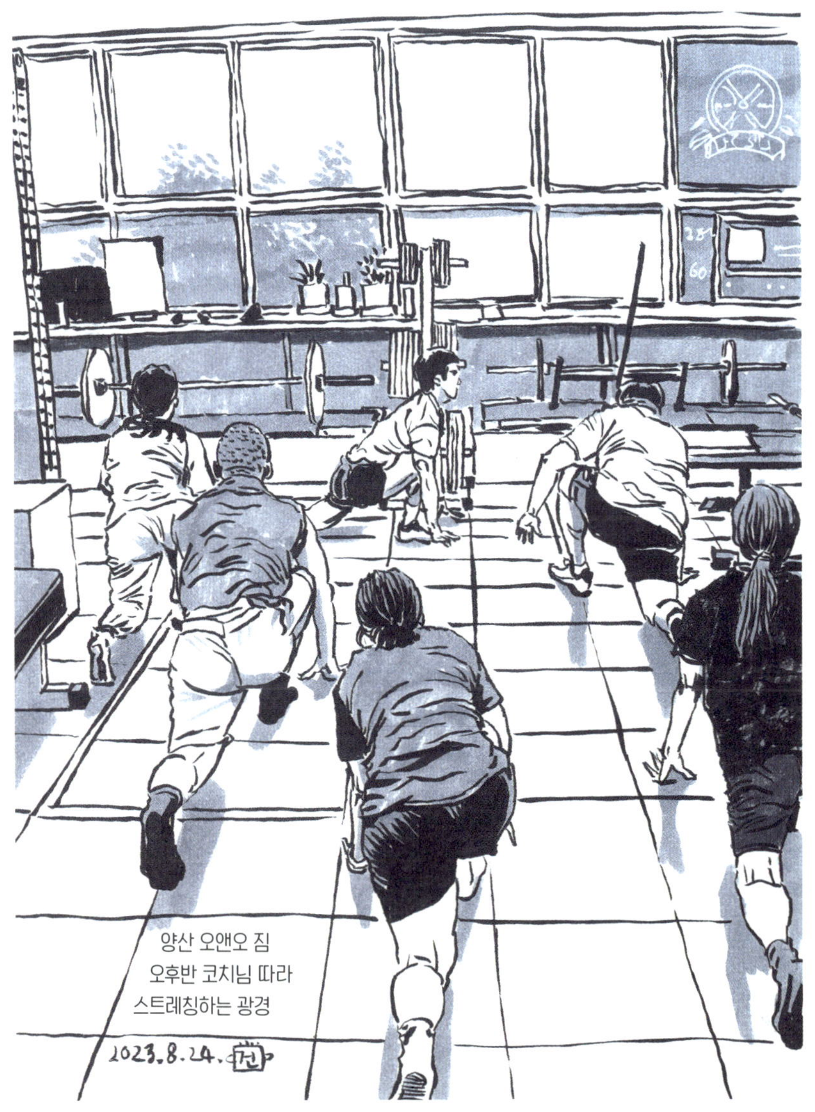

양산 오앤오 짐
오후반 코치님 따라
스트레칭하는 광경

2023.8.24.

관계가 제일 어렵다

/ 빌런 때문에 참 많은 걸 배웠다

어느 직장에서나 잘 맞지 않는 동료나 상사는 있기 마련이다. 일을 처음 시작했던 20대, 30대 초반에는 그런 사람들과 부딪치며 버럭 화를 내기도 하고, 홧김에 회사를 그만두기도 했다. 하지만 몇 번의 이직을 거치며, 결국 '어디에나 빌런은 있다'라는 만고불변의 진리를 깨닫게 되었다. 그제야 조금 달라진 마음가짐으로 이렇게 생각하게 됐다. '내가 저 사람 때문에 회사를 나가야 하나? 아니지. 나갈 거면 그 사람이 나가야지, 왜 내가 나가?'

타인을 '빌런'이라 부르는 일은 조심스럽다. 누구에게나 나름의 사정이 있고, 그런 성격이 된 데에는 각자의 배경이 있을 테니까. 게다가 내가 여전히 그 회사에 다니고 있는 상황에서 그 안에서 겪은 일을 글로 옮기는 건 결코 쉽지 않다. 그럼에도 불구하고 이 책에는 H에 대한 기록을 꼭 남겨두고 싶다. 비난이 아니라, H라는 인물이 드러낸 성격과 캐릭터에 집중해 읽어 주시길 바란다. 다행히 이제는 H가 회사를 떠났기에 좀 더 솔직하게 적을 수 있을 것 같고, 다른 동료들에 대해서는 간단히만 언급하려 한다.

내가 회사에 입사했을 때, H가 처음부터 빌런은 아니었다. 나보다 1년 먼저 입사했고 이미 대리를 달고 있었으며(나는 아직 5년 차 주임이다.), 일도 잘하는 편이었다. 키는 나보다 약간 크고 몸무게는 대략 10kg 정도 더 나갔지만, 무엇보다 그는 나보다 15살이나 어렸다. 그래도 이 회사에

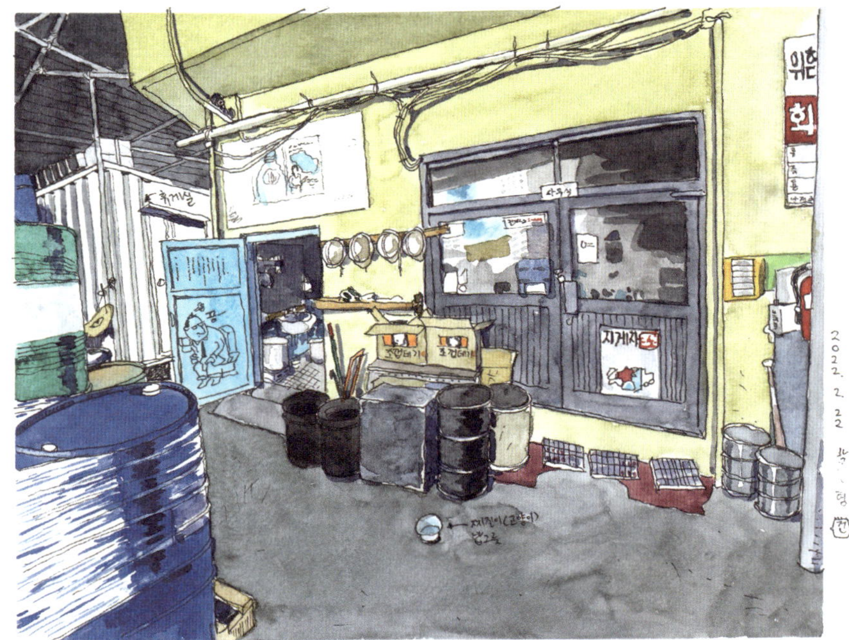

우리 회사 (JI홀딩스) 사무실

서는 선배였고 나는 화물차를 몰아본 적도 없는 완전 초짜였기에 존중의 의미로 2년 넘게 "H 대리님!" 하며 존댓말을 써왔다.

그러던 어느 날, 사무실이 현장과 분리되었다. 회사가 작고 사무실도 좁고 깔끔하지 않아서 거래처 방문 시 접대하기 어려운 점이 늘 고민이었다. 결국 사무실은 현장에서 차로 5분 거리의 오피스텔로 이전되었다.

H가 달라지기 시작한 건 바로 그때부터였다. 당시 '소장님'이었던 고문님이 건강 문제로 퇴사하면서 현장의 최고 책임자가 빠지고, 사무실에도 사람이 없어졌다. 그 공백을 메우듯 현장 부장님이 소장으로 올라섰고, 그때부터 2년 넘게 H의 빌런스러운 만행이 시작되었다.

H는 전형적인 약강강약형 인간이었다. 함께 일하던 R에게는 얼마나 싹싹하게 아부를 하던지, 그때부터 R도 H의 편을 들기 시작했다. 그 무렵 새로 들어온 B 형님도 대세를 감지했는지 R과 H에게 붙었고, 그렇게 '쓰리 빌런' 시대가 열렸다.

H는 자신보다 높은 사람에게는 아부하고, 낮다고 생각되는 사람에게는 막말을 하고 감정을 여과 없이 드러내며 예의 없이 굴었다. 나는 H보다 15살이 많았고 A형님은 거의 아버지뻘로 25살이나 많았지만, H는 자신이 먼저 입사한 선배라는 이유로 함부로 대하는 일이 많았다. 그러다보니 어느 순간 '내가 왜 이런 사람에게 말을 높여야 하지?'라는 생각이 들었다. 그때부터 반말을 쓰기 시작했다.

H는 자신이 실수하거나 잘못한 일에 대해 단 한 번도 인정하거나 수긍한 적이 없었다. 항상 남자답고 센 척은 했지만, 실제로 강하다고 느껴본 적은 없었다. 만약 자기 잘못을 돌아보고 더 낮은 위치에 있는 사람들의 말도 들을 줄 아는 사람이었다면, 나는 그를 중간 관리자답게 인정하고 도와주며 챙겨줬을 것이다. 나는 나를 함부로 대하는 사람을 결코 존중하지 않는다. 말에는 말로, 태도에는 태도로 답할 뿐이다.

어느 날, R을 제외한 회식 자리에서 내가 조용히 핸드폰을 보고 있었는데, H는 그게 못마땅했는지 갑자기 테이블을 쾅 치며 자리에서 일어나 욕설을 퍼부었다. 그 순간 나는 속으로 생각했다. '넌 이미 진 거야.'

무모한 20대도 아니고, 가장이 된 나이에 감정을 주체하지 못하는 사람은 두렵지 않다. 만약 그가 손을 댔다면 나는 그대로 맞고 경찰에 신고할 생각이었다. 다행히 A가 H를 데리고 나가 진정시켰고, 나는 조용히 그 상황을 지켜보며 속으로 쾌재를 불렀다.

　한 번은 팔레트에 14리터 캔을 3단으로 쌓고 랩핑한 뒤 차에 싣고, 줄바를 치는 작업을 하고 있었다. 그때 H가 줄을 치다 캔 하나를 우그러뜨렸다. 그는 늘 힘으로 밀어붙이는 방식이라, 이런 식의 실수가 잦았다. 누가 그 차를 타고 납품을 갈지 몰라 일단 말없이 지켜봤지만, 결국 R이 나에게 납품을 지시했고, 이건 꼭 짚고 넘어가야겠다는 생각이 들었다.

　현장에 도착해 거래처 사장님께 상황을 설명하고 양해를 구해야 했다. "혹시 새 제품으로 교환해 드릴까요?"라며 정중히 사과드리자, 사장님은 잠시 고민하시더니 "회사에서 쓸 거니까 괜찮아요."라고 말씀해 주셨다. 다행이었다.

　납품을 마친 뒤 H에게 이야기했다. "네 실수로 제품이 손상됐는데 그걸 내가 가서 해명하고 사과까지 해야 한다는 게 말이 되느냐."라고. 그런데 돌아온 대답은 "그게 뭐요? 뭐가 문젠데요?"였다. 너무 어이가 없었다. 그는 분명히 잘못한 상황에서도 책임을 회피하며 언제나 자신을 합리화했다. 더는 대화가 통하지 않겠다는 생각이 들어, 결국 현장 관리자 R에게 직접 이야기하기로 했다.

　그런데 R의 반응도 실망스러웠다. 객관적으로 봐도 H의 잘못이 분명한데도 그는 "각자의 처지가 다를 수 있는데, 박 주임은 왜 늘 문제를 만드는지 모르겠다."라며 중립이라는 이름으로 회피하는 말을 했다. 아무리 H의 아부에 익숙해졌다고 해도, 고문님이 계시던 시절 사무실과 현장이 함께 있었을 때는 이런 태도를 보이지 않았기에 당혹스러웠다. 갈등이나 충돌을 극도로 꺼리는 R의 성격이 결국 이런 대응으로 이어진 듯했다.

　그때부터는 R에게 말해봐야 소용없겠구나 싶어 마음의 문을 닫았다. 그리고 H, R, B에 대한 불만을 메모장에 하나씩 적기 시작했다. 언젠가

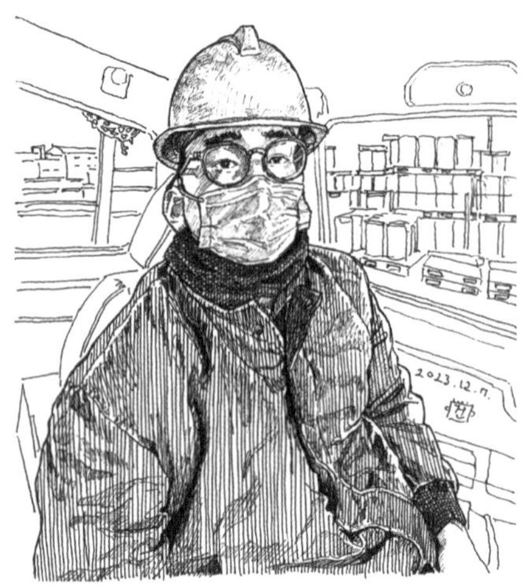

독감에 심하게 걸린 초반기의 나. 몸이 아프니 마음이 힘들어지고, 무기력해지고 의기소침해졌다.

는 이 모든 걸 꺼내 이야기하겠다는 마음으로. 사실 R에 대한 불만도 적지 않지만, 여기서 그 내용을 밝힐 생각은 없다. 다만 H가 퇴사한 이후로는 상황이 확실히 나아진 건 분명하다.

H는 기분이 좋을 땐 귀여운 척, 착한 척, 좋은 사람인 척을 한다. 하지만 기분이 나쁠 때는 말 한마디 없이 쎄한 분위기를 온몸으로 풍긴다. 공드럼을 차에서 내릴 때도 '꽝! 꽝!' 일부러 소리를 내며, 자신이 불쾌하다는 걸 대놓고 드러낸다. 일할 때도 H는 자기만의 방식이 있었고, 나 역시 내가 생각한 방법이 있었다. 서로 방식이 다를 수는 있다. 그럴 땐 말로 설명하고 '이렇게 한번 해보자'고 하면 그만이다. 나야 어렵지 않으니 그의 방식대로 해도 상관없다. 하지만 H는 기분이 좋지 않거나, 내 방식이 자기 생각과 다르다는 이유로 갑자기 뚱한 표정을 짓고 "형님, 지금 뭐하는데요?"라고 말한다. 내가 그 친구 머릿속에 들어가 있는 것도 아닌데 무슨 수로 그의 생각을 알 수 있단 말인가. 더구나 내가 왜 그의 기분을 눈치 보며 일해야 하는가?

H는 우리보다 1년 먼저 입사해 총도 쏘고(회사 탱크에서 드럼이나 14리터 캔에 ㄱ자 밸브로 유해화학물질을 담는 일), 지게차도 먼저 배웠다. 그저 우리보다 자주, 많이 해봤다는 차이일 뿐인데도 그는 마치 대단한 기술

224

이라도 되는 양, 자기가 뭘 아주 잘하는 사람인 것처럼 행동했다. 그런 모습을 보고 있자면 자주 짜증이 났다.

나에게 무언가를 알려줄 때도 '내가 이 귀한 걸 알려준다'는 식으로 생색을 내니 어이가 없었고, 지게차를 탈 때도 빠르고 거칠게 몰아 주변을 위협하는 일이 잦았다. 무리하게 다루다 드럼을 찌그러뜨리거나 떨어뜨리는 실수도 자주 있었는데, 본인은 속도가 능력이라도 되는 줄 아는 듯했다.

지금의 나는 그때의 H보다 훨씬 더 안전하고 부드럽게, 그러면서도 신속하게 지게차를 다룰 수 있다. 내가 특별히 능력이 뛰어나서가 아니다. 단지 많이 타보고 여러 상황을 겪다 보니 자연스럽게 경험이 쌓였고, 그만큼 노련해졌을 뿐이다. 회사에서 총을 쏘는 일도 마찬가지다. 지금은 나도 자주 그 일을 맡지만, 결국 반복의 문제였지 특별한 재능이 필요한 일은 아니었다는 걸 이제는 잘 안다.

그 당시 나는 H와 여러 번 충돌했고, 관리자 R에게도 반복적으로 문제를 제기했으며 일을 제대로 하지 않으려는 B에게도 여러 번 지적했다. 다른 사람들은 조용히 참고 지내는데 나만 유별난 사람 취급을 받는 듯해 억울하고 화가 났다. 하지만 나도 참을 만큼은 참는다. 다만 그때그때 말했던 건 회사를 더 나은 방향으로 만들고자 하는 진심이었다.

그 시기 유일하게 마음이 잘 통했던 A형님과 상의한 끝에 사장님께 면담을 요청했고, 결국 H와 B를 제외한 네 명(사장님, R, A형님, 나)이 조용히 만났다. 이야기를 꺼낼 때마다 R은 "그게 아니고요…" 하며 끼어들었지만, "박 주임 이야기를 일단 다 들어봅시다."라고 해주신 사장님의 그 한마디가 얼마나 감사했는지 모른다.

면담에서는 내가 가진 불만 중 1/3 정도밖에 꺼내지 못했다. 사장님이 A형님을 더 신뢰하는 듯한 분위기였고, 그래서 나는 일부러 말을 아꼈다. 그래도 면담은 2시간 가까이 이어졌고, 그 자체로도 큰 의미가 있었다. 집에 돌아와 사장님께 '이야기를 잘 들어주셔서 감사하다'는 문자를 드렸더니 사장님은 이렇게 답하셨다.

"박조 주임은 우리 회사에서 중요한 분입니다."

그 문장을 보는 순간, 지난 2년간의 힘들었던 기억들이 주마등처럼 스쳐 지나갔고, 짝지 품에 안겨 한참을 울었다. 누군가가 내 서러움을 진심으로 알아주었다는 사실 하나만으로도, 그날은 참으로 따뜻하고 감사한 날이었다.

나중에 들은 이야기로는 B와 H, R 그리고 사장님이 따로 면담을 했다고 한다. 그래서였을까, 세 사람 모두 약 4개월간은 조금 조심스러워졌고, 이전에는 보기 어려웠던 '열심히 일하는' 모습도 간간이 보였다. 잠시나마 기대를 품을 수 있는 시간이었다.

하지만 역시 사람은 쉽게 바뀌지 않는다. 4개월이 지나자 다시 예전 버릇들이 고개를 들기 시작했고 H와의 충돌도 재개되었다. 나는 더 이상 감정 소모를 하고 싶지 않았다. 업무적인 대화 외에는 말을 섞지 않았다. 해 볼 수 있는 건 다 해봤고, 더는 방법이 없다고 느꼈기 때문이다.

그러던 어느 날, H가 갑자기 회사를 그만두겠다고 말했다. 그 말을 들은 순간, 마치 베토벤 교향곡 9번 '환희의 송가'가 머릿속에 울려 퍼지는 듯했다. 너무 기쁘고, 또 너무 홀가분했다.

아이를 키우기엔 월급이 부족했는지 투잡을 병행하던 H는 결국 사장님께 월급 인상을 요청했다고 한다. 하지만 사장님은 그를 꼭 붙잡고 싶어 하시진 않았던 듯했고, 요구는 받아들여지지 않았다. 그렇게 H는 회사를 떠났다.

이후 그는 대출을 받아 화물트럭을 구입하고, 지입 화물차 기사로 개인사업을 시작했다. 새벽부터 장거리 납품을 다닌다고는 들었지만, 솔직히 말해 그의 근황에 대해 더 알고 싶지도, 관심도 없다.

H가 나간 이후로는 R과 B와의 관계도 꽤 좋아졌다. 물론 여전히 간간히 갈등이 생기긴 하지만, 사람 성격이란 게 쉽게 변하는 건 아니니까 그 정도는 감안할 수 있다. H가 있던 그 시절과 비교하면 지금의 분위기는 훨씬 양호한 편이다.

그런데 아이러니하게도, 정작 H라는 큰 빌런이 사라지고 나자 그동안 내 편처럼 느껴졌던 A와의 관계에서 자잘한 불편함들이 하나둘씩 크게 다가오기 시작했다. 그렇게 짜증이 차곡차곡 쌓이던 어느 날, 전화 통화 중 결국 서로 목소리를 높이며 그동안 쌓인 불만을 한꺼번에 쏟아냈다. 사실 생각도 다르고 성격도 다른 우리는 근본적으로 충돌을 피하기 어려운 조합이다. 그래서 결국 서로에게 남은 건 '조심스러운 거리감'이었다. 하지만 그 거리감만으로도 갈등이 훨씬 줄어든다는 걸 이번 일을 통해 실감할 수 있었다. 며칠 전에도 크게 다퉜는데, 아마 다시 그 거리 조절이 필요한 시점이 온 것 같다.

나는 말을 부드럽게 하는 사람에게는 누구보다 다정하고 유쾌하게 대할 수 있는 사람이다. 하지만 함부로 대하는 사람에게는 그만큼을 돌려주는 편이다. 이건 단순한 미러링이 아니라 자신의 말투나 행동이 누군가에게 어떤 식으로 전달되는지를 스스로 돌아보게 만드는, 가장 직접적이고 효과적인 방식이라고 믿는다.

그래서일까. "동료끼리는 말을 좀 더 부드럽게, 무뚝뚝하게 틱틱거리지 말자."라는 내 말이 왜 그렇게 부당하고 받아들이기 힘든 말처럼 들리는지 여전히 답답하다. 이미 예전에도 몇 번이나 조심스럽게 이야기했던 부분인데도 말이다.

H가 퇴사한 이후로 회사 생활에 큰 만족을 느낀다. R이나 A와의 자잘한 갈등도 H와 함께했던 시절을 떠올리면 그저 귀여운 해프닝처럼 느껴질 정도다. H는 어디에나 한 명쯤은 있는 '이상한 사람'이었다. 유난스럽지는 않았지만 내게는 분명한 빌런이었고, 그로 인해 겪은 갈등과 고통은 내 성장의 자양분이 되었다. 여전히 좋아하는 부류의 사람은 아니지만 이제는 회사 밖 사람이 되었으니 각자 길을 잘 가면 되는 일이다.

앞으로도 나는 지금 이 회사를 오래오래 즐겁게 다니고 싶다. 언젠가 나도 골든 바를 받는 날까지. H야, 너 때문에 많이 배웠다. 그 점은 고맙다. 너도 잘 살아라.

/ 초심으로 돌아가기

　우리는 만난 지 15년 차, 함께 산 지 10년 차, 혼인신고한 지 7년 차 부부다. 우리는 거의 다툼이 없다. 연애 초반부터 서로 존댓말을 쓰는 문화 덕분에 혹여 갈등이 생겨도 심한 말을 하지 않았고, 자연스레 서로를 존중하게 되었다. 가끔 충돌이 있어도 나는 잘못한 부분을 빨리 알아차리고 정확히 사과하는 편이라, 짝지의 화도 금세 누그러지곤 했다.

　그런데 회사 빌런들의 만행으로 내 스트레스가 극한에 달해 있던 시점에 작은 갈등이 생겼다. 명절 연휴라 장모님이 계신 제주도에 가기 위해 비행기를 탔고, 짝지는 며칠 전 전라도 녹동항에서 차를 배에 실어 먼저 제주도로 넘어가 있었다. 제주공항에서 짝지가 운전하는 차를 얻어 타고 장모님 집으로 가던 길, 늦은 저녁을 먹기 위해 버거킹에 들렀다. 그 옆에 있는 다이소에서 필요한 물건을 사고 버거킹에 들어가 주문을 마쳤다. 식사를 마치고 쟁반을 들고 일어서려는 순간, 나는 내 뒤에 다이소에서 산 스프링 달린 쓰레기통이 있는 줄 모르고 부딪혔고, 바닥에 떨어진 쓰레기통의 스프링이 부서졌다.

　그 순간 짝지가 인상을 썼고, 나는 그 표정을 보는 순간 억울해서 목소리가 약간 높아졌다. 나는 짝지에게 늘 다정한 사람이었기에 최근 들어 연달아 화를 내는 내 모습이 스스로도 낯설었고, 짝지 역시 당황스러웠던 모양이다.

차를 타고 돌아오는 길, 우리는 아무 말 없이 침묵했다. 어떻게 말을 꺼내야 할지 몰라 말끝을 고르고 또 골랐다. 나도 짝지가 왜 그렇게 느꼈는지 진지하게 생각해 봤다. 그리고 문득, 회사에서의 스트레스로 민감해진 내 감정 상태가 보였다. 감정이 쌓이고 억울함이 겹쳐져 조그만 일에도 쉽게 분노로 튀어오르는 내 상태.

그 순간, 나에게 필요한 건 '스위치 전환'이라는 걸 깨달았다. 날카롭고 예민해진 회사 모드에서 짝지와 있을 땐 다정하고 여유 있는 '짝지 모드'로 전환하는 것. 그 사실을 자각하니 나도 웃을 수 있었고 짝지도 웃을 수 있었다. 늘 다정한 사람이 갑자기 날카롭게 대하니 짝지가 내가 변했다고 느끼는 것도 당연했다.

요 몇 달간의 충돌을 통해 우리 관계에 대해 많이 생각하고 배웠다. 아무리 오래 만나고 오래 함께 살아도 서로에 대해 안다고 단정할 수는 없다. 매번 대화하고 소통하면서 섭섭함이 쌓이지 않도록 조심해야 한다는 걸 새삼 깨달았다. 15년이 지났지만, 처음의 그 마음으로 돌아가 상대를 존중하자는 다짐을 다시 되새겼다. 참고로 사자마자 스프링이 망가진 그 쓰레기통은, 혹시 언젠가 쓸 일이 있을까 싶어 지금도 고스란히 우리집에 모셔져 있다.

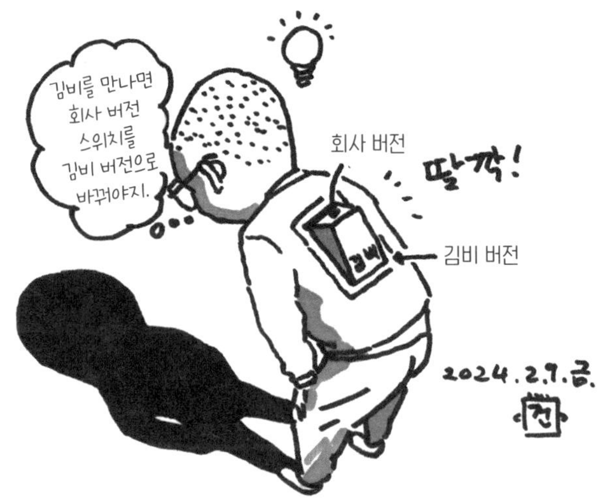

제주도 다이소에서 물건을 사 와 버거킹 의자에 올려 두었다. 먹은 그릇을
치우다가 5,000원짜리 쓰레기통 뚜껑이 의자에서 떨어져 부서져 버렸다.
짝지랑 나랑 잠깐 감정 다툼이 있었는데… 차에 타고 왜 그랬을까 한참
생각해 보니 회사 버전 스위치를 끄지 않고 짝지를 만난 것이었다. 짝지랑
있을 때는 다정한 사람인데, 워낙 회사에서 빌런들에 맞서 날을 세우고
강하게 있다 보니, 짝지하고 있을 때 회사 버전의 강한 나가 튀어나와
짝지가 깜짝 놀란 것이었다.
어제의 일로 또 하나를 배우게 된다. 스위치 온·오프를 잘해야겠다.
내게 귀한 사람에게는 다정하게 대해야 한다.

타이어 펑크

/ 꺼진 불도 다시 보자

아침에 2.5톤 화물차를 몰고 출발하려는데 타이어 한쪽이 유난히 가라앉아 보였다. 불안한 마음으로 트럭에 실어두었던 드럼들을 다시 모두 내리고 근처 타이어 수리점으로 향했다. 타이어를 빼낸 뒤, 바람이 빠진 지점을 확인하기 위해 붓에 비눗물을 묻혀 바르자 공기 방울이 올라왔다. 바람 난 곳 확인. 타이어는 분리 기계로 옮겨졌고, 몸체에서 분리된 타이어는 구멍 난 부위에 접착제를 바른 뒤 동그란 고무 조각을 붙이는 방식으로 수리되었다. 수리 과정을 거꾸로 되짚듯 타이어를 다시 조립하고, 트럭에 장착했다. 회사로 돌아와 다시 드럼을 실었다. 오늘은 장거리를 가야 하는 날인데, 아침부터 타이어 수리에 시간을 쏟고 나니 출발이 한참 늦어졌다. 서둘러 차를 몰아 출발했다.

동료 진석이 형님은 장거리 납품을 하러 가다가 고속도로에서 타이어가 터진 적이 있다. 운전하다가 '펑' 하는 소리에 깜짝 놀랐지만, 25년 화물차 경력이 있어서 당황하지 않고 핸들을 꽉 잡고 갓길에 차를 세웠다. 빈 차였으면 도로공사에 연락해 도움을 받았겠지만, 차에는 무거운 짐이 실린 상태라 사설 견인차를 불러 조치했다. 만약에 내가 고속도로에서 운전 중에 그런 일이 있었으면 얼마나 당황했을까. 나는 적절한 조치를 할 수 있었을까? 위험한 사고가 나지 않았을까? 장담할 수 없다. 물론 타이어가 터지는 일은 흔치 않은 일이지만, 고속도로를 운전하다 보면 터진 화물차 타이어 피스를 한 번씩 보게 된다. 이제는 차에 짐을 실을 때마다 타이어가 너무 많이 가라앉지 않았는지 습관적으로 확인하게 된다. 화물차 운전은 나의 실수와 상관없이 사고가 발생할 수도 있고, 이런 습관이라도 있으면 그래도 조금이라도 사고가 날 가능성을 줄이게 된다. 화물 운전은 지금까지 무사고였다고 자신만만해할 게 아니라 늘 조금은 긴장하고, 조심하고 집중하는 게 중요하다.

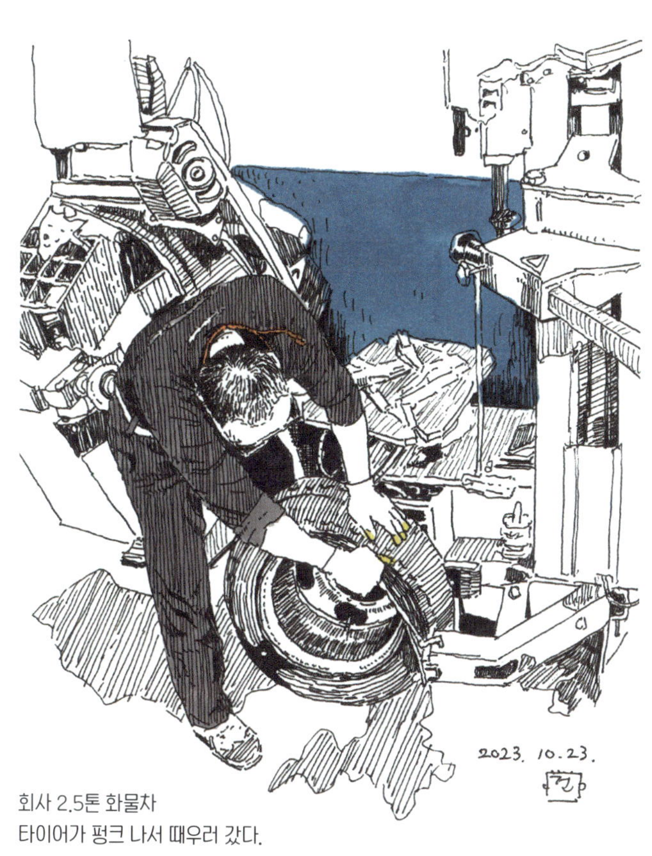

회사 2.5톤 화물차
타이어가 펑크 나서 때우러 갔다.

독서

나는 어릴 때부터 책을 즐겨 읽는 사람이 아니었다. 그런데 나이 서른 즈음, 광주로 여행을 갔다가 우연히 5·18 묘역에 들른 일이 있었다. 그곳에서 나는 큰 충격을 받았다. 멀지 않은 과거, 바로 이 나라에서 군에 의해 민간인이 학살당한 사건이 있었다는 사실. 그런데 왜 나는 이 사실을 학교에서 배우지 못했을까? 왜 역사 시간에 이토록 중요한 사건을 비중 있게 다뤄주지 않았을까? 그때부터 내가 배워온 것들에 의문을 품게 되었고, 그 의문은 곧 책을 읽는 계기가 되었다. 근현대사와 관련된 책들을

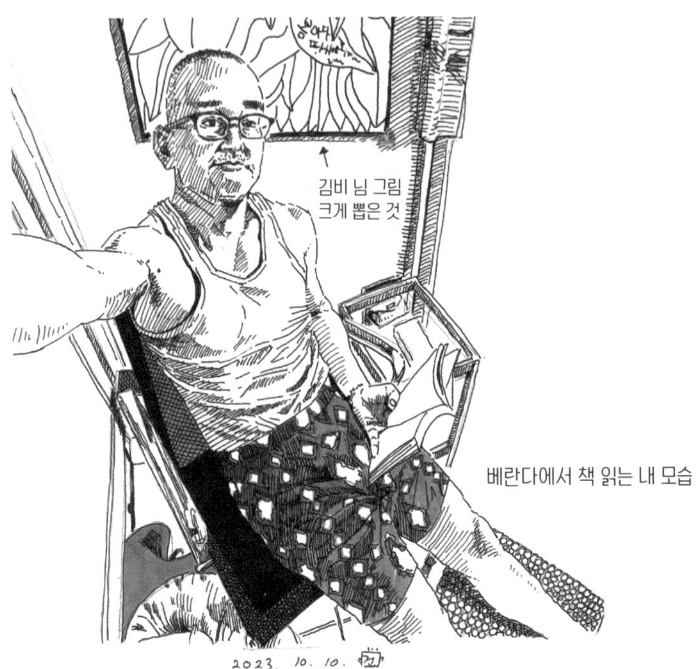

차례차례 읽어 나가기 시작했다. 그러면서 우리가 살아가는 지금과 근현대사의 역사는 결코 분리된 것이 아니라는 사실을 깨달았다. 제주 4.3, 여순사건, 한국전쟁에서 있었던 민간인 학살을 알게 되었다.

두 번째로 책을 읽게 된 계기는 나의 우울증 때문이었다. 수십 번 우울증의 나락으로 떨어질 때마다 늘 죽고 싶었다. 다행히 나는 겁이 많았고, 죽고 싶어 올라갔던 옥상에서 문득 이런 형편없는 나라도 살고 싶어 하는 욕망이 내 안에 있다는 걸 알게 되었다. 살 방법을 찾아야 했다. 주변에 조언해 줄 좋은 어른도 없었고, 롤모델이 필요했다. 우울증을 '극복'한 스토리가 필요한 건 아니었다. (나는 우울증에 관해 이야기할 때 '극복'이라는 단어는 가능하면 쓰지 않으려고 한다. 우울증은 단기간에 극복할 수 있는 것이 아니라, 오랜 시간에 걸쳐 형성된 생활 습관이자 사고 습관이고, 그것으로부터 조금씩 벗어나 새로운 방식의 생활을 만들어가는 지난한 과정이기 때문이다. 우울증은 잘 관리하며 살아야 할 병이다.) 내게는 그저 자신만의 방식으로 삶을 살아가고 있는 사람들의 이야기가 필요했다. 그렇게 생전 책 한 권 제대로 읽지 않던 내가 도서관으로 향했다. 도서관에서 처음 책을 고르던 그 시간을 지금도 기억한다. 무슨 책을 읽어야 할지 몰라 한참을 헤맸다. 서가 앞에서 한 시간쯤 서성이다가 겨우 에세이 코너에서 몇 권을 골라 빌려 나왔다. 관심 가는 책만 골라 읽고 책을 반납했다. 책을 읽다 보면 책이 다른 책으로 인도하게 마련이다. 내용이 좋으면 그 작가가 쓴 다른 책을 찾아보게 되고, 그 출판사의 출판 지향점이 맘에 들면 같은 출판사의 책들을 찾아 읽게 된다.

나는 책의 물성 자체를 좋아하는 사람은 아니다. 책 속에 담긴, 각각의 삶을 살아가는 사람들의 이야기가 흥미로울 뿐이다. 우울증 자조모임을 오래 지속해 볼 요량으로, 우울증과 관련된 다양한 책들을 중고로 대거 구매했다. (출판사에서 일하는 사람들에게는 조금 미안한 이야기이지만, 나는 월급이 많지 않은 편이라 출간된 지 6개월 이상 지난 책이 온라인 중고 서점에 올라온다는 사실을 안 이후부터는 대부분 중고책을 사는 편이다.) 페미니즘은 내가 17년 넘게 공부해 온 사상이고, 앞으로도 평생 공부해야 할 철학이라고 생각한다. 그래서 소수자 이슈와 관련된 책들도 분야를 가리지 않고 찾아 읽는다.

독서는 내게 살아갈 힘을 주는 공부라고 해야 할까. 삶을 살다 보면 마주치는 수많은 시련과 관계들, 그것들을 어떻게 받아들이고 이해할지에 대한 공부. 또 주변에 있는 누군가가 아픔을 겪고 있다면, 나는 그 곁에서 무엇을 할 수 있고 또 무엇을 하지 말아야 하는지를 알아가는 공부. 사람은 사회적 동물이고, 결국 관계 안에서 살아야 한다. 내가 모든 걸 잘해야 할 필요는 없고, 내가 부족한 부분은 타인에게 도움을 받을 수 있으며, 그렇게 받은 도움은 또 다른 누군가에게 마음을 쓰는 방식으로 이어지면 된다.

그런 공부가 나는 참 좋다. 재미있다. 오락적인 재미가 아니라, 인생을 더 깊이 이해하게 해주는 공부. 사람과 관계를 피하지 않고 깊이 직면하게 해주는 공부. 그런 공부가 재미있을 뿐이지, 나는 책 자체를 좋아하는 사람은 아니다.

경주 어반스케치 페스타

/ 다양한 방식으로 그림을 그리고 싶다

어반스케치는 현장에서 풍경을 직접 드로잉하는 방식이고, 나는 인물 중심의 일상 드로잉을 주로 하는 작가다. 일상 중에 찍은 사진이나 SNS에서 캡처해 둔 이미지를 아이패드에 띄워 천천히 그린다. 도시마다 어반스케치 모임이 있을 정도로, 드로잉 세계에서는 어반스케치가 하나의 트렌드다.

우울증이 심해져서 살기 위해 새로운 직장을 구했고, 그 회사에 적응하는 2년 동안은 그림을 전혀 그리지 않았다. 그러다 우연히 인물 그림을 하나 그리게 되었는데, '아, 맞다. 나, 그림 그리던 사람이었지!'라는 생각이 들었고, 그 계기로 다시 그림을 그리기 시작했다.

그 무렵, 양산과 가까운 경주에서 매년 열리는 어반스케치 페스타에 처음으로 참석할 기회가 생겼다. 나는 어반스케쳐스가 아니라 참여하면 안 될 것 같았고 관심도 없었다. 그런데 양산에서 함께 그림을 그리는 동료 작가님이 같이 가보자고 권해주셨다. 마침 우리 부부가 경주에서 책으로 북토크를 한 적이 있었고 그 덕분에 경주 어반스케치 회장님을 알고 있었는데, 꼭 어반스케쳐스만 참여하는 드로잉 축제가 아니라며 따뜻하게 환영해 주셨다. 나는 풍경을 그리기보다는 부스에서 책을 팔고 사람들에게 내 작업물을 보여주고 싶어 참석했다. 축제 이틀 내내 구석 부스에 앉아 인물 그림만 그렸다.

어반스케치 페스타에서 만난 다양한 스타일의 작가들과 그들의 그림

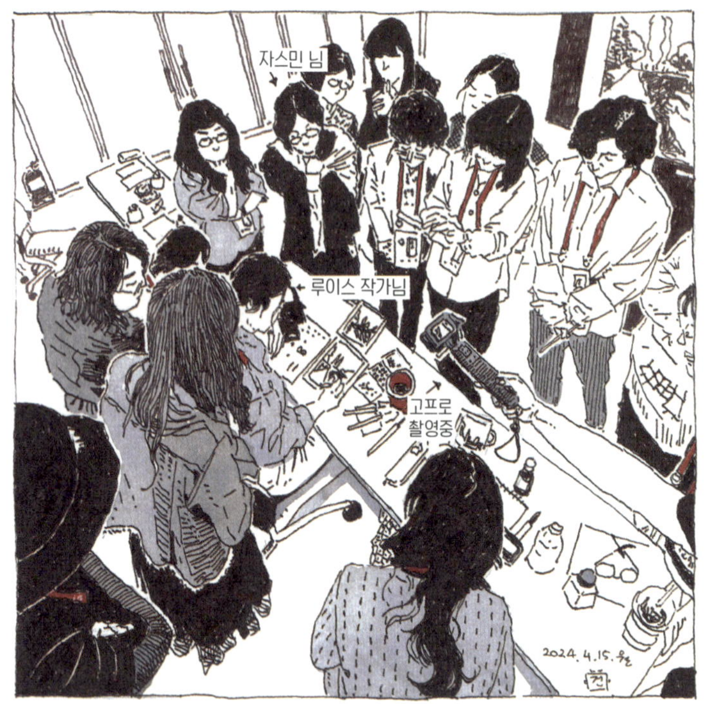

경주 어반팀에서 루이스 작가님을 초빙해 수채화 수업을 들었다.
정말 많은 것을 배운 시간이었다.(장소: 경주 황촌마을활력소)

은 내게 큰 자극이 되었다. 인물도 잘 그리고, 어반스케치도 잘하는 작가
가 되어 어반스케치 수요층까지 내 팬층으로 만들어야겠다는 생각도 잠
시 품었다. 하지만 그로부터 1년이 지나고 나서 깨달은 건, 나는 어반스
케치 스타일을 그다지 좋아하는 작가는 아니라는 점이었다.

나는 풍경 그리는 것에 큰 흥미가 없었다. 현장에서 직접 그려본 경험
도 적고, 어반스케치 특유의 스타일에 손이 잘 익지도 않았다. 반면에 인
물 그림을 그릴 때는 자주 행복하다. 인물 그림을 그리며 그 사람의 삶을
생각해 본다. 그 사람이 이 그림을 봤을 때 좋아할지 생각하며 그리는 그

시간이 설렌다. 인물 드로잉은 닮게 그리기까지 많은 시간이 필요한 작업이라 시작하는 이가 적은 편이다. 닮게 그리는 데만 목적을 두면 인물 드로잉의 재미를 느끼기가 쉽지 않다. 그럼에도 인물 드로잉을 계속하게 되는 이유는, 그리는 동안 내가 사람을 깊이 들여다보고 있다는 감각 때문이다.

풍경은 선이 조금 삐뚤고 비율이 어긋나도 이상하지 않기에 어반스케치로 드로잉을 시작하는 이들이 많다. 과거에는 나도 드로잉 전반을 가르쳤지만, 지금은 생각이 달라졌다. 나는 인물 드로잉만 특화해 수업한다. 다른 작가님들이 이미 잘 다루는 분야를 내가 굳이 반복할 필요는 없다. 인물 그리는 법을 익히는 데는 많은 시간과 반복이 필요하지만, 그 과정에서 느끼는 재미는 아주 다르기 때문이다.

경주 어반스케치 페스타에 두 번 참여하고 얻은 게 있다면, 그림에 접근하는 다양한 시선을 가지게 된 점이다. 지금까지는 대부분 A5 크기의 종이에 인물 한두 명을 그리는 방식이었지만, 이제는 조금 더 큰 종이에도 도전해 보고 싶고, 풍경 그림도 많이 그려볼 생각이다. 수채화 역시 자신감이 붙을 때까지 부지런히 그려보려 한다.

생산직 직장을 다니며 그림을 그려온 지도 어느덧 10년이 되었다. 과거에 그렸던 그림들을 꺼내보면 부족한 점이 많이 보여 괜히 초라해지고, 내가 해온 작업들이 별볼일 없게 느껴지는 것이 사실이다. 하지만 그 시간들을 허투루 보낸 건 아니라고, 그 시간 속의 나에게 말해주고 싶다. 아마도 지금은 새롭게 다시 시작해야 할 시점이 아닐까. 그림 잘 그리는 많은 작가님과 자꾸 비교하지 말고, 내 속도로, 천천히, 나만의 방식으로 그려나가야겠다.

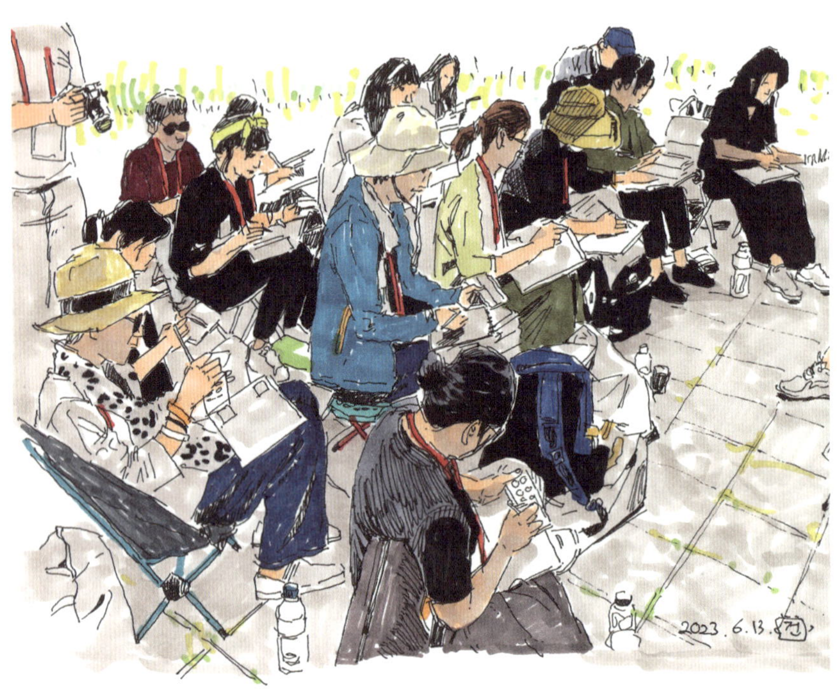

Paul Wang 워크숍 둘째 날 풍경. 모두 그림에 집중하는 이 순간이 참 멋지다.

원가족과 짝지

/ 가족의 환대

　엄마에게 짝지의 트랜스젠더 정체성을 알리고, 나는 엄마로부터 독립해 짝지와 함께 살기 시작했다. 나는 부모로부터의 진짜 독립이란, 부모의 가슴에 대못을 박을 각오 없이는 불가능하다고 생각한다. 엄마 집에 자주 들르는 편은 아니지만, 들를 때마다 우리는 잘 지내고 있다는 소식을 전해 드렸다. 최근 몇 년 동안은 우울증의 기색도 없이 밝게 살아가는 아들의 모습이 엄마로서 얼마나 기쁘셨을까.

　어느 날, 엄마가 조심스럽게 짝지의 생일을 물어보셨다. 그 이후로 매년 짝지의 생일이 되면 잊지 않고 맛있는 거 사 먹으라며 나에게 돈을 보내주셨다. 나는 짝지에게 그 금액을 그대로 입금했다. 우리 부부가 잘 지내길 바라는 마음을 표현해 주시는 것 같아 참 감사했고, 가슴이 뭉클했다. 집에 들를 때면 엄마는 항상 짝지의 안부와 본인과 동갑인 제주의 장모님 안부를 물어 주신다.

　나를 키워주셨던 외할머니는 지금 부산에서 삼촌과 함께 지내신다. 내가 누군가와 연애를 하고 함께 살고 있다는 사실은 알고 계시지만, 손자인 내가 먼저 말하지 않으니 짝지가 어떤 사람인지 늘 궁금해하셨다. 나보다는 여동생이 할머니 댁에 자주 가다 보니, 할머니는 나에게는 차마 묻지 못하고 여동생에게 자꾸 질문을 던지셨던 모양이다. 자꾸 질문을 듣는 게 짜증스럽기도 하고, 어떻게 답할지 곤란했던 여동생은 할머니에게 짝지가 트랜스젠더 여성인 것을 아웃팅(본인은 원하지 않는데, 다른 사람에 의해 정체성이 강제로 밝혀지는 일)해 버렸다. 전해 듣기로는, 할머니가 그 사실을 들으시고 두 달 정도 기운이 없으셨다고 한다. 1928년생이신 할머니께는 너무나도 충격적인 일이었겠지.

시간이 흘러 내가 할머니 댁에 들렀을 때, 할머니는 "그 사람도 참 힘들게 살아온 사람이니 서로 아끼고 사랑하며 잘 살아." 하고 말씀해주셨다. 짝지와 한 번 인사 오라는 말도 매번 잊지 않으셨다.

짝지 입장에서는 어머니를 먼저 뵙지 않고 외할머니를 먼저 찾아뵙는 것이 도리에 맞는지 고민이 되었던 것 같다. 나는 편한 대로 하면 된다고, 꼭 할머니를 먼저 뵙지 않아도 된다고 말했다. 그러던 어느 날, 여느 때처럼 할머니가 짝지를 보고 싶어 하신다는 이야기를 전했더니 이번에는 인사드리러 가자고 했다.

예쁜 꽃다발을 준비해 짝지와 함께 할머니 댁에 갔다. 짝지는 얼마나 긴장을 했을까. 하지만 할머니는 짝지를 정말 따뜻하게 반겨주셨다. 짝지는 할머니 손을 꼭 잡고 이런저런 이야기를 나눴다. 할머니는 우리에게 직접 밥을 차려주고 싶으셔서 짝지와 함께 동네 식육점에 다녀오셨고, 고기를 사 와서 미역국을 정성껏 끓여주셨다. 연세가 많으셔서 귀가 잘 들리지 않아 대화가 매끄럽진 않았지만, 그 환대와 따뜻한 마음이 참 고마웠다.

그리고 1년쯤이 지나 엄마가 내게 말씀하셨다. 이제부터 우리 네 명(엄마, 여동생, 나, 짝지)이 각자의 생일마다 함께 밥을 먹자고. 언젠가는 짝지가 엄마를 뵐 날이 오겠지 싶었지만, 이렇게 갑작스럽게 제안하실 줄은 몰랐다. 엄마는 늘 생일 식사는 본인이 계산하겠다고 하셨고, 대신 선물은 생략하자고 했다.

긴장한 짝지와 함께 우리는 소
고기를 먹으러 갔다. 여동생도 짝
지를 조심스럽게 대해주었고, 엄마
도 편하게 말씀을 건네주셔서 참
감사했다. 식사 후 약속대로 엄마
가 계산하셨고, 나는 화장실에 잠
시 다녀왔다. 그 사이 엄마가 짝지
에게 "참 고맙다."는 말을 진심으로
전하셨다고 한다. 그렇지, 우울증으
로 늘 죽으려고만 하던 아들을, 결
국 살아가게 해준 사람이니까.

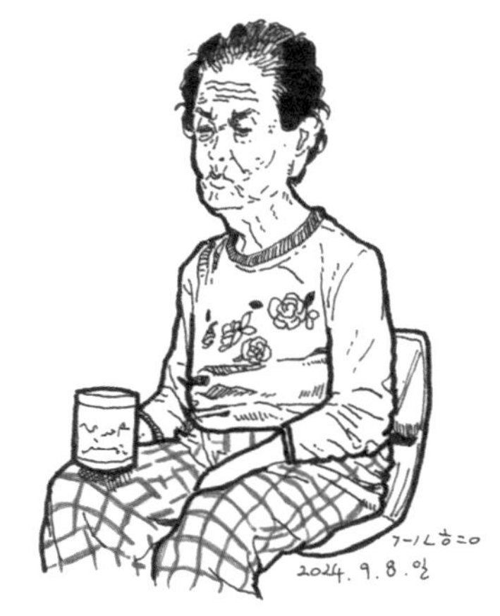

1928년생 나의 외할머니. 할머니가 환청을 듣
기 시작한 지 몇 년이 지났다.

2차는 스타벅스였다. 우리 원가족 세 명은 평소 대화가 많거나 자주
교류하는 편은 아니다. 카페에 들어간 세 사람은 케이크와 커피를 후다
닥 먹고는 일찍 일어날 준비를 했다. 이제 막 긴장이 풀린 짝지는 대화를
나누고 싶어 입이 풀렸는데, 다들 벌써 가려는 분위기라 그 상황이 우습
기도 하고 웃기기도 해서 네 명 모두 한참을 웃었다.

세 번째 만남은 여동생 생일이었다. 짝지는 가성비 좋은 제품을 잘 고
르는 안목이 있어서, 여동생에게 어울리는 작고 예쁜 가방을 선물했다.
우리 네 사람은 첫 만남 때보다는 훨씬 편해져서 오랜 시간 이야기를 나
눴다.

우리 가족의 생일이 계절마다 고루 퍼져 있어, 적당한 간격을 두고 서
로 만날 수 있다는 것도 좋은 일이다. 11월엔 내 생일과 우리 결혼기념일,

2월엔 짝지 생일, 4월은 여동생 생일, 5월은 어버이날, 8월엔 엄마 생신 (음력)이 있다. 짝지의 존재를 환대해 주는 내 원가족의 변화가 감동적이 고 그들이 참 고맙다.

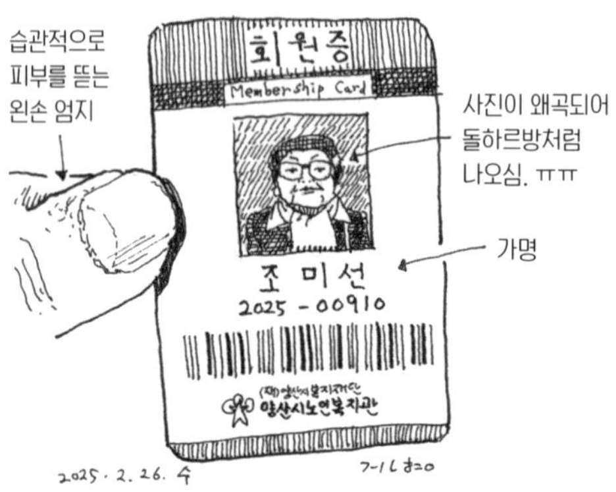

짝지의 생일을 맞이하여 두 번째 가족 식사를 했다.
짝지도, 엄마나 동생도 다들 첫 만남보다는 편해진 것
같아서 즐거웠다. 엄마가 웃긴 걸 보여 주겠다며,
짝지에게 양산시노인복지관에서 만든 회원증 카드를
보여 주었다. 사진이 왜곡되어 돌하르방처럼 나온 모습에
다들 빵빵 터졌다.

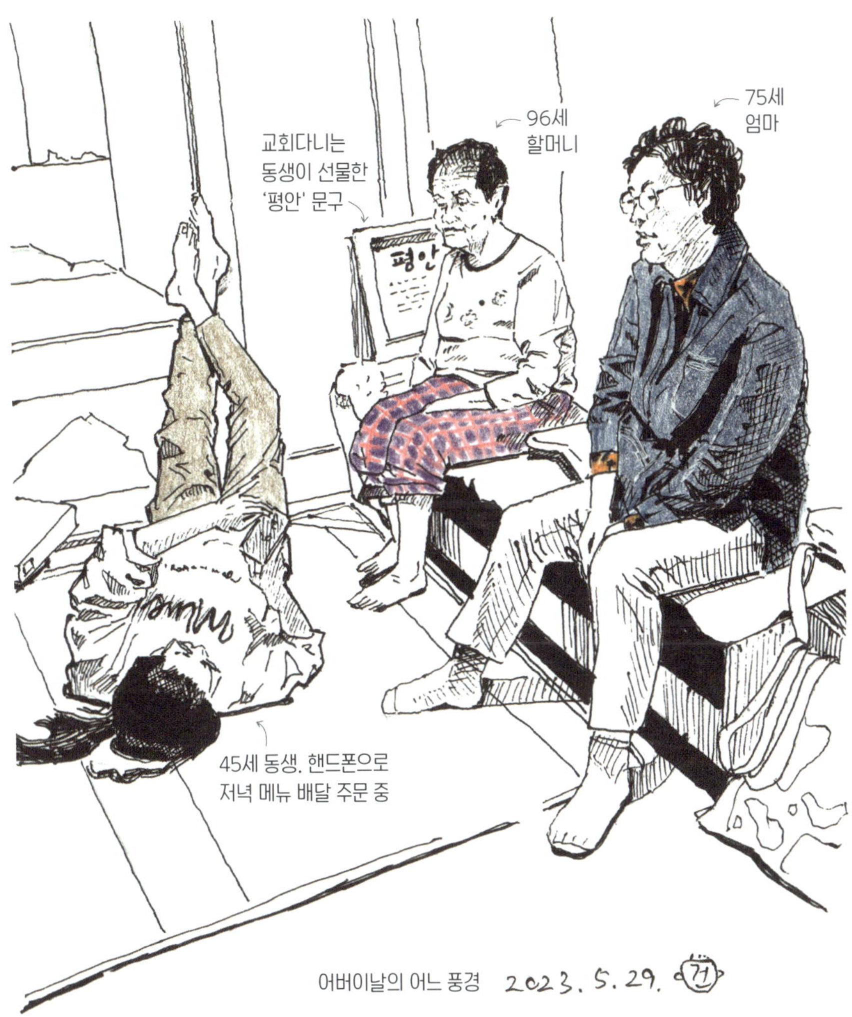
교회다니는
동생이 선물한
'평안' 문구
평안
96세
할머니
75세
엄마
45세 동생. 핸드폰으로
저녁 메뉴 배달 주문 중
어버이날의 어느 풍경   2023. 5. 29.

나는 화물차 납품 운전 노동자다

/ 화물차를 운전하게 될 줄이야…

전 생산직 직장에서 7년간 일하고 짝지와 함께 유럽 여행을 40일간 다녀왔다. 그 여행 이후 4년간, 나는 드로잉 작가로 살기를 실험했다. 하지만 아무것도 하지 못하는 시간이 길어지자 '이러다 정말 안 되겠다'는 위기감이 들었고, 결국 다시 직장생활을 하기로 결심했다. 4년 만의 복귀였다.

막상 다시 일을 하려고 하니 걱정이 많았다. 그래서 조건을 명확히 정해두었다. 주 5일, 잔업이 없고 퇴근 시간이 빠른 회사를 중심으로 이력서를 냈다. 그렇게 면접을 보게 된 회사가 지금의 직장이다. 면접 자리에서 듣게 된 일은 화물차를 운전하는 일이었다. 1종 보통 면허는 있었지만 수동 운전은 면허 딸 때 해본 게 전부라 자신이 없었다. 그런데 며칠 후 다음 주부터 출근하라는 연락이 왔다. 내게는 일이 필요했고, 그래서 해보기로 마음을 먹었다.

처음에는 1.2톤 차, 2.5톤 차 조수석에 앉아 선배들을 따라다녔다. 일을 익히는 것도 중요했지만, 나는 무엇보다 화물차 운전이 궁금했다. 선배들이 클러치를 밟고 떼는 타이밍, 액셀을 어떻게 밟는지 곁눈질로 살펴보며 익혔다. 반 클러치를 2단에서 3단으로 바꿀 때도 쓰는지 몰라 한참을 고민하다가 결국 물어보기도 했다. "1단, 2단만 반 클러치를 밟으면서 액셀을 밟아야 해." 동료들은 기어 바꾸는 법도 모르는 나를 보고 당황스러웠을지도 모른다.

가장 먼저 운전한 건 1.2톤 차였다. 조금씩 익숙해지고 나서 2.5톤을 몰기 시작했는데, 차폭이 넓어서 처음엔 겁이 났다. 그다음엔 5톤 차. 정말 긴장이 되었다. 좁은 골목길이나 주차된 차 옆을 지나갈 때마다 혹시나 긁을까 봐 온 신경을 곤두세우고 조마조마하게 지나쳤다. 동료들이 5톤 차를 한 손은 주머니에 넣고, 나머지 한 손으로는 큼직한 핸들을 가볍게 돌리며 몰 때, 나는 그 모습이 너무 신기하고 부러웠다. 나는 자신감이 붙기 전까지 핸들을 양손으로 꼭 붙들고 조심스럽게 운전했다.

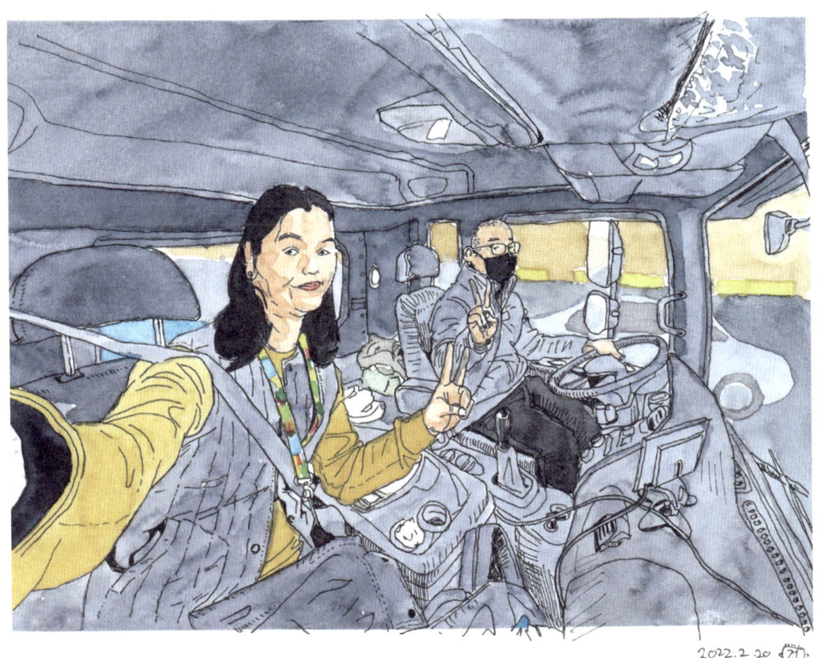

토요일 근무가 아닌데, 남구미에 납품하러 갈 일이 있어 짝지랑 회사 5톤 차 타고 가는 길

　운전을 시작하고 나서 정말 많은 사고를 겪었다. 5톤 트럭에는 원래 후방 카메라가 달려 있었지만, 당시엔 고장이 나 뒤가 전혀 보이지 않았다. 어느 날 교차로에서 신호를 잘못 계산해 정지선보다 훨씬 앞으로 나가 차를 세웠다. 너무 앞으로 나간 것 같아 천천히 후진했고, 곧 신호가 바뀌자 다시 출발했다. 그런데 사이드미러 너머로 뒤쪽에서 누군가가 손짓하는 게 보였다. 설마 내가 뭔가를 박은 걸까. 갓길에 차를 세우고 내려 확인해 보니, 후진할 때 경차를 들이받았던 것이었다. 결국 보험을 불러 사고 처리를 하고, 경차 주인에게 진심으로 사과드렸다.

　또 한 번은 1.2톤 트럭을 몰고 가다 시간이 급해 서두르던 중, 후진하다가 다른 트럭을 들이받았다. 역시 보험 처리였다. 다른 날에는 주유소에서 기름을 넣고 회사 근처에 와 잠시 차를 세웠는데, 그제야 주유 뚜껑이 사라진 걸 알았다. 회사 사람들이 알면 얼마나 한심하게 볼까 싶어, 서둘러 주유소로 되돌아가 뚜껑을 닫고 돌아왔다. 주유 후 회사 카드를 주유소에 두고 온 적도 두 번이나 있었는데, 한 번은 고속도로 휴게소에 두고 와 퇴근 후 내 자가용을 몰고 다시 달려가 찾아와야 했다.

　또 다른 날에는 회사에서 지게차로 1,000리터짜리 케미콘을 차에 싣다가 브레이크와 액셀을 잘못 밟아 차 밖으로 떨어질 뻔한 적도 있었다. 그 과정에서 케미콘 일부가 흘러내렸는데, 만약 유해 화학물질이 지하수로 흘러들었다면 회사가 문을 닫을 수도 있었을 만큼 아찔한 상황이었다. 이 밖에도 셀 수 없이 많은 크고 작은 사고들이 이어졌다. 돌아보면 아찔하고 한심하기도 하지만, 그 과정에서 운전과 일을 대하는 태도에 대해 조금씩 더 배워갈 수 있었다.

　심각한 사고는 아니었지만, 나름대로 조심한다고 애를 썼음에도 불구하고 사고가 계속되니 '이쯤에서 회사를 그만둬야 하나' 하는 생각이 들기도 했다. 하지만 이 일은 사람들과 부딪히지 않고 혼자 운전하며 다닐 수 있어서 내게는 오히려 맞는 직장이었고, 무엇보다 짝지와 내 생계를 책임지는 일이었기에 회사에서 나가라는 말이 나오기 전까지는 그만둘 필요가 없다고 여러 번 마음을 다잡았다.

자주 접촉 사고를 낼 때마다 A 형님은 "운전 처음 하면 다 그렇다. 너무 마음에 담아두지 말고 신경 쓰지 마."라고 말해주셨고, 그 말에 정말 큰 위로를 받았다. 내가 이 직장을 오래 다닐 수 있었던 건 그 '괜찮다'는 말의 힘 덕분이었다. 내게는 은인 같은 분이다. 물론 은인이더라도 사람이기에 생각이 달라 충돌한 적도 있었다. 몇 번은 심하게 다투기도 했다. 아마 형님 입장에서는 '물에 빠진 놈 건져줬더니 보따리 내놓으라'는 심정이었을지도 모른다. 하지만 이제는 나도 한 사람 몫 이상을 충분히 해내고 있다고 생각한다. 그래서 그만큼 동료로서 존중받고 싶은 마음일 뿐이다.

이제는 지게차도 능숙하게 다루고 화물차 운전도 자신 있게 한다. 거래처 사람들과도 원만하게 지내며 회사에서 해야 할 말은 당당히 전하는 멋진 일꾼이 되었다. 화물차 경력 25년의 A 형님을 여전히 존중하지만, 나 역시 그에 못지않게 잘 해내고 있다고 자부한다.

내가 생각하는 프로페셔널이란 단지 능숙하게 일하는 사람이 아니다. 오히려 잘할수록 자만하지 않고, 언제나 일정한 긴장을 유지하며 사고가 일어나지 않도록 경계하는 사람이다. 운전이 잘 풀리고 기분이 좋을 때면 나는 스스로에게 늘 다짐한다. 자만하지 말자, 겸손하자고.

지금 나는 이 직장이 참 좋다. H 빌런의 만행을 2년 동안 견디며 내가 할 수 있는 모든 방법들을 동원해 적극적으로 대응했고, 1년 반 동안 크고 작은 사고들을 겪으며 겸손하게 운전하는 법을 배웠다. 이제는 베테랑이 되었다고 스스로 말할 수 있다. 사람들과 자주 부딪히지 않고 하루 대부분의 시간을 운전하며 보내는 것도 좋다. 운전 중에는 라디오나 음악을 들으며 나만의 시간을 보낸다. 간단한 볼일은 길가에 차를 세우고 처리할 수 있는 여유도 있다.

주 5일 근무, 잔업 거의 없음, 오후 5시 퇴근 - 이런 조건은 내게 '저녁이 있는 삶'을 가능하게 해준다. 그래서 이 회사를 오래 다니고 싶다. 10년 이상, 가능하다면 회사가 문을 닫는 그날까지.

나는 화물차 납품 노동자다.

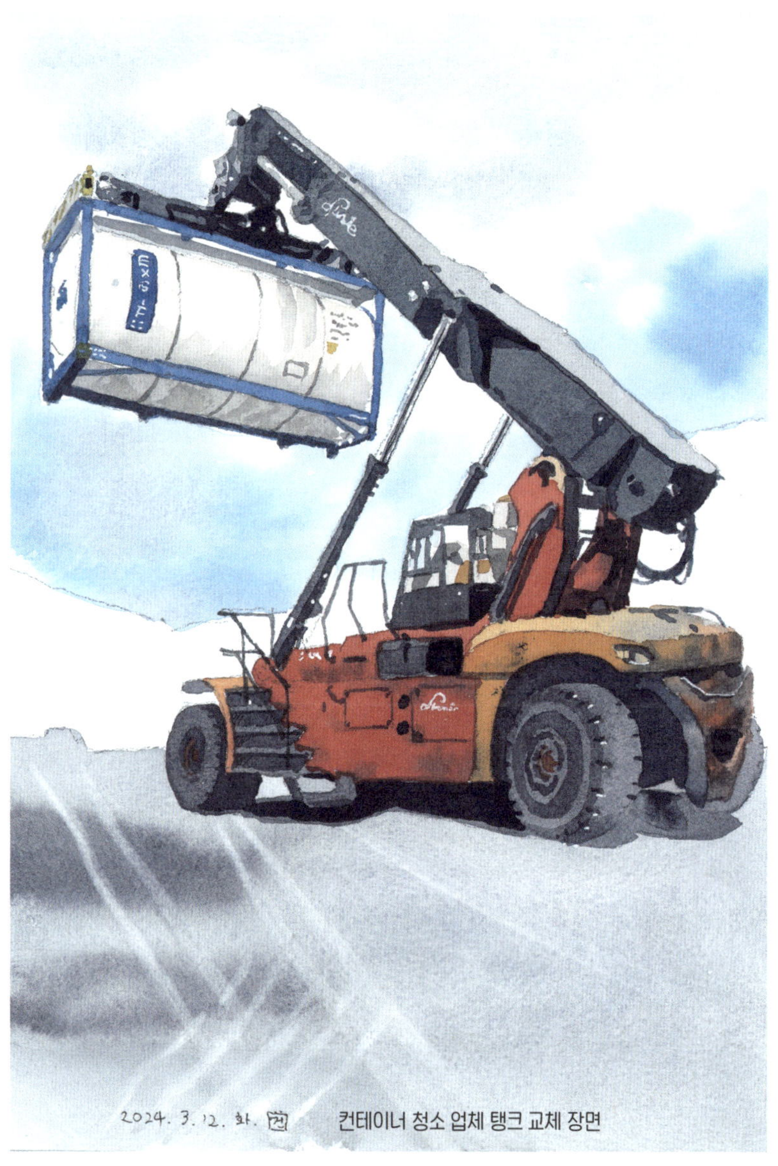

2024. 3. 12. 화. 컨테이너 청소 업체 탱크 교체 장면

사랑스러운 모습

/ 나의 짝지 김비

짝지를 그린 그림들은 하나같이 다 이렇다. 다른 사람들은 멀쩡하고 예쁘게만 그려주면서, 왜 짝지는 실물보다 훨씬 못나게 그리느냐는 말을 주변에서 종종 들었다. 그런데 나는, 이런 모습들이 더 사랑스럽고 귀엽고 좋다. 팔이 몸 안쪽으로 이상하게 꺾인 채 자는 모습, 아침에 일어나 핸드폰을 들여다보며 발을 꼼지락거리는 모습, 원피스를 입고 배 위에 손을 얹은 모습, 샤워하고 머리를 말리는 모습, 리모콘을 핸드폰인 줄 알고 들고 엘리베이터를 타는 모습까지. 짝지의 모든 모습이 다 예쁘고 사랑스럽다.

내가 과연 몇 살까지 살 수 있을지 알 수 없어 불안해하던 그 청년은, 짝지를 만나고 완전히 다른 사람이 되었다. 내가 그 힘든 시간을 버텨 지금까지 올 수 있었던 건, 다 짝지 덕분이다. 짝지와 함께 땀을 흘리며 올레길을 걷는 것이 좋고, 함께 나이 들어가는 지금 이 시간이 참 좋다.

50대 중반이 된 짝지는 얼마 전 《혼란기쁨》이라는 에세이를 냈다. 몸에 대한 혼란과 기쁨을 담은 책이다. 책이 나오자마자 바로 읽었는데, 솔직히 말하면 나에게는 다소 어려운 내용이었다. 내 취향의 책은 아니라서 중반 이후에는 띄엄띄엄 읽었다. 그래도 우리는 15년을 함께한 사이인데, 짝지를 더 이해하고 싶어서 짝지의 북토크를 따라다녔다. 무식한 나와 달리 이 책을 잘 읽어준 독자들 덕분에 내가 미처 알지 못했던 부분을 들을 수 있었고, 그 시간이 내게는 참 귀하고 흥미로웠다. 다시 한 번 정독해야겠다고 마음먹었다. 이 책에는 나의 우울증을 중심으로 돌아본 40대의 삶이 담겨 있다. 짝지가 낸 책을 통해 내가 짝지를 조금 더 이해하고 가까워진 것처럼, 내 책을 통해 짝지도 나를 조금 더 알아갈 수 있는 기회가 되었으면 한다.

일상 속 짝지의 웃긴 모습도 예쁘지만, 이제 그림 실력이 조금 늘었으니 멀쩡한 모습도 한 번 그려보겠다고 이 글을 통해 약속한다. 고맙고, 사랑한다. 앞으로도 지금처럼 오래오래 재미있게 함께 나이 들어가길 바란다.

사랑합니다. 김비.

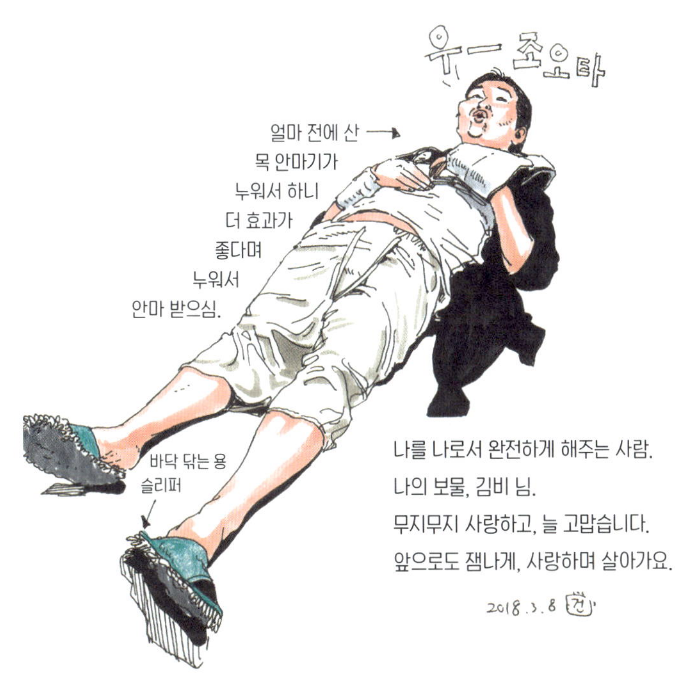

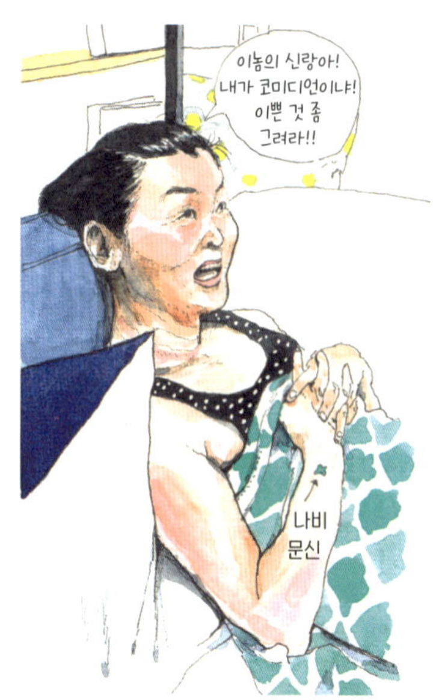

나의 뮤즈, 김비 님!

여수 게스트하우스에서 잠든 김비

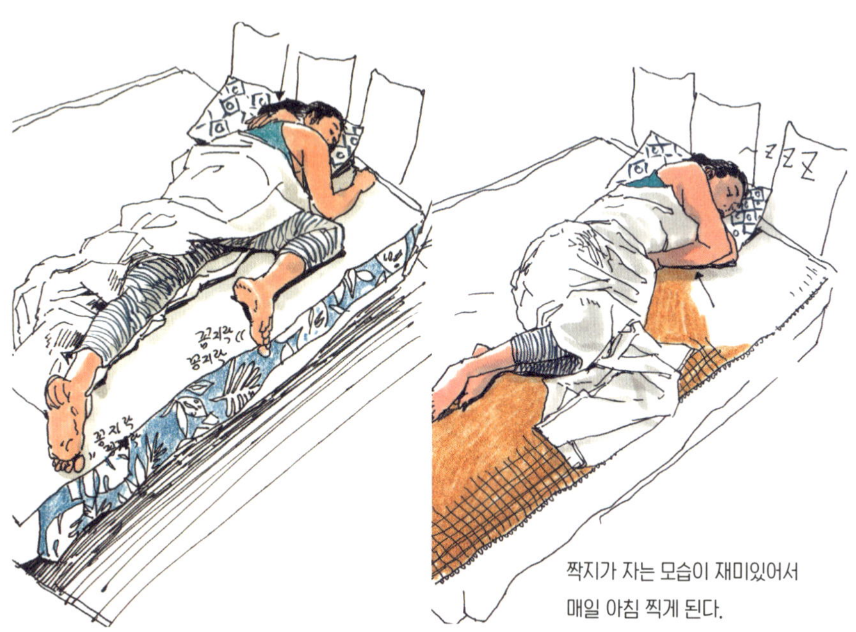

짝지가 자는 모습이 재미있어서
매일 아침 찍게 된다.

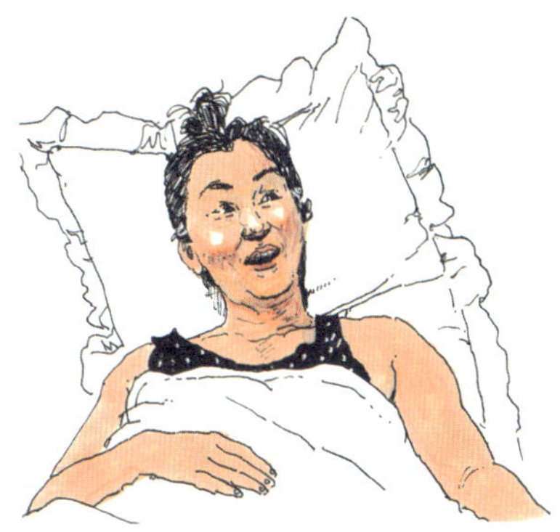

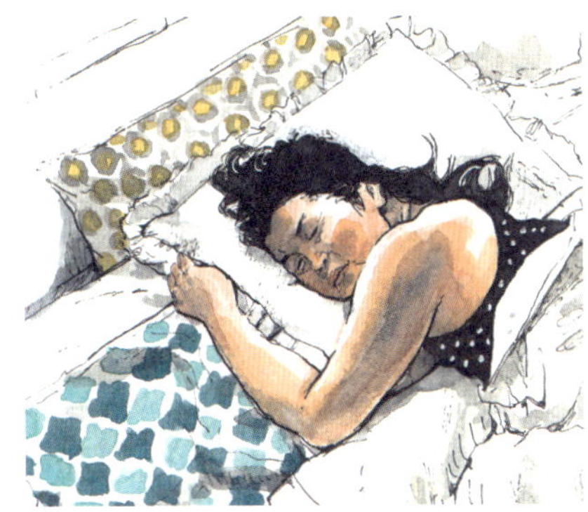

자는 모습이 사랑스러운 김비

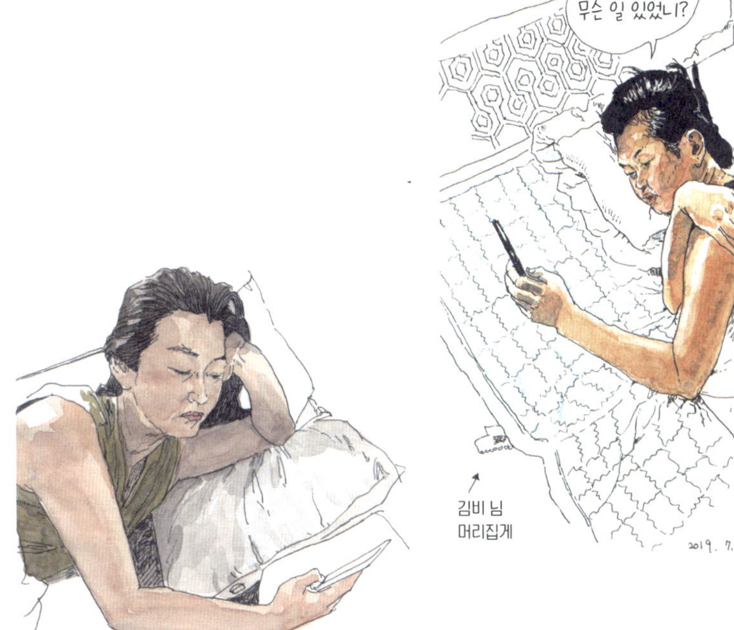

누워서 핸드폰을 보는 김비

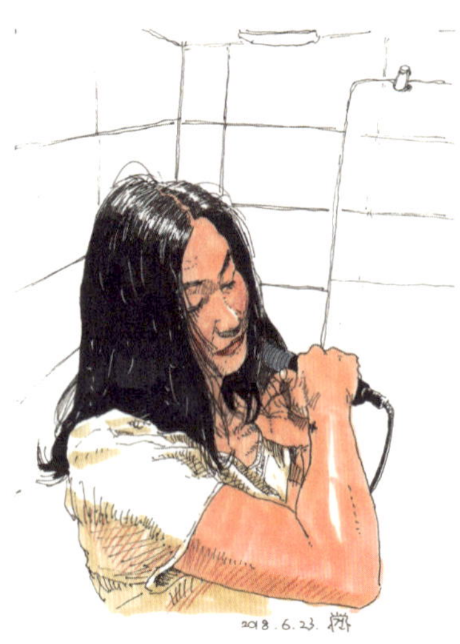

외출 전에 드라이어로 머리를 펴는 김비

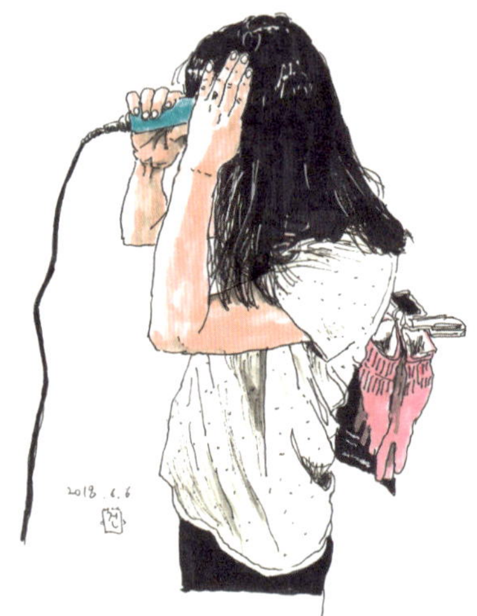

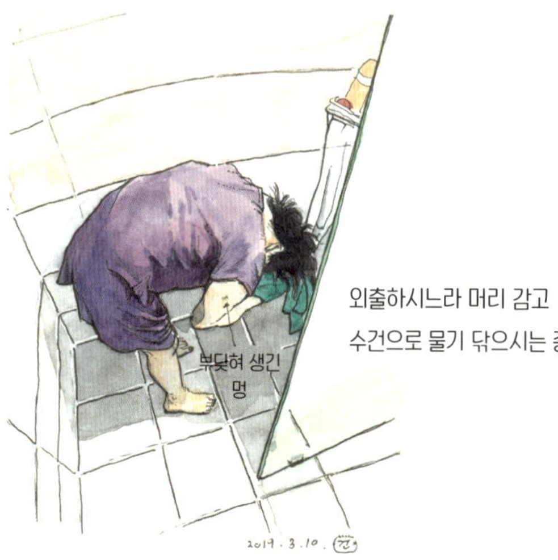

외출하시느라 머리 감고
수건으로 물기 닦으시는 중.

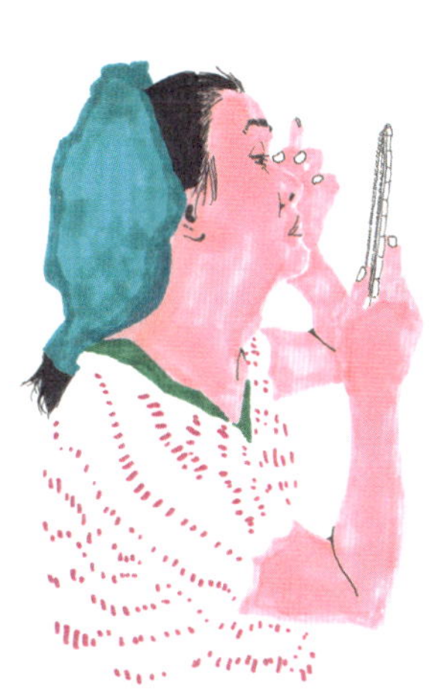

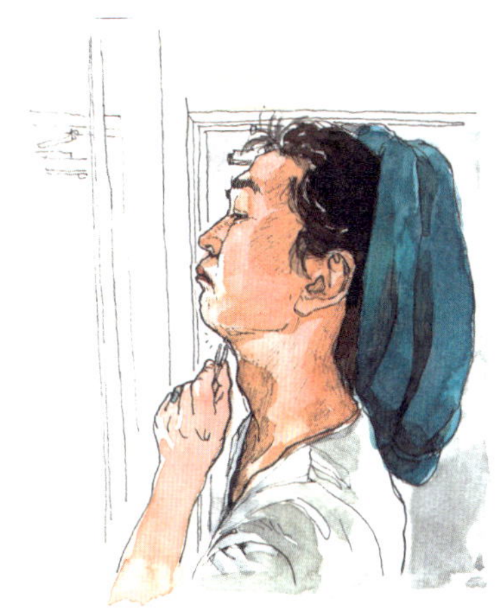

외출 전 꽃단장하는 김비

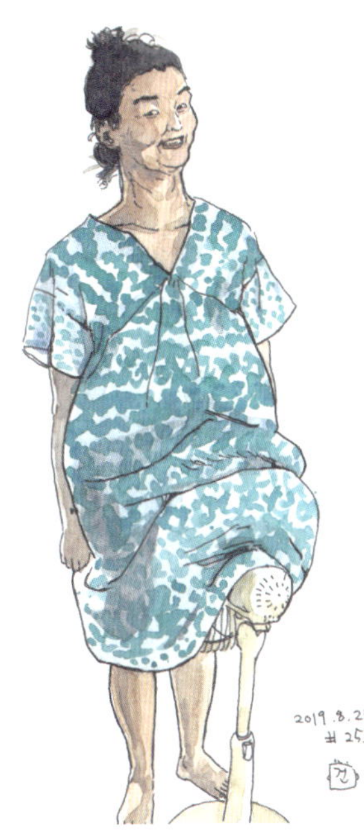

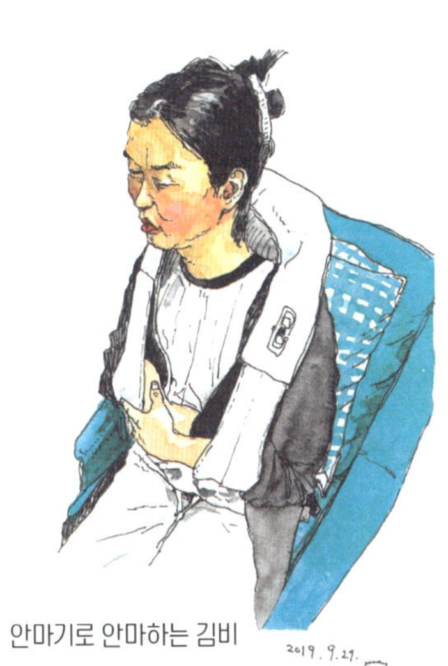

안마기로 안마하는 김비

재미있게 선풍기를 쐬는 김비

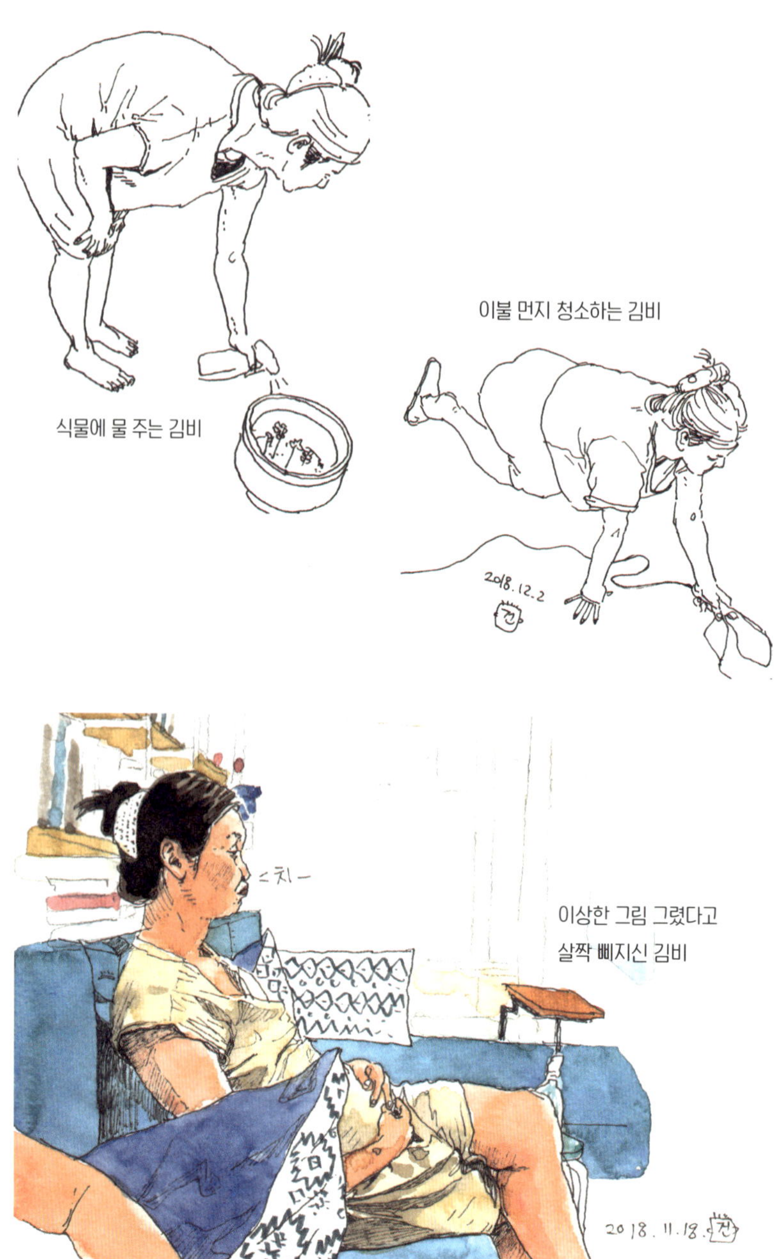

식물에 물 주는 김비

이불 먼지 청소하는 김비

2018. 12. 2

이상한 그림 그렸다고
살짝 삐지신 김비

2018. 11. 18.

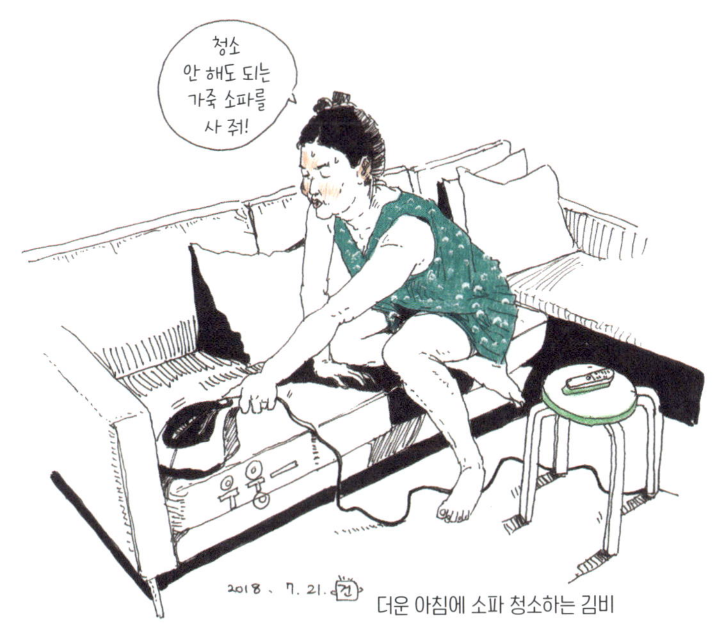

2018. 7. 21. 더운 아침에 소파 청소하는 김비

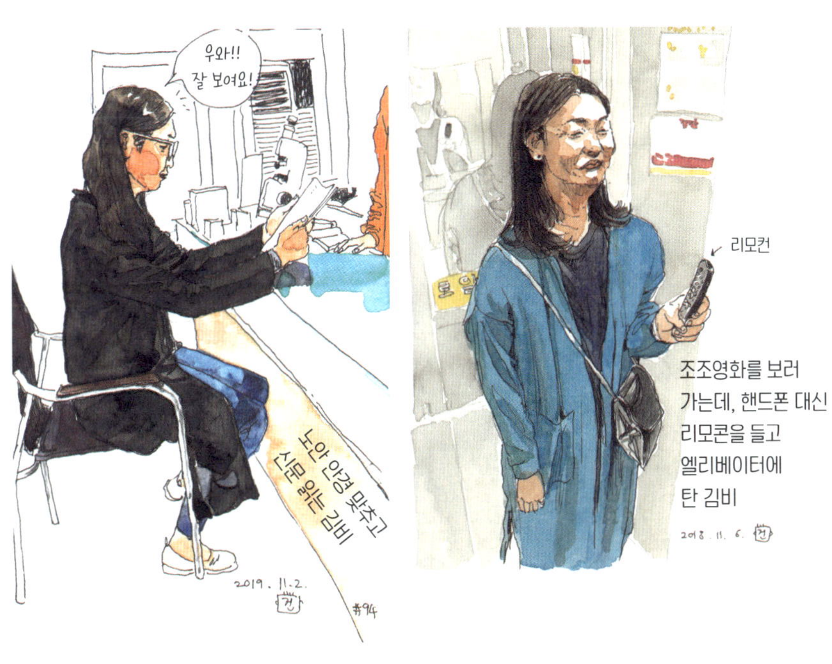

조조영화를 보러
가는데, 핸드폰 대신
리모콘을 들고
엘리베이터에
탄 김비

2018. 11. 6.

노안 안경 맞추고
신문 읽는 김비

2019. 11. 2.   #94

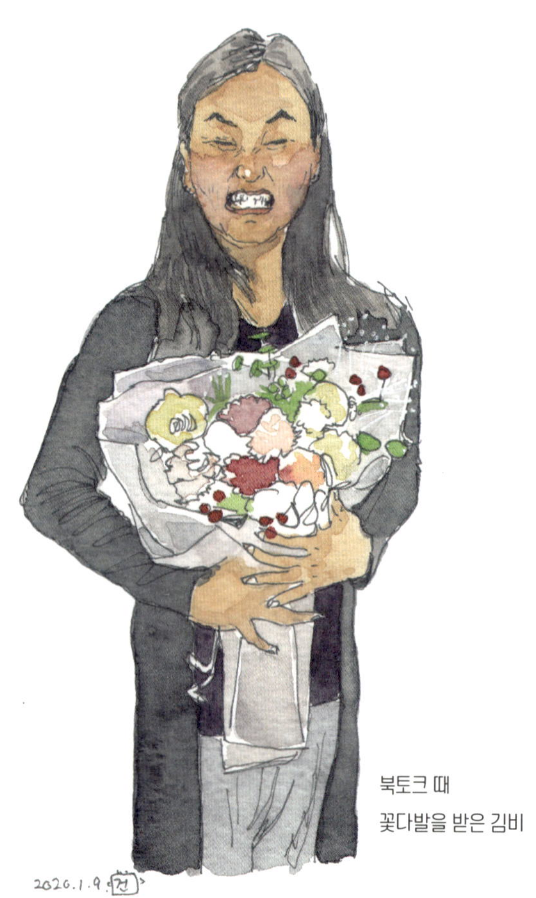

북토크 때
꽃다발을 받은 김비